猫眼

姚育明 著

时代出版
时代出版传媒股份有限公司
安 徽 文 艺 出 版 社

图书在版编目（CIP）数据

猫眼/姚育明著.—合肥：安徽文艺出版社，2018.8
ISBN 978-7-5396-6116-2

Ⅰ. ①猫… Ⅱ. ①姚… Ⅲ. ①散文集－中国－当代
Ⅳ. ①I267

中国版本图书馆CIP数据核字(2017)第148135号

出 版 人：朱寒冬
责任编辑：宋晓津　　装帧设计：褚　琦

出版发行：时代出版传媒股份有限公司　www.press-mart.com
安徽文艺出版社　www.awpub.com
地　　址：合肥市翡翠路1118号　邮政编码：230071
营 销 部：(0551)63533889
印　　制：安徽联众印刷有限公司　(0551)65661327

开本：880×1230　1/32　印张：11.5　字数：250千字
版次：2018年8月第1版　2018年8月第1次印刷
定价：38.00元

目　录

尖头小黑

喂——喂——喂——一阵急迫的猫叫，声声迸出火焰，这叫声，你就是置身莲花座上也无法安生。我和女儿分别从窗口探出头去，又是它，尖头小黑！

这只小猫颠覆了国画家笔下的萌猫形象，它乌漆墨黑，瘦骨伶仃，小头，窄颧骨，三角脸，直瞪瞪的黄眼。

第一次看到它我就想起嶙峋的怪石，瘦而硬，却有风骨。尖头小黑同样有一种舍我其谁的气度，它的叫声虽轻，却执拗、刚毅，不像行乞倒似下旨：我来了，快上供。

听见开门声它就急吼吼地扑将上来，连发嗲献媚都省略了，直接把嘴戳到我女儿手上，连放猫粮这点时间都等不及。

别的猫吃猫粮都嘎嘣有声，它没有，它不嚼，完全是吞，囫囵吞枣。

虽然尖头小黑埋头苦吃，先前的叫声依然丝缕未断地滞留在我耳旁，你不得不承认气势这玩意儿也可以发生在几个月大的小猫身上。

我根本没意识到，它的出现象征了什么，这是喵星人对我的捕获。自此它们将我列入了猫奴的名单，而不是我读大学时期，只是和它们玩玩，甚至不是初为人母的几年，充其量只是短暂喂养、送养。一旦变身为猫奴，你就被这皮毛族降伏，心甘情愿地围着它们团团转。

非亲身经历不知人生世界之颠覆的荒谬以及生趣。

还是先追溯尖头小黑的由来。它的外婆住在我妹妹家附近的灌木丛中，我妹和我同一个小区，去她家总能看到一只大脸黄猫，估计不缺吃，总是一副淡定样，食物不论好坏，进食总是不慌不忙，大多数时间它慵然地趴着，一旦走起来也是闲庭信步，那派头就是小区业主之一。从未见它主动撒娇，总距人一两米外，既不亲近，也不生疏，极富礼仪感。那种安然的分寸感像大家闺秀，令人不相信它是一只无主的猫。

也就是说，它是一只流浪猫。这个称谓还是从女儿这里领略的，之前我一直管它们叫野猫。我完全接受女儿对我的纠正，也许都市文明正是基于这样一个现实，将本是人类伴侣的它们冠名为流浪猫可以体现一些善意。这就跟我们不会将流浪汉称为野人是同一个道理。

尖头小黑的母亲是只纯白的碧眼猫，中长毛，毛发柔顺，看上去也像家养的。它的眼神懵懂而又天真，女儿称这只美人猫为白白。白白属于小家碧玉型，它极其亲人，一见我女儿就欣喜若狂，美美美地叫着，一步不落地跟在我女儿脚后，只是一走到距我家十几米处的丁字路口就止了步，神情也突然傲娇起来，怎么招呼都不会前行一步。猫有界线，各有自己的地盘，守规矩的猫不会越雷池一步，白白是典型的遵纪守法、知书达理之猫。

它家的毛色基因有点混乱，至少我看到了三代的不同：黄色生白色，白色又生黑色。气质一代不如一代，尖头小黑没有它外婆的慵然淡定，也没有它母亲的纯真温柔，它显得没有教养，只有最原始的本能，给吃就好，晚一点也不行，叫死你。这只三四个月的小母猫粗野而又莽撞。

姚育明作品

当家的不喜欢尖头小黑，说太丑了，像个猫鬼。

我随口说了一句，好看的猫容易得到喜欢，就让丑猫到我家门口来吧。也许猫族通灵，尖头小黑表示不辜负我的心意，天天大叫着乞食。

有时我走过它面前，假装没有看见那双期盼的目光，尖头小黑就会用爪子扯住我的裤腿，嘴里一个劲地喂喂喂。

好长一段日子，我家门口昏暗无光，右边的一盏路灯坏了，左边的则被裹进茂密的樟树叶中，但我总能在夜色中看到小小的“灯泡”，那两点亮光凝聚在模糊的身形上，移动或跃起。那胜似酷炫镭射眼的“灯泡”只属于尖头小黑，它的身形融入夜色，只剩下发亮的眼睛。

从小我就不喜欢黑色，在我的意识里，黑色和死亡相关。虽然都市时尚总离不开黑色，尤其是职业妇女，总有黑色的套装，可我的衣柜里，没有黑色的位置。尖头小黑置身在阳光下时，黑色变成了深棕色，显出一些暖意。没想到尖头小黑竟让我爱上了黑色，虽然我依然没有黑色的套装。

好长一段时间总觉得尖头小黑哪里不对，哦，就是它的叫声，喂喂喂。它为什么不喵喵喵的？或者咪咪咪的也行。不发猫腔却学人言，而且理直气壮，人类就该喂你？

有一天明白过来，人家其实很懂礼貌，是正正经经地和你打招呼呢。

斜对面那户人家平时不住人，主人偶尔回来一次，于是那家阳台上的纸箱便成了尖头小黑的驻锡地。

不知它是听觉灵敏还是心有所通，只要我走近这里，它就会顶开居住的纸箱盖，冒出那只尖锐的小头朝外张望。每当看到这个场景，我都会喷出笑来，它却没有表情。

有一次我想试试它的耳力，轻手轻脚地走过那个路段，可开门声还是惊动了它，它急火攻心地冲过来，喂喂地变了调。以后，它生了警惕心，在我下班回家的时间段，爪子搭在纸箱边沿，痴痴地望着院外的道路。

从没遇到过像尖头小黑这样锲而不舍的流浪猫。只要看见我，它一定紧追不舍，一定要得到我的回应，一定要四目相视而后快。

和尖头小黑同时来吃的有好几只流浪猫，到了吃饭的时间，它们大多坐得端正，表情严肃认真，吃喝礼貌。只有尖头小黑不同，那感觉就像吃亲娘一样理所当然。

尖头小黑终于有了肚子。我得意地告诉女儿我把它催肥了，女儿却感慨道，自己还是个小猫呢，就要做妈妈了！

此时尖头小黑才五个多月大，身子骨都没完全长开呢！一定是怀孕的关系，它成了标准的大胃王，食欲更加旺盛。我在对面的树丛夹道放了一溜碗，每次它都先占住几只，这只吃吃，那只吃吃，来回地蹿，一边吞一边急得哼哼，只恨一张嘴太少。倘若其他的猫敢过来，它一律用那小而硬的脑袋撞击过去，块头比它大的猫都害怕这个拼命母夜叉。

有一天，我实在忍不住了，呵斥道："尖头小黑，你也太霸道了，我又不是单为你开的食堂！"尖头小黑梗着脖子，怨恨地看着我，几秒钟后，突然想通，弯着身子来蹭我，眼里闪着讨好的光。我故意不理它。那天我回家后不久，听见外面传来一阵极难听的叫声，很响却是降低的声调，开门一看，竟是尖头小黑。没法形容这种变调，好像有只手伸进它的喉咙，将它的肚肠往外扯拉，我的耳朵真受罪！但我还是明白了它此行的目的，它是来表达委屈和醋意的。

当然要原谅它。生活中，各种不同的事令我分心，开心的事也是多渠道的。尖头小黑只是我随性而应的一部分，于我而言，它是众猫中的一个；而我于它，却是它全部的依靠，我不能严苛一个曾经饥渴的准妈妈能在粮食前保持气节和冷静。

从此，尖头小黑长了心眼，不再低头撞击别的猫，只是加紧了进食速度，可能心有怨言，喉咙里还会漏出一些叽里咕噜的声音，好像埋怨我胳膊肘儿往外拐——在它眼里，我就是独属于它一个的。

我说："哈，你吃食还带评论?！"尖头小黑仰头一笑，竟转身去吻边上的同伴，一连吻了两个。被吻的猫吓得战战兢兢，其中一只当场退避到一旁，另一只矮着身，弯着后腿，一边吃一边频频看它，做好随时逃跑的准备，还有一只未被吻到的猫则四肢僵硬，一副拿不定主意的样子。我笑起来，尖头小黑应声倒地，四肢勾来展去地卖萌，看我的眼神也充满了邀宠。我拍拍它的脑袋，好好，小黑是气量宏大第一猫！尖头小黑轻而易举地赚取了我的欢心，张嘴打了个呵欠，又伸了个长长的懒腰，后腿装着无意地蹬了出去。这一使劲，一只猫碗便被踹得移了位。接着，它又伸懒腰，又蹬掉一只碗。那两只还在进食的猫终于领会了，它们知趣地避到一边，好像在说：明白，不能得罪黑道上来的，您请先。

我忍俊不禁，尖头小黑还是演技派啊！

托付没商量

连着几天不见尖头小黑，我开始担心，四处找了找，终于听到了它的回应，是从我家方向传过来的，奇怪的是并不见它的身影。我以为自己产生了幻听。

一周后，院门口出现了一只比尖头小黑小一号的黑猫，肚子松垮地垂着，叫声微弱嘶哑，一副畏首畏尾的样子。我有些疑惑，它是谁？怎么这样面熟又陌生？难道是尖头小黑？如果是，为什么不像以前那样豪情万丈地冲过来和我亲热？

我开始往几只空碗里倒猫粮。它犹疑着走近第一只碗，突然魂魄归位，一头扎了进去，像饿死鬼投胎。这不是尖头小黑是谁？只有它才有这样的吃相。几只赶来的流浪猫识相地等在一边，这更证明是尖头小黑回来了。

尖头小黑吃好匆匆走了，没有像以前那样与我亲热。我想，它一定是急着去喂小猫了。

奇怪的是，第二天它又不来了。几天后出现了，可是次日、再次日、再再次日，又不来吃了。总之，它行踪不定，来去极没规律，身体也越发地消瘦了。

有一天，我弟弟说了："阿姐，你们家车库有老鼠，我听到过窸窸窣窣的声音。"我有些奇怪，车库里铺着地砖，又没吃的，老鼠如何生存？巡视了一遍，不见异常，就没放在心上。

我家的车库和客厅是通着的，那时还没买车，车库堆了些杂物。平时我们进出走正规家门，从外面搬大东西进屋才开一下车库门，有时雨天也会开车库门，为的是不让雨伞弄湿家里，当然，偶尔兴起也会随意地进出一下车库门。总之，大多数时间，车库门是关闭的。没想到这种情况造成了我日后的内疚。

终于听见了当家的怒吼："你为什么在车库里偷养野猫?！"

我发着只有自己听得见的小牢骚直奔车库。当我向一只大纸箱俯下身时，我不由得叫了一声，只见四只乌漆墨黑的猫婴儿抬头朝我看着，它们太小了，也太丑了，完全是老鼠变身！我的叫声对它们来说，无疑是一声惊雷。只见它们紧张地往角落里爬，无处可逃时，便叠罗汉一样堆在了一起。

我恍然大悟，除了尖头小黑，谁会生出这样瘦小丑陋的后代？也只有它才这么聪明，知道寻找如此安全的产房。

当家的认为，如果我不喂尖头小黑，它就不会认这里为家，这窝小猫就是我招来的。我有些惭愧，如果是圆滚滚、毛茸茸的可爱小猫，我还脸上有光，可现在，它们直接给我抹黑呀。

我为尖头小黑辩解：按科学的要求喂养，母猫一天最少吃三顿，量也要比以前大，尖头小黑呢？三天也吃不到一顿。想想也可怜，它在外面的时候，任小猫饿着也进不去；关在里面的时候，任我在外面喂食也没法吃到，每次溜进溜出都要等待时机……

呔！他瞪着我迸出一声念白，那是京剧里常有的单声台词，意思是打住。我不知道这个字怎么写，反正就是发这个音，当家的特别喜欢用它。他热爱京戏，这声从丹田蹿上来的断喝对得起粉丝的身份，呔！如此刚强，如此饱满，如此令人不容置疑。

我不甘心，管你歹毒歹徒的，我总要挣扎一下。嘿嘿，我真粗心，还是我们兰细心，发现得早……

他不呔了，直奔主题："不要花言巧语，我家车库不养野猫！"

我发愁地看着它们，一只小猫就是一小团阴影，四只小猫就如四块小乌云笼罩在我的心头。还有一团大乌云在外面风卷残云地逼将过来——尖头小黑正在门外狂暴地喂喂着，显然，它发现事败了。

叹口气，拿记号笔在纸箱上写道："流浪猫小屋，好心人请勿取走。"捧着纸箱安置到对面人家的门檐底下。那家人平时很少来，墙上贴着出售房产的联系电话。

我在纸箱旁另放了猫碗和水碗，以减轻尖头小黑和群猫共食时产生的压力。尖头小黑吃食时心无旁骛，吃完就跳进纸箱，也不理会我在一边屈膝请安。

有一天，我好奇心上来，悄悄掀开纸箱。尖头小黑正在喂奶，看到我猛烈地哈了一声，好像要攻击我，然后突地蹿出来。我吓了一跳，本能地逃了几步，你怎么翻脸不认人哪?!

片刻之后，我从窗口发现尖头小黑叼着一只小猫的后颈跳出了纸箱。眼看着它把小猫一只只叼走，我后悔都来不及。下楼去察看，不知它转移到哪里去了，却发现箱里莫名其妙地留下了一只，任凭这只小猫在纸箱里不安地爬来爬去。我知道猫的嗅觉超过了视觉，一旦人类的气味留在小猫身上，母猫就会坚决放弃。难道刚才有人动过这只小猫？

当我再次拿着牛奶回到纸箱前时，我发现纸箱空了，问不远处的装修工，回说没人拿过小猫。直到现在，我都不知道那只小猫去了哪里，也许那一次就是它们母子的生离死别。

尖头小黑越发难看了，松弛的腹部吊着增大的奶头，一副未老先衰的疲态。不久，三只小猫跟在它身后怯怯地登场了，它们一个比一个瘦小。我又一次感到了羞耻，国画中那些圆滚滚的白雪样的可爱小猫哪里去了？

唉，也难怪，做母亲的吃了上顿没下顿，奶水不够，小猫先天不足。才几个星期大的小猫啊，就已经像成年猫那样歪着脑袋使劲嚼猫粮了。书上说，小猫要两个月才能断奶呢。

我开始用水泡软猫粮喂食小猫，却不知道猫粮的质量极其重要，为了省钱，听取了旁人的介绍，从花鸟市场购五元多一斤的猫粮。我不知道这些属于低端食品，更想不到猫粮还有国产、进口之分，却自鸣得意，这可比店家动辄十几元、几十元一斤的猫粮便宜多了。猫们并不计较，尤其是尖头小黑，依然视劣质猫粮为美味佳肴。它继续护崽，只是将蛮力改为蹲守的姿势，只有等小猫吃得差不多了它才开吃。它的沉默有相当的威力。

尖头小黑对所有的猫都不买账。只有猫王大松走来，它才会矮下身子，发出低声的警告。好在大松大多数时间只是巡视，偶尔心不在焉地叼几粒猫粮，并不把尖头小黑放在心上。

尖头小黑唯一的例外是对一只黄色的幼猫开恩，允许它和自己的孩子共餐。小黄猫也胆大，有时会把头拱进尖头小黑的碗里，尖头小黑竟然会主动让开。或许小黄猫是个孤儿，尖头小黑作为母亲动了恻隐之心？

小黄猫圆头圆脑，一身的皮毛黄灿灿的，像金黄色的花朵，它跑动的时候几乎看不到脚，像绣球一样滚来滚去，我管它叫黄花。我都没想到给尖头小黑的孩子起名字呢，看来猫和人一样，长得美容易引起别人的好感。

那天我看到了一幅天伦之乐图：尖头小黑侧卧在我家柿子树下，三只小猫趴在它怀里吃奶，黄花在一边滚来滚去地玩土坷垃。尖头小黑眼睛半眯，四肢放松，身姿无比安详。

家人全看出来了，尖头小黑自从做了母亲，明显变安静了，它身上洋溢着浓郁的母性温柔，对我的态度也有了一些娇憨。我也分辨出三只小猫的不同。其中两只像一个模子里刻出来的，全身乌黑，身条细长，有点像幼豹，只是叫声轻微，眼神像极了它们的母亲，直瞪瞪的。我分别称它们为黑弟弟、黑妹妹。而另一只身材短圆，典型的狸花猫，它的额头天生一个 M 形斑纹，四肢是常见的黑色条纹，背部却排列成一团团不规则的斑块，像黑色的玫瑰花瓣。难怪黑狸花被国际相关组织评定为中国的纯种猫，看上去确实标致。我这才明白同一胎小猫可以有不同的颜色，这只狸花猫的爸爸肯定和那两只小黑猫的爸爸不是同一个，但它们的精子能同时入胎成形。我给它取名黑花。

黑花是三兄妹中最活泼的，它胆大勇敢，第一个跌跌撞撞地攀上我家侧放的梯子。在玩闹中，它敢同时对付两个兄妹，就是被对手打落，也会翻身而起继续挥舞“手掌”。

小猫们的叫声比老鼠强不了多少，院子里每天充满了轻微而又热闹的声响。它们喜欢我家的院子，在它们眼里，碎砖、土块皆是珍物宝玩。尖头小黑从不干涉它们，它平静地看着，还时不时舔舔自己的脚爪。

这种平静很快又被当家的打断了。他在院子里大喊：“你怎么又把野猫养在水管里了?！你不怕招蚤子吗?！”

原来尖头小黑把家安置在台阶下的雨水管了。真没想到它就藏身在我们眼皮底下。为什么当家的总能先我察觉呢？只能说他太勤快了，在我这里，他的优点成了缺点。

我无奈地蹲下身和它商量：小黑，你还是搬到隔壁去吧，那里没人。等哪一天他喜欢上你们，再搬过来吧。

第二天，尖头小黑果然带着孩子们迁移了，这是我第一次领略猫的神奇，难道它真能听懂人的语言？

我的眼光徜徉在小院子里，粉绿新翠，初春的色彩也有暖融融的温度，只是院子这么美有什么用呢？家人极少驻足观赏，猫们不在，春景徒浪费啊！

当家的虽然没多少时间欣赏，冲洗院子却很起劲，尖头小黑一家刚搬走，他就将台阶下的雨水管道冲得干干净净。他说，冬天这里面是暖和，但住在里面不是办法，下雨天照样淹掉。

我不接话，任他说，最多在他说完后附和几句：“是呀对呀你说得太准确了。”在猫的话题上只能由他主动，否则准讽刺我：“你猫痴啊，除了这个话题，你还关注什么？”可他一说起猫事，周围

姚育明作品

的空气马上就变，好像凭空出现的暖融融或清凉凉的喷雾。他甚至有一次说："刚才散步我听到像小鸟一样的猫叫，查找了一下，原来一只很小的猫趴在车下，天太冷了，没吃的就扛不过去。你多放些猫粮就行，用不着到处去放纸箱，关键还是要给它们增加能量。"

相比较，尖头小黑一家还是比较幸运的，它们不缺吃。但我终于还是犯了错误。国庆前两天，猫们正在吃猫粮，我叹口气对尖头小黑说："怎么办呢小黑？猫粮要过了国庆才能拿到，我怕不够你们吃了。"

尖头小黑像没听见一样，进食速度并未放慢。待吃好食，它抬头看我一眼，没有什么异样，与过去一样，眼神坚定——它对自己的生活，一直保有勇猛精进的态度。

第二天，尖头小黑没来吃食，自此再也没看见它的踪影。我感到不安，询问清洁工人有没有看到一只尖头黑猫，回答说前几天清掉了一只黑猫尸体，是不是尖头没太注意。我的心开始颤抖。我宁愿相信这是尖头小黑的托孤，它又一次听懂了我的话，把这块地盘让给了孩子，自己去别的地方开辟生路。这么多年来，一想起尖头小黑，我就要自责，直到离开，它都没在我这里吃过一顿优质猫粮。

尖头小黑给我带来深深的内疚，从此我加倍地爱护它的三个孩子。流浪猫因为生存环境不好，能活过两三年的不多，我做不了什么，只能让它们吃得好一些。从此它们吃上了进口猫粮。

猫中贤士

黑弟弟话很少，没听到它用过长句，偶尔耶一声。大概它还保持着竹简木牍的久远记忆，让我明白简短的发声与人类的嗯、哦、啊有异曲同工之妙。

黑弟弟眉宇间透着一股凛然之气，但不威严，也不蛮横，却在院中占了第一位的好猫缘。它的地位不是靠打斗挣来的，而是靠品格感召来的。它是只打不还手骂不还口的猫。如果说，院猫中真有哪只猫在习佛修禅，那就是黑弟弟。

黑弟弟身形美如小豹，性格却相去甚远。它是猫中贤人君子。在日常生活中，它淡定随和、大度谦让、内敛自持，有时也有点漫不经心。

有时我来不及往每只猫碗里放食，随手倒进大盆里，群猫便脑袋蹭脑袋地抢吃。黑弟弟从不挤进去，它安静地趴在一边，等它们吃好才过去。它不是胆小，而是天生的谦让。

黑弟弟也不执着我家的院子，它经常会失踪几天，然后若无其事地回来，哪怕腿皮莫名地撕去，或者脸上流着血，它的表情还是那样冷静。在半岁时它就显示了与年龄不符的沉稳大气。

黑弟弟与另一只公猫白鸟非常友爱。白鸟体魄也大，而且健康。我总觉得白鸟是被黑弟弟感召到这个院子里来的。它们常在一起，别看是一对黑白双雄，面对比它们强硬的公猫，它们毫无战斗力，却把母猫们纵容得一个比一个任性，一旦发生不快，它们总是母猫的出气筒。它们更像一对温和的门神，经常一左一右地趴在我家客厅门口。直到给院猫们集体去势后不久，我隔着玻璃门看到了一幅活春宫：黑弟弟踩在白鸟背上，因为白鸟的半推半就，黑弟弟只好踩水车一样一左一右地找着平衡。我鼻血都差点流出来了，过去从没见过它们这样玩亲亲啊！这个世界真是疯魔了，市面上刚冒出“断背”一词，就已经发展到猫类了？

白鸟终于不堪充当女猫角色了，突然抱怨地叫了一声，抽身逃了。黑弟弟并不追赶，眼神反而有些无辜，意思是它怎么啦？我不敢声张，要不当家的又要嘲笑我了，养一院的丑猫不算，养的公猫还这么没出息。我看出来了，那些绝育的母猫不再钟情黑弟弟、白鸟了，它们只好把纯洁的关系往前推了一步。

原来猫中贤士也不是无懈可击的啊，但照样不影响黑弟弟的可爱。

从不管教妹妹的黑弟弟也发过一次脾气，起因是黑妹妹曾受过一只陌生黑猫的惊吓，变得神经过敏，任何一只黑猫走过它都会哆嗦伏地。有时黑弟弟从它身旁经过，它都会发昏，本能地软下身子。

老弟，我们来玩个新式游戏吧 / 姚育明　摄

黑弟弟总是轻轻舔一舔它的脑袋，好像说："耶，是我。"可当黑妹妹又一次踅身撞到黑弟弟并发出神经质的惊叫时，黑弟弟却一改常态，直起身子掴了它一耳光，表情也很大哥范："你有完没完啊?！"黑妹妹臣服地伏地，从此头脑清爽，看到黑猫也不一惊一乍了。

黑弟弟对我全然放心，没有半点疑心。比如抓它们去打猫三联针，完全是一场徒手搏斗，有的还需要用猫点心将它们诱骗进玄关用毯子扑裹。黑弟弟根本不用担心，所以我总是把它放在最后一个，也好让它多点自由的时间。它看着关进铁笼里吵吵嚷嚷的同伴，安然地在院子里走来走去，一点也不害怕。每当我弯下腰对它说："黑弟弟，妈妈带你们去打防疫针哦。"耶……它答应着，顺从地进入铁笼，或者猫包，进去后仍老实地站着，眼神里满是信赖。

别看黑弟弟老实憨厚，可激动起来也是一级的水平。它总是在院门外迎接我下班回家，一见我就把脸贴到地上，后半身高高翘起，恳切地表达着思念之苦和拍打的请求。我只在它屁股上拍打了两下，它就扑通倒在了地上，快乐地打起滚来。天哪！地上的鼻涕虫你没看见吗？快起快起！黑弟弟仍沉浸在欣喜之中，喉咙里咕噜咕噜山

叫你再神经 / 姚育明　摄

响，全然不顾那一条条黏稠的银光缠在身上。腻心死了！你以为这是功勋将军披挂绶带啊？我一把拎起它去家里洗澡。它不像其他猫那样一个劲地挣扎号叫，它一动不动，强忍着不出声。终于它惊瘫了，身子扁平骨头软化，像一块湿透的黑粗抹布。只此一次，再也不忍让它见水了。

偏偏它受了更大的水淹。那天回到家里，一进院子猫们全围了过来，独缺黑弟弟。喊叫的结果是听到了河里的回应，声音很闷，只见黑黑的一团东西在水中咕咚咕咚地挣扎。看到我来到岸边它就哀叫着往岸上爬，爪子一抓一滑一抓一滑，身子一升一沉一升一沉。怎么可能爬得上来?！两米左右高，九十度的水泥岸，顶端边沿还向水面弯出一个弧度。

我返身取下挂在树上的拖把，翻出栅栏，弯腰把拖把伸下去。黑弟弟一下抓住了布条，往上提拖把时，它顺着布条滑下去了。我又用拖把托着它的屁股往上拉，它仍是一次次滑落。黑弟弟体力明显不支，它的叫声越来越恐慌，也越来越喑哑。五六只院猫散在岸边观看，我都顾不上看它们的表情。

此河甚深，我就是跳下去，也没法站住。虽然我紧张得有点喘不过气来，但还是不想让它看出自己的慌张。我像往常一样镇定而亲热地叫着："黑弟弟不怕，妈妈在，妈妈不走，妈妈一定救你上来。"我用拖把将它扫向亲水平台下方，想让它踩住小抽水泵息息体力。可惜水泵上长满青苔，它站立不稳，只是抓住了水泵上的尼龙绳子。可惜尼龙绳太细，我一提它又掉下去了。我急得一下趴到地上，右手使劲用拖把兜，左手伸下去接它，它也像个小孩一样伸着手。我横下了心，即便它的爪子扣进我的肉里也绝不撒手……

谢天谢地，黑弟弟完全明白了我的决心，它停止了叫唤，用劲力气往上一蹿，一下抓住了亲水平台下的木头。我松开拖把，右手稳准狠地揪住了它的后脖。

它吓得连感谢都忘了，一落地就慌里慌张地逃开了，留下一路歪歪扭扭的水迹。这时我才发现自己爬不起来了，两腿像抽了筋，无力而又酥软。

黑弟弟经肮脏的河水一泡，炎症刚痊愈的尾巴又溃烂了，我可是给它涂了好几个月的药啊！

之后连着几天，我惊魂未定，觉得这条河太阴险，一张大口，总是等着吞猫，它已经吞食过好几只流浪猫了。就这样对岸的钓鱼人还嫌不够，我亲眼见他踢打一只流浪猫，并把它扔进冬河之中，还拿着竹竿欲往水深处捅。那次如果不是我喝住了他，那只猫就没命了。我不能想象万一院猫们掉下去游向对岸（对岸是斜坡，可以爬上去），他会采用怎样的手段来加以阻止。

我在院子里待的时间更长了一些，不时发呆地看着黑弟弟，想怎么那样巧，那天本来还要晚一些回家的，冥冥之中有股力量让我提前回来，回来后又没有马上离开院子，黑弟弟命不该绝。

朋友香香听说后，特意开车送来一只铁丝编的橄圆形篮子，边缘还镶有粉白色的裙边，非常艺术。她说缚根绳子可以吊下水去救猫。我一看就乐了，多像图片中的救度观音，手里提着一只藤篮。

黑弟弟好像忘了掉到河里的恐惧，它又趴在了河边，看着对岸的钓鱼人若有所思。我蹲下来叫道，黑弟弟，来。它像梦中一样无声走来，侧过腮帮，把脸轻轻地搁上我的膝盖，它的体温渗进我的膝关节中。生平第一次遇到一只猫能如此领略我的爱意并表达自己的爱意，本应有的感动刹那变成了莫名的忧伤。

晚上我和院猫们道声晚安，黑弟弟仍恋恋不舍，执意送我上台阶。它一步一倒，每一级台阶都要用腮帮蹭擦一下或几下，一路激动到门口，知道我要开门进去了，便毅然地横倒在地，用整个身子挡住门槛。它仰望着我，两颗黄中透绿的眼睛像星星一样闪光。我蹲下身伸出手去，开始揉它。耶耶耶，黑弟弟激动万分，脚往东墙上一蹬，身子便向西侧展开，撞到西墙，转个身再用力一蹬，身子又向东墙移去，它就那样来回地擦拭着砖地。每次和它告别都极其

让我靠一会儿 / 姚育明　摄

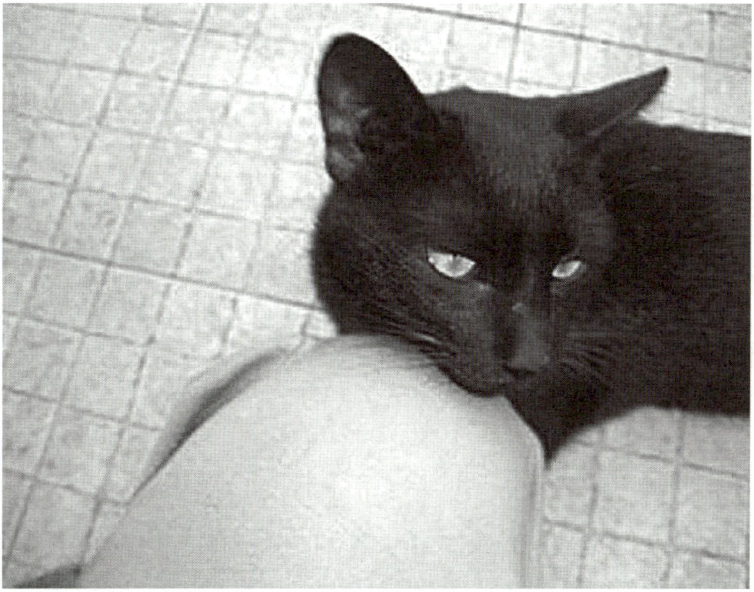

困难，总要反反复复将它抚慰。等我关了门，它还要隔着玻璃门站一会。望着那团朦朦胧胧的黑影，我完全能想象这只裹着一身尘灰的猫崽，怎样眼巴巴地望着同样模糊的人影。

如果说圣贤没有畏惧心，是不对的，我看到过好几次黑弟弟的示弱，它的表现方式很独特，就是突然将速度放慢甚至定格。比如当蛮横的矮脚黄虎斑闯进院子，其他所有的猫都吓得逃开时，黑弟弟立即停止正在进行的活动，模仿成一尊雕像，哪怕前脚已经跨出后脚还未收回，它也能保持那中间的状态一动不动。估计黄虎斑

天生沉稳 / 姚育明　摄

多少有点文化，懂得不能破坏雕像，黑弟弟才得以保全体肤完好。而猫王踱进院子后，其他猫都不敢乱说乱动，黑弟弟却会从它面前画半个圈慢慢走过，然后跑出院子。黑弟弟的意思很明确：“大哥，我让你。”只是它的避让像表演，没见过的人大概无法想象一只活猫刹那就成机器猫，它扭着头，把后脑勺对着猫王，全身骨节僵化，极其缓慢地抬腿落地，中间几乎带着一秒又一秒的滞留，我似乎能听到咔咔咔的机械化声响，整个过程像影视剧的慢镜头。估计猫王很受用这种步法，没准把黑弟弟当僵尸猫欣赏了。

我不止一次地疑惑，为什么看到黑弟弟总会想起父亲？是它像父亲一样从不欺凌弱小，也不阿谀奉承吗？还是它像父亲一样从不投入到集体的快乐亢奋之中？也或许自己和他们有着相像的地方？当家的曾经说过，我们家姐弟几个，唯我继承了父亲漫不经心的精神特征，这就是：经常的，魂不知去了哪里。

终于在它的猫生，发生了一件扑朔迷离的事……

耳听八方

黑妹妹比黑弟弟小一号，大概是太瘦弱的关系，它的背不像其他猫那样挺直，而是一条长长的凹陷，好像不堪重负，侧面看有点设计感，是一条美妙的曲线，从上面看下去，它的背脊最多四厘米宽，太单薄了。我给它起了个外号：云片糕。

不过，瘦弱亦有迷人的优势，黑妹妹纤细的前腿扭啊扭的，婀娜轻巧。人界模特儿再怎么走猫步也露着硬性，而黑妹妹呢，早已放弃天生的猫步，它已变得像鱼，步法流畅像水中穿行。

黑妹妹是个标准的猫中林妹妹，病病歪歪，冰雪聪明，却又敏感多疑。它听觉灵敏，心思缜密，任何轻微的声音和细小的变化，它都会注意。哪怕一片树叶在它头顶飘动，它都会警觉地抬起头来，一旦落地，它就会蹑手蹑脚地过去，瘦削的身子围着落叶转来转去，总要研究好一会。过于敏感和细腻，使它特别容易受惊。

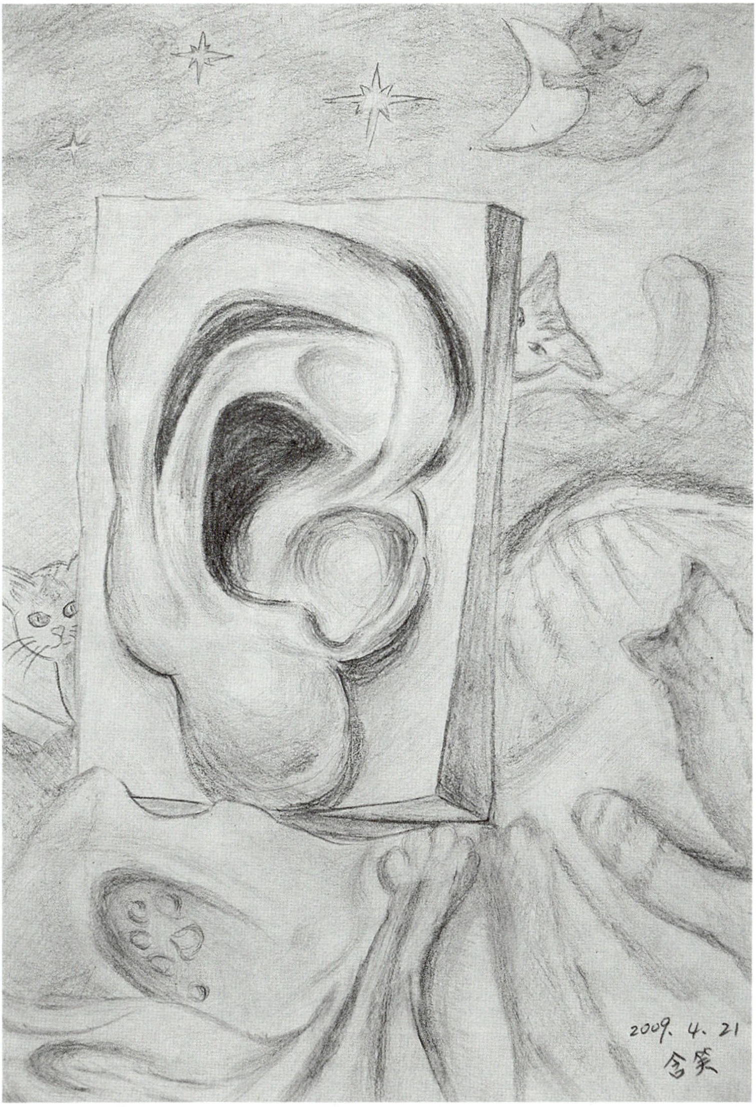

姚育明作品

黑妹妹的脑袋像它妈妈，小三角头一只，却有着一双与脸盘不相称的大眼睛。它的眼仁黄而透，在阳光下黄澄澄的，像一对宝石。有时候看它，就是一张大家见惯的外星人脸面图像。当它慧黠、灵动地盯住我时，眼神里充满了揣测。黑妹妹的耳朵也有些奇特，和其他猫比，并不算庞大，但和它自己的小脸比，就突出了。它像一个耳报小神，能听见极细微的声音，也能听见我的心声。我心思一动，它全知道，扭着身子应声而来或者疾风般地逃走。

比如，它轻快地向我跑来，我想，是不是给它擦擦耳朵？好像

姚育明作品

又发炎了。它耳朵一抖，立即转身逃走。我转念想，算了，等配了新药再擦吧。它马上踅身返回，亲热地擦过我的裤腿。

最初看到它屁股流血，我根本没朝子宫蓄脓方面想，还以为猫也像女人一样来例假了。时不时它就要发烧，不吃不喝。甚至有一次还莫名中毒，我带它到宠物医院治疗，针打下去疼得它差点飞起来。平时它发声极轻，听上去像风声中传过来的一声蝉鸣，可那一次它痛得像海啸般怒吼。称分量时，连医生都说，这只成年猫太瘦了，才三斤六两。后来它又屡犯尿路感染，一连几天尿不出来，东蹲蹲西蹲蹲，看得我心头发怵。医生说要手术，最起码插导尿管。曾听闻多次猫咪导尿导出的医疗事故，不敢让病弱的黑妹妹冒险，只好采用保守疗法，人用金钱草冲剂，每次五分之一，用绿的喂药零食包裹。结果它一口咬破了，药粉一漏出来它就不肯吃了。为了不让它闻出药味，一次药粉要用去好几颗喂药零食。除此还要给它按摩下腹，我哄啊骗啊追啊，终于几日后它尿出了小便。每当这时候，我都像提炼出液体黄金一样狂喜。

为了让它强壮起来，我总要给它开个小灶。当别的猫埋头苦吃猫粮时，我向它使个眼色，它会很默契地离开自己的碗，悄悄地转到水泥护墙后面，那里有猫罐、猫条、汤鱼在等着它。有时，淘宝卖家会送我几小袋试吃进口猫粮，我就当猫点心藏着，偷偷给黑妹妹开胃，偶尔也会被其他猫撞见，这时我特别心虚。这群老实的猫，从不骂黑妹妹，也不抢黑妹妹的偏食，它们只是渴望地看着我，我只好赏它们几粒。每当这时，黑妹妹装没察觉，阵脚一点不乱。这时候我们的角色有点颠倒，它像人一样心知肚明，而我蹑手蹑脚的，像一只偷嘴的猫。

它的胃口打开后，毛发也日见油润，虽然骨骼依然小巧，但体形明显丰硕起来，脸也成了小包子。它和我日益亲热，经常在我脚旁优雅地翻身，无声无息像拆了骨头一样柔软。

我很得意，终于把云片糕升级成肉包子了。

女儿笑话我，连说猫事都往吃的方面联想。我承认爱吃的人会把猫养得很胖，自己一天三顿，喂它们两顿就觉得是一种亏待，碰到自己睡得晚，也会去给它们增加一顿点心，结果所有的院猫都被我一一催肥，长得就像我生出来的，一个个都有了大肚腩。

黑妹妹生了两只小猫，小虎和小熊，可惜莫名失踪了。不等它生出第二窝，我把它拎到宠物医院做了绝育手术，去探望它时，它转过头去不理我，一脸的愠色。出院后回到家里，它刺溜一下钻进了阳台下的雨水管，为了不见我这个面目可憎的人，它在里面整整躲了两天，我好言好语说尽也不管用，我急了眼，借了根扁竹条捅进去，终于戳到了那个软绵绵的身子，它终于待不住了，从对面道口钻了出来，沾了一身的污泥。

它远远地望着我，眼睛里有些陌生的神色，我知道这个手术伤害了它，它觉得自己遭到了背叛，那些恐惧和痛苦都是我这个曾经最亲近的人强加在它身上的。

经过相当长的一段时间，我和它的关系才渐渐复苏，那真是一个小心翼翼的过程，当我再次听到它在我的抚摸下发出幸福的呼噜声时，那种失而复得的快乐真是无法形容。

黑妹妹绝育后身体日益健康，它常在阳台的猫毯上一推一勾地踩动，这是小猫为吃到更多的乳汁而做的踩奶动作，也是一种满足的反应，它每次都要踩好长时间，可见它对生活的满足。只是它的

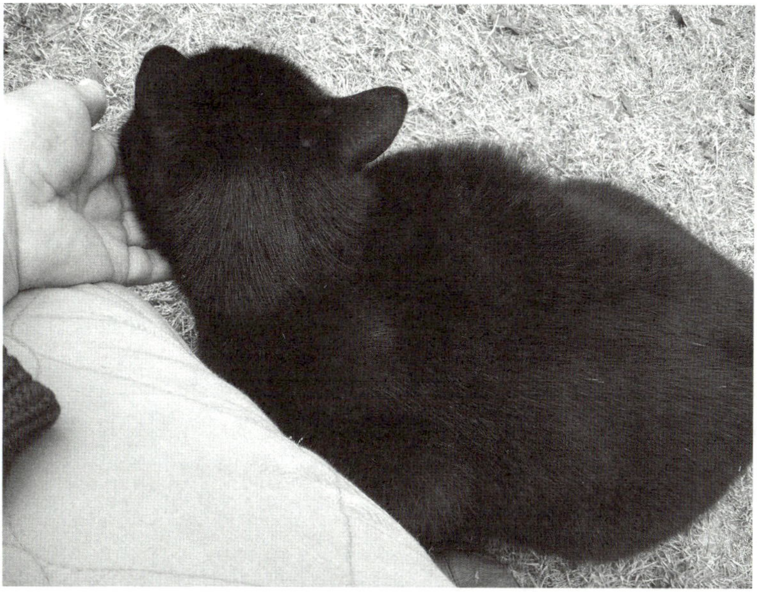

就喜欢偎依着你 / 姚育明　摄

耳病总不见好，一年多了，看过三个医生，咨询过不少猫友，几乎每天在给它上药，国产的，进口的，甚至偏方。滴的，吃的，擦的，每天拎它耳朵，黑妹妹都神经过敏了，一见我伸手就吓得窜走，每次上药都是玩猫抓老鼠的游戏，这只“黑鼠”怕极了我这个“人猫”。

等到棉签擦出了淡淡的血水，我才下定了决心，去嘉定宠乐道。传说这家宠物医院硬件软件都好，院长姚海峰来自北京，手下全是北京过来的有资质的宠物医生，开业仅三个月，一些得了疑难杂症的宠物就从各地坐飞机、火车而来。

我先把它装进猫包，等自己换好出门衣服，却发现猫包开了，我那个吃惊呀，拉链明明垂在猫包外，关在里面的它是怎么拉开的呢？只有一种可能，就是它把爪子勾进链条缝里，一点一点抠下来的，没想到它不仅聪明，还有耐心。重新把它塞进猫包后，我又用别针固定了拉链。黑妹妹一一一地叫着，哼哼，你就是叫出一二三来也由不着你呀。

黑妹妹很幸运，姚院亲自检查，问病史，摸叩，察看，清洗耳道，化验，做B超，下内窥镜，像检查一个人类。

正欣慰着呢，听到了一句结论：耳朵里长了东西！我心乱跳，凑到仪器前细看，一个红色的丑东西阴险地向我狞笑。

我说最好用保守疗法，手术有风险。姚院说手术当然有风险，点点消炎水不解决根本问题，病情终会发展，发展到恶性肿瘤就是不治。

我有些犹豫，万一开出来就是癌症呢？人都治不好这个毛病，何况是猫？我请教手术方案，以及手术的副作用。姚院说，需要用刀在耳旁的皮肤上划开一个丁字形，将皮肉分离。他还说，面部血管丰富，神经纵横，会有后遗症，比如面神经麻痹、霍纳氏综合征、窦道炎症。也就是说，右脸没有神经感觉，右耳失去听力，它只成一个摆设，右眼也闭合不全，睡觉也是睁着，长期会得眼睛干燥综合征。更麻烦的是，两年后还会并发炎症，因为耳道深处的创伤极难痊愈，外面新长的肉会把炎症封在里面，它会向脸颊部慢慢发展，到那时，还得重新划开脸部皮肉做排脓手术……

黑妹妹紧张地把头埋进我的臂弯，看着它弱小无助的样子，心里五味俱全，但我很快想明白了，虽然有这么多副作用，但二害相权取其轻，不开就是死路一条，到时候它有个三长两短，我怎么对得起尖头小黑的托付?!

我问他住院开刀要多少钱，他说要六七千，你自己考虑。

我的脸一下火辣辣地发烫，虽然也知道这是高难度的手术，人家已经给了不少优惠，但我还是觉得有些辣手，心里电闪雷鸣，脸上却佯装镇定。我的手下意识地抚摸着黑妹妹的背，它终于抬起了头，我看到它一如过去的信任和依赖。

开！如果心疼钱，以后定会后悔。多少年前，一只被人捆绑出售的猫头鹰求我救它，我因讨价还价不成而放弃了一次救生的机会，之后，猫头鹰的眼神一直鞭打着我的灵魂，忏悔并不能补偿内心的疼痛。现在，我还要再一次转身离去吗?!

妹妹也支持我，她说姐姐我带着信用卡，可以透支，你先拿去用。

姚院听我介绍黑妹妹胆小敏感的习性，主动提出给它住六个平方米的单间，200 元一天的房费仍按格子间的 50 元收。虽然还是觉得贵，但应该承认，这个优惠力度也够大的了。再说那是怎样的病房，宽敞、整洁、安静，真正的贵族病房，何况工作人员还那么和蔼、耐心。如果还像过去它绝育时住过的环境那样，猫粮打翻，猫碗里有屎，垫布潮湿肮脏，工作人员甚至扔橘子皮进去吓唬它们，我怎么能够安心?

第二天手术，我去宠物医院，发现黑妹妹身上沾着脏乎乎的白粉，问医护人员怎么搞的，医护人员笑了，你养的什么猫?智商这么高！还从来没有一只猫能发现通道呢。

在这之前，我还担心黑妹妹不会用猫砂盆呢，没想到人家非但无师自通，还把猫砂盆推开了。那么大的一个猫砂盆，加上猫砂，

看不够你 / 姚育明　摄

足有八九斤重，猫砂盆底下是下水道，下水道上压着一块三四十厘米见方的铁盖，沉甸甸的更是超过它的体重，它不知用什么办法又把铁盖提起来了，成功地排除了两道障碍，它钻进下水道企图越狱，医护人员发现后不知费了多少工夫才弄出它。由此它失去了特殊照顾，住进了固若金汤的不锈钢格子间，空间仅比游泳时存放衣服的格子稍高稍深一些。

我并不感到意外，黑妹妹的与众不同我早发现了。那次五只成年猫关在同一只铁笼中去做免疫，猫们乱撞乱叫，黑弟弟虽不挣扎，但眼神也显出了一些紧张，只有黑妹妹一声不吭，它沉着地直起身察看铁笼上方，伸爪试推四个角落，还歪着脑袋掀起脚下的垫子寻找出路，它挤开慌乱的同伴，沿着铁笼壁细致地一寸一寸察看过去，确定逃不出去才趴下身来，它的智商令人刮目相看。

手术后黑妹妹需要打点滴，医护人员不知扎了多少针才找到血管，她们又说，从来没遇到血管这么细的猫！为了避免用一次药找一次血管，医院给它用了置留针。我告诉她们，这只猫很聪明，必须加固，否则它会拆掉针头。

黑妹妹看着我，眼睛亮闪闪的。我想完了，我的话等于提醒这个小耳报神了。

护士说没关系，给它戴了头套，它咬不着，而且置留针用橡皮膏固定了，不可能弄开。结果第二天早上，护士差点昏倒，不仅头套被它褪下，手腕上的针头也不翼而飞。护士说没办法，得给神猫套两个头套，结果一大一小，弄得像个怪物，它的手上更是左一道右一道地缠绕。护士一走，黑妹妹就开始解套，只见它举起手腕，审慎多虑地盯着看了几秒钟，然后开始抖动，前后抖抖，左右抖抖，继而手腕大力绕圈，那些尝试，完全是人的思维方式！

唉，黑妹妹，你真是受老罪了。为了减轻它的不安和紧张，我天天赶过去陪它。路途遥远，要坐一辆公交，换三次地铁，还要走三刻钟，那种心甘情愿，就好像去医院探望亲人一样。

由于陌生环境，黑妹妹应激反应，连续五天不肯进食，它变得瘦弱憔悴。医生说这样会得脂肪肝，只得买来最富营养的 AD 猫罐，用针筒给它强打进嘴。注射了三天，它的胃口开了，我感到由衷的幸福和骄傲，又一次想起尖头小黑，真是个聪明的母亲猫，你托对了人，黑妹妹在我这里，一切都不成问题了。正因如此，看到别的格子间的猫羡慕地看着黑妹妹时，我会由衷地怜爱它们，也会给它们分吃几口。

在它手术前一个小时，一位藏地活佛在他的几个弟子陪同下突然走进宠物医院，他们转了一圈，然后停在黑妹妹面前，活佛微笑着伸出手摸着它的头，他的咒念得温和而又诚恳，黑妹妹一动不动地领受着这番耳提面命的叮咛。这位活佛的名字我曾听说过，用藏语翻译就是永恒的善慧金刚之意。我问他的弟子，你们进来有事吗？弟子说，我们只是路过，走到宠物医院门口，师父突然说，走，我们进去看看，就这样遇到了这只小猫，它大概有慧根吧？我感到这个小小的插曲很有意思，黑妹妹还真有法缘。

一周后，检验报告出来了，四只手术猫就黑妹妹是良性的，有只肿瘤狗也是良性的。我的眼泪都流出来了，为了那三只可怜的癌症猫，也为黑妹妹和那只不知名的狗狗高兴。

十二天后黑妹妹出院，我没有将它放归，让它在我书房里继续休养了半个多月。开刀到底伤元气。

连续八天的阴雨天，终于出太阳了。黑妹妹完全放松下来，这是自它手术后睡得最香的一次。我追随着阳光，把椅子移来移去，始终让黑妹妹浸在阳光之中，多么充沛的四月光照啊，亮得好像给空气镀上了水晶。我也整个罩在光里，身体热蓬蓬的，感觉好像不是守着一只猫，倒好像守着这方阳光。

一个呵欠上来，我闭上了眼，迷糊的一刹那，看见两个孩子牵拉起一根橡皮筋，黑弟弟驮着黑妹妹从橡皮筋上跳了过去。我忙拿起相机，奇怪的是镜头伸出了，却按不下快门。好在黑弟弟驮着黑妹妹又转过来，重新从橡皮筋上跳了过去，一急之下，我睁开了眼

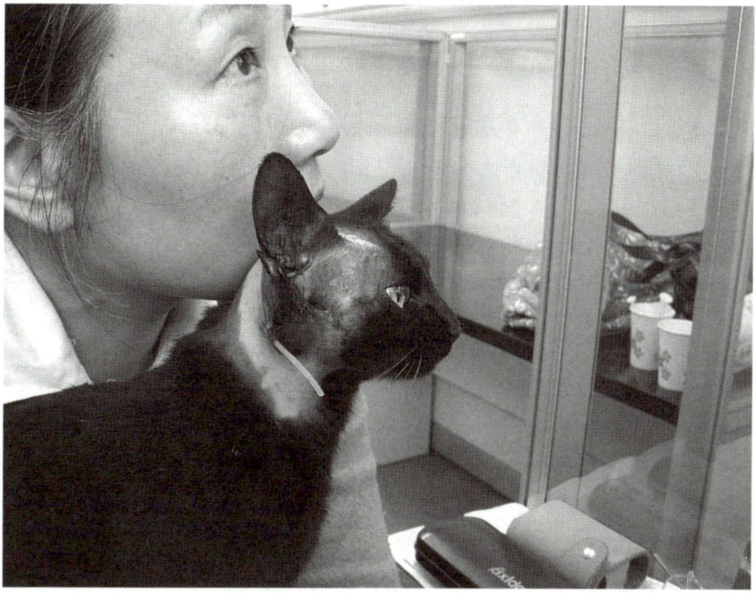

共同盼望 / 姚育明　摄

睛，黑妹妹依然安静地卧在阳光里，梦中童话也是那么短暂。

我打开窗户往下看去，黑弟弟在树丛花草间钻来钻去，也许是在寻找同胞妹妹吧！过去，这对兄妹天天抱在一起游戏，拍的照片都分不清它们的头尾，乌漆墨黑的一团，整个不曝光。

不着急，黑弟弟，等黑妹妹强壮了，你们就可重逢了。

给它洗了一个出生以来的处女澡，一切顺利，就是它非常仇恨电吹风，挥掌攻击这个发出响声的怪物，只好拿大浴巾在它身上反复地揉擦，然后抱它去房间。我坐到靠窗的躺椅上，把身子放倒，黑妹妹快乐极了，在人肉垫上爬来爬去，打着幸福的小呼噜。上有阳光，下有人体之热，很快它的毛发干了，全身散发着香喷喷的味道。

它又有力气登高了。从我腿上爬到肩上，蹦到背上，或者伸出前爪，将我的手指紧紧抱住，它那粗糙的舌头认真地伸缩着，一遍又一遍。我的手被舔得麻酥酥、湿漉漉的。每天它都要这样舔几回，为了配合它的亲热，我只好不涂手霜，以免那些不可知的化学元素进入它的肠胃。

黑妹妹还喜欢和我聊天，我问一句，它答一句，我说一句，它续一句，甚至我念六字大明咒，它也跟着发音，但永远是同一种句式，一个字：一、一、一……

窗外夜色浓重了，路灯闪着温暖的黄光。添了把猫粮，加了点净水，把自己的大衣铺在座椅上，团成一个下陷的猫窝，向黑妹妹道了晚安。这时手机嘀地一响，一条长长的短信跳出来：大地母亲再次发怒，将沉睡中的玉树人带入了深深的灾难与痛苦之中，108爱心基金会将发起救助行动，有力出力、有钱出钱……

多么不安的地球！多么脆弱的人类！我回了信。黑妹妹一直盯着我，它的右耳轻微地颤动着，仿佛在努力察听远处的痛苦。是的，它只有单只耳的听力了，它需要加倍地谛听，谛听这世间的一切异响。

我摸了摸它的头，睡吧，睡吧，这儿暂时没有地震。

终于到了那天，我抱起黑妹妹打开了家门，去吧去吧，去见你的兄妹们吧。黑妹妹落地后又返身朝屋里看了一下，它踌躇着不知是走向自己的兄妹还是退回屋里重新和我生活在一起。

我喊了一嗓子，黑弟弟，快来！

黑弟弟奔了过来，黑妹妹这才慢慢地走上去，两只猫伸出鼻子

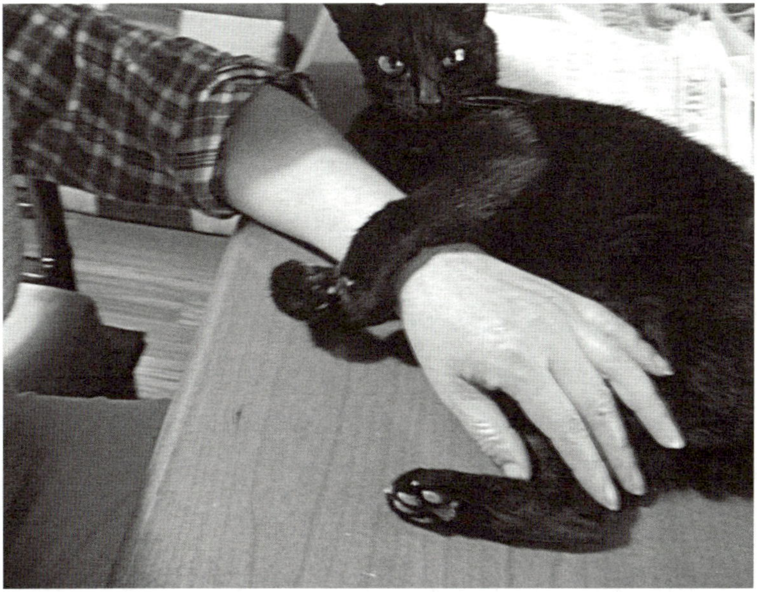

不信由你，布施口水也是有功德的 / 姚育明　摄

闻了闻，分离了一个多月，黑妹妹似乎有些害怕，黑弟弟却深情地吻着它受伤的头颅，终于黑妹妹伸出了前肢，两只猫抱在了一起。我回到楼上，打开窗户，它们依然抱在一起，黑花也伸着鼻子在黑妹妹身上吻来吻去，真是情如画卷啊！

三年半过去了，黑妹妹除了睡觉右眼闭不上外，医生预言的后遗症都没出现。它变得更年轻了，一直跑出去玩。回来的时候，我摸摸它的身体，它的毛发有时干燥，散发着阳光晒过后的暖香，或者青草拂拭过的清香，有时也摸到黏糊糊的潮湿，小区里有人工河，并不深，是因故掉下去了还是去哪里捕捉小鱼了？

说起小鱼就想到猫送礼的事情。家门口的台阶上经常有死蚂蚱、死蝴蝶、死蜻蜓之类的昆虫，也有过几次麻雀，一开始认为是白鸟所为，它身手矫健，命中率极高，可黑妹妹回来后又多了水产种类，它们是泥鳅、鲫鱼、锦鲤、鲶鱼、草虾。是黑妹妹还是它和白鸟联手所为？谁都知道，猫最爱腥味，这些在我们眼里的普通鱼类和鸟肉对于猫来说却是美食佳肴。一只猫不吃能够理解，所有的猫都不吃，说明它们一定互相告知了：不能动，这是礼品鱼、礼品虾。

没想到一位猫友对我说，你感动什么？以为猫来报你恩？它们对晚辈和等级比它低的人才会这样做，你会捕鱼吗？不会吧？它可怜你呀。

我倒！当然，这是最常见的漫画，画面只有斜竖的两只脚，人摔到画面外去了。当然不能出现人脸，要怎样的表情才能讲清暖乎乎的心情呢？

那天我正在院子里浇水，黑妹妹叼着一条小鱼径直跑到我脚旁放下，还撒娇地叫了一声：一……我惊讶不已，这是从什么地方捕上来的呢？隔壁人家的院子里并没养鱼，再隔壁也没养鱼，再隔壁是空房子，再隔壁，哦，那家人家养了不少鱼，可是同时养了一条小区最凶最高大的黑背，它曾经伤害过好几个人，更不用说轻易追咬流浪猫了。有一次，猫咪乱乱正在我家门口吃猫粮，那只黑背毫无征兆地扑过来，一阵猛烈的旋风，乱乱当即翻倒在地，我也随即跌了下去……

我的身子轻微摇晃起来，别看黑妹妹身形小我几十倍，气场不知比我强大了多少！它真勇敢啊！

黑妹妹大概以为我的思忖是不满足，又扭着身子跑开了，一会儿，又叼来一条放在我的脚旁，还用爪子拨了拨，示意我注意。我说，黑妹妹，不要过去！黑妹妹没得到应有的夸奖，又着急地钻过去了，一会儿，第三条鱼出现在我的脚旁。一……它叫着，意思让我验收一下。

你还一呢，明明是三了，三条鱼！

黑妹妹有些纳闷，它没有得到想象中的称赞。我回过神来，蹲下身拍拍它的脑袋，领情了黑妹妹，再也不要去抓了，危险啊！

这下它听懂了，眼睛里全是笑意。边上蹲着的几只院猫老老实实，它们平静地看着这个场面。它们太自觉了，我从没看到过它们的馋涎欲滴相。

我犹豫了一下，是把鱼埋掉还是煮一煮喂它们呢？曾经白鸟抓来玩死的鸟我都是埋掉的。想想黑妹妹冒着这么大的风险盗来鱼，埋掉有些可惜了。我就煮了半小锅鱼汤，其他猫吃得很香，黑妹妹只喝了点汤，但它心满意足。

时间长了，这些天真的小杀手都知道我不喜欢它们杀生，就是送礼物，也不会再送活物。可一年后的一天，钟点工来我家干活，走到门口惊呼一声，地上怎么有条鱼啊？！

打开门，一条三寸多长的鱼躺在家门口，鱼身下还有一摊水渍，顺丰快递啊？这么有效率！

一抬头，看到一只猫的身子隐在台阶拐弯处，只探出一只黑乎乎的小脑袋，一对超大的眼睛亮晶晶地盯着我。

又是黑妹妹！什么事又让它突然激动起来，非送大礼不可了？

它的眼神是那么准确无误，它在等我反应，或者说，盼我夸奖。

我朝它一指：黑妹妹，你又抓鱼，我不是说过了吗……

话未说完，它箭似的蹿上十几级台阶，一把叼起鱼又飞速地下了台阶。这神速的反应还真是第一次看到，把我看得瞠目结舌。

它怎么了？以为我不领情？我马上追下去，只见它气呼呼地蹲在杏树根旁。我蹲下来，叫它，它不应，也没法应，嘴里叼着鱼呢。

我摸摸它脑袋，对它说：黑妹妹乖乖，对妈妈这么好。可是鱼妹妹不见了，鱼妈妈有多伤心啊！

黑妹妹一直看着我，它那灵敏的耳朵真的听到了鱼妈妈的叫唤。那只以一当十的耳朵！

黑妹妹松了口。这回我不想再烧鱼给它们吃了，它们并不缺吃。

黑妹妹蹲在一旁，看我埋鱼，表情还算平静。突然它站起来，在上面尿了一泡。这让我又惊讶了一回。

我思忖，为了不要伤它的心，也为了不要再让它捕捉那些无辜的小鱼，是不是写一首赞美诗备着？省得每次发生这种杀戮，我都要挖空心思对它说好话，到时候只要像念咒一样读一读就好了。

黑妹妹开心了，一、一、一……我学它样，一、一、一……突然想起前几天遇到的一个熟人，表情里隐蔽着一些不屑，她说：院里平时有几只猫？才五只?！那最多的时候呢？也不过十几只呀！我一个亲戚家的流浪猫就比你多，二十几只！

难怪现在被称为大数据时代呀，什么都要讲规模。问题是我做事不是为了进数据库，我也不想和别人比，对不对，黑妹妹？我就爱你一个呀，一、一、一……

2013 年 10 月，黑妹妹失踪。大地平沉，天堂破碎，聪明如仙子的黑妹妹啊，你为什么悄然无声地离去？好在天堂不止一个，愿黑花继续你生前的快乐。

下一个

黑花

作为尖头小黑的孩子，黑花不仅长得不像哥哥姐姐，脾气还精灵古怪，这与它的经历有关。尖头小黑失踪没几天，黑花也跟着不见了，一周后它躲躲闪闪地出来，才发现它的左脚踝受伤了。

黑花虽然住进了我放置的纸箱，白天看见人仍要躲藏，一路滴滴答答的血迹，像省略号。我试图抓它去治疗，它却逃进下水道。眼睁睁地看着，只恨没神通将污水化为双氧水。

它的血终于止住了，但左脚也畸形了。走路的时候，它的脚掌会折起来，垫在脚踝下，一瘸一瘸地走，跑动的时候，就是真正的三脚猫，左脚悬空缩着，三只脚跳跃般地奔跑，身子幅度很大地摇晃着。这只小时候最大胆、最勇敢的猫变得前所未有地自卑，不管站着还是坐着，总把那只残疾的脚踝藏在腹下，好像羞于公开。

黑花骨折初期，伤肢无法扒土埋屎，也因疼痛无法支撑使用右肢，每当它惶恐地看着自己的遗弃物，我便过去帮它收拾。它跳着躲开，但我能感觉到它的心理定势，它一定认为我是它们生活的一部分，接触它们的隐私是自然而然的事情。

感人的时刻到来，尖头小黑的干女儿黄花用肩膀蹭了蹭黑花，好像说，没关系，以后这事就包给我了。从此只要黑花拉好屎，它就义无反顾地过去，左扒右扒，细致地帮黑花盖好粪便，然后又快乐地扑到黑花身上，它们抱着打来打去，甚至下口啃咬，闹不清是谁的叫痛声从两个扭曲的躯体间发出，猫科动物的游戏总是有些野

谁说的，我的脚根本没坏 / 姚育明　摄

蛮，但不乏亲热。每当看到这一幕我总是感动，且不说它们没有血缘关系，即便是同胞姐妹，这样的友爱精神也不像流浪猫族，相反的，倒接近了人类扶助弱者的思维。

有一天，黄花也失踪了。险恶因素总是不断，除了猫贩子、虐猫者，小区里老有人开飞车，用损人的沪语来说，急着去投胎。可事实是，另一类小生命去投胎了。

黑花失去了好友，并不气馁，它很争气，一直没有放弃自我锻炼，它在我家树上练爪，那只畸形的左爪在树干上无力地举上滑下，看上去好像永远没有希望的样子，可它坚持不懈，终于树皮上有了抓痕，那小肉垫变得有力，它也能为自己埋粪便了。当家的看见了免不了抱怨：我家的树又遭殃了！

黑花开始熟悉我们家人了，它的亲近方式就是远远地看着，眼睛一眨不眨。后来就一点点缩短距离，直至跳上我家门旁的护墙，或者客厅外的窗沿，它目光专注，一蹲就是几个小时。当家的见我和黑花眉来眼去，不由得火了：你能不能把窗帘拉起来？不要让它看见我们！

当家的也开始不忍心了。

当家的突发急病住院，我每天去看他，发现他情绪低沉，竟然靠在床上让我把相机对准他，以前健康时他都懒得拍照，现在形容憔悴反而要留影？还不是以为自己要挂了。我就和他说起黑花的进步，它主动惹黑妹妹追赶自己了；它来蹭我的鞋了；它鬼鬼祟祟偷看我了；它把蛤蟆拨得团团转，蛤蟆四脚朝天装死，它上当离开……平时不愿谈猫的他竟听得眉目舒展开来。当我说到黑花竟然懂得美容，连吃好几朵玫瑰花，看样子，那棵花一朵也留不住时，他竟说，

让我再看一会儿 / 姚育明　摄

它喜欢就让它吃去。

这时候我就暗暗地感谢黑花，猫是一帖药啊。

黑花越来越有激情了，却别致得独一无二，那就是清晨来对我打招呼。它不像其他的猫在我家窗前各种叫，它无声，却斜跳起来，腾空撞向玻璃门，这团肉球总能把塑钢门撞得哐当响，我都担心这扇质量不甚好的门被它撞飞。它不管，变本加厉，后来发展到有空就撞，一天里门不知要响几回，我一开门，它就“哇”的一声怪叫，逃得比谁都快。玩到后来它觉得撞门也不过瘾了，往往趁人不备，突然从近处腾空而起，它的弹跳力真好，总能命中我的大腿。

真不能小看这只脚踝伤残的小母猫，它的登高运动一点也不亚于同伴。在爬树上，它敢与本事最大的白鸟抗衡，它最喜欢我家的石榴树，每天都要上去辗转腾挪几番，它将残脚掌翻过来，用脚背抵着树枝，以此平衡另三只脚，它在细树杈上颤悠悠地走，它比所有的猫都爬得远。

我总拿没用的空盒供它们玩上一阵，黑花兴趣浓厚，只只空盒都要进去，还经常把自己摆放成首饰的样子。有一次刚进去，还没等我拍下照来，就被冲过来的白鸟咬住脖子，不知白鸟是来调情还

再不滚我要报警了 / 姚育明　摄

是玩闹，黑花却是愤怒地大叫，它不再畏缩，能无所顾忌地大喊大叫了。

它不愿意玩的时候，谁也不要招惹它，它就独自安静地待着，像入禅定一样，也不知道去到哪个境界，可它愿意玩的时候，比谁都疯，兄弟姐妹们都让它，也许和人一样，对残疾者总是有着呵护的情怀。它在游戏中占了上风，总会精灵古怪地打滚或者仰天大笑，笑疯时就会化出一张小老太婆的脸，让我无比惊讶。

猫们都爱梳毛，它们眯着眼睛陶醉其间，有的猫还会不停地央求你一梳再梳。只有黑花害怕，我刚蹲下身，它就下意识地往前一蹿，梳子落到它的背上，总是吓得一激灵，那个抖动非常猛烈。然后身子像蚂蟥一样扁扁地贴在地上，眼睛紧闭，一副豁出去的样子。可片刻之后它尝到了舒服的味道，不由自主地把屁股翘起来，蓬松的尾巴轻轻摇着，眼睛也惬意地眯了起来。多少年了，每次都要开启先恐慌后舒坦的程序，都习惯成自然了。

黑花见不得花，不是吃就是玩，石榴花开的时候，它总是在树上勤奋地勾捞，花掉到地上后，它还要跳下去追花，狂热地扫捧搂抱，又是舔又是闻的，激动起来后腿还卷到胸前乱揣。它与花如此亲密，难怪一身毛发总是蓬松顺滑，原是香花精油润泽过的。所有的猫中，它是最干净的一个，不像别的猫，时不时屁股上沾着屎，我从没给它洗过澡，它却比几只洗过澡的猫都干净万分。

有一天，当家的从外面回家，看到黑花雕塑一样守在第一级台阶上。这种后体下蹲，前腿立于胸前的站姿是猫们常见的一种，看上去总是稳当，对于黑花来说，却有些失衡。

当家的停下脚步看着它，眼睛里露出少有的温和：真可惜，如

姚育明作品

果不是这条坏腿，黑花是院猫中最好看的。

院猫？多么亲切的归类。这么说，当家的无意中已经认可了它们，也就是说，它们可以名正言顺地住在院子里，和我们分享这个空间。尖头小黑，你真聪明，你的托付终于成功了。

第二年春夏，黑花生了三只小猫，不知为什么，一只莫名失踪，另两只只活了三天就腹部鼓胀得像吹了气一样，等我发现时已经死了。蜉蝣一般的短暂生命啊！

我把它们埋在了小区的绿化带。黑花显然寻找了一阵，还在我埋的地方闻来闻去，最后还是平静地接受了事实。没多久，黑妹妹生下两只小猫，黑妹妹很淡漠，小猫从盒子里爬出来跌倒在地它都不管，看上去不具有当母亲的资质，倒是黑花这个做阿姨的，天天躺在小猫身旁，抱着它们、吻着它们、舔着它们，从眼睛舔到肛门，它的每一个动作都像溅着火花，爱心满得好像要爆发，小猫们抱着黑花的残肢，快乐得吱吱叫，那场景极具亲和力。可惜某天清晨，小猫住的盆子莫名地反扣着，小猫们不见了。黑花愤怒极了，怪罪于这只盆子，把它推来搡去，还撕咬泄愤，之后又沉默了好几天，比失去自己的孩子还要惆怅。

猫姨的爱 / 姚育明　摄

到了年末，院猫们又一次集体发春，黑花的情人竟是俊猫白鸟，瞧它打滚扭腰的媚劲，是母猫们中最具挑逗性的。想到一窝又一窝的小猫涌来，小院将被猫族大军完全占领，我额上就渗出一层冷汗，毫不迟疑地买了只猫包，分别跑了几回，先后将十只猫咪送到宠物医院咔嚓了。这个象声词显示着绝育的干脆利落，从此它们不再发出扰民的叫春，更重要的是，它们不再有后代重蹈流浪之路了。

经我手绝育的猫多多少少都怨恨我，只有黑花让我感动。它动手术的那天我去宠物医院，一推门就听到了高亢的凄厉叫声，没想到竟是黑花，它在铁笼中半蹲着，浑身剧烈地颤抖，一秒不停地号叫，我怎么抚摸、召唤都不能止住这撕心裂肺的声音。我请医生给它打止痛针，医生说用不着，打了反而影响伤口愈合。

这么小的躯体缝了五针，按这比例就如同人做了剖腹产，怎么说也是大手术了，为什么人能止痛猫就不行了呢?！我不想在这个年轻的医生面前失态，出门转了半个小时，再回去黑花的叫声依然没有停止，也没有减弱，它的身子团成了一个球，露出的那截伤肢跟着一起颤，终于我的呜咽声和黑花的号啕声混在了一起。

第二天我再去看黑花，它已平静了，只是炸起的毛乱蓬蓬的，仿佛还延续着昨日的痛苦。我蹲下身，摸摸它脑袋，给它换了干净的布垫，又把妙鲜包倒进猫碗。它显得激动，限于笼子的空间，它没法跳起来撞我，只好不停地蹭我，表现了从未有过的感激和亲热，我差点要为这个记吃不记打的猫流泪了。那是我第一次怀着负疚为猫们买点心，后来院猫们被我宠得连妙鲜包都不碰了，它们只对更具实质的猫罐头感兴趣。

逢年过节，我会在石榴树上挂满小红灯笼，最感兴趣的还是黑

玫瑰花也很好吃 / 姚育明　摄

花，它天天趴在树枝上，像拍皮球一样地用爪子拍打。我和它都很忙碌，它忙着拍打下来，我忙着系挂上去，那些小红灯笼上上下下，十分喜庆。

黑花的活泼令人欢喜，但真正震动我的是它的顽强精神。3月1号这天突然降温，风像穿过冰水一样，凉嗖嗖的，改变了春意。我加披了一条厚布围巾去院子里，猫们像往常一样等着开饭。身边有些安静，这才意识到黑花不在。过去，在院门口喊一嗓子，黑花就会摇摆着身子向我奔来，可今天一整天过去了也不见它踪影，难道黑花超出了过去玩耍的区域？忐忑不安地返回院子，又机械地喊了几嗓子，终于听到了回复，是从河里传来的含糊的声音。

这几年小区业主和物业闹得不可开交，听说三分之一的业主拒交物业费，物业减少职工，小区陷入恶性循环，到处是狗屎，河流也没人清理，绿藻铺满整个河面，间缀着一丛丛水葫芦，水体严重的富营养化，猛一看像绿油油的草地和旺盛的植被。

距亲水平台四米之远的水面在剧烈地波动，天色已晚，看不清是什么东西在扑腾。黑花?！我冲着那丛水葫芦大叫，立即响起了急切的哀叫，那变化的声调让我全身的细胞又一次调动起来。

庆幸我备下了为救猫而特意买的鱼抄，又急呼当家的来帮忙，他看了一眼说：离那么远，你不会爬到隔壁去？这一说我胆壮了，翻过木栏杆爬到邻居的亲水平台上，这下看得比较清楚了，只见一只落水猫不停地往水葫芦上踩，上去没几秒钟，水葫芦就侧翻了，重新落水后它又挣扎着踩上去……幸亏这些水葫芦给它暂息啊！我一手抓着木栏杆，一手持着鱼抄探过身去，可是单手使不上劲，怎么用力都舀不进猫。当家的又说，真笨，先把它勾过来。

你也不能拿个空碗让我配合拍照呀

这话提醒了我，我把水葫芦向两边排开，落水猫一直踩着水，勾过来半米左右，我把鱼抄侧对着它，落水猫翻身而入。

这时当家的说，肯定不是黑花，是新来的小猫欢欢。我也有些疑惑，黑花没有小得这样离谱啊。问题是欢欢就站在岸边紧张地看着，肯定不是它了。这些院猫也真奇怪，先前不给我任何暗示，这一阵全伸着脖子吓傻了。

我把鱼抄收上岸，想抓住猫冲洗一番，谁知它跳出来，一高一低地逃了，这不是黑花是谁?!

第二天看到它，完全成了个缩小版黑花，身体像被裁剪了一圈。无法想象，在十个小时左右的时间里，它一直处于踩水的状态，这要消耗多大的体力?!是人早就虚脱了。

黑花一定认为自己做错了事，看见我竟有些躲闪，更让我吃惊的是它的黄色眼仁竟然变成了暗绿色，我第一次知道恐慌可以改变眼睛的颜色。

后来发生了一些微妙的变化，它经常做出一些古怪的动作，假意不看我，用眼睛的余光瞥我，发出让我注意它的各种声响。

黑花喜欢闷玩，每当我在院子里扫秋叶，它就在一边蠢蠢欲动，当我把落叶拢成一堆，还没决定是放火烧毁还是运到垃圾场时，它

我不知道什么是对的，什么是错的 / 姚育明　摄

已经在几米外伏下上身，翘起的屁股左右摆动，眼睛瞪成愣愣的对眼。一看这蓄势待发的样子就知道它要把自己当炮弹了，果不其然，它跳起身俯冲进去，一道粗大的黑影顿时击中枯叶堆，叶片草渣四下溅开又飘然落下。它轻而易举地把自己活埋后，半天没有动静，是撞疼眼了还是被叶屑灌聋耳了？还没等我拨开枯叶堆呢，一只狸花脑袋悉哩索落地冒了出来，两只眼睛还骨碌碌转。真是一只恐怖的猫头！

领地权

我家院子并不大，但风水绝好，它南临水，水面开阔，密集的冬青树墙将东、西两家邻居隔开，北面是我家的院门，院门两旁是防腐木制作的栅栏。院内种植一棵白玉兰、一棵红玉兰、一棵石榴树、一架粉蔷薇、两株黑玫瑰、一棵浅红香水玫瑰、一棵粉紫薇、一棵柿子树、三棵含笑、一棵无花果、一棵大黄杏、一棵大叶栀子花、五棵四季珠珠花、一棵红梅、一棵蜡梅、一棵大山茶、三棵桂花树、一棵鹅掌楸、一棵枣树、一溜紫红粉白相间的杜鹃花、一棵香椿、一棵黄杨、一棵参天大樟树、一丛竹子，还有一片小小的绿草地。之所以不厌其烦地一一列出，是因为把这一切看进眼的不仅仅是我一个，还有无数的碧眼、绿眼、黄眼、黑眼，它们的心思更加简单，也更加明确：它们才是这个院子的主人。

毫无疑问，小院非常符合我的物尽其用的生活原则，猫们与我们分享小院风光，所有的花木都被充分利用，猫们如处极乐世界。

世上没有不透风的墙，过去把这儿当游乐场和免费餐馆的行脚猫不甘心了，它们想挂单，想长住，它们想用实际行动消灭阶级差别。原住民们不满甚至惊慌，它们地盘意识强烈，不想让外来族分享，争夺领地权的风波由此而起。

公猫们在院子里到处飙尿做记号甚至打架，母猫们互相对骂或者赖在猫屋里不走，瘦弱的、有病的猫没力气参加竞争，便趴在阳台上等待我心软病发作。院子里充满了强烈的腥臊味，当家的又烦

不和你玩了，我去爬那一棵树 / 姚育明　摄

恼起来，问哪里有卖弹弓的，他要见一只射一只。

流浪猫要抢占我家院子还有情可原，奇怪的是散养的家猫也凑上了热闹。最有代表性的就是那只矮脚黄虎斑，它长得结实厚重，像一坨铜块，眼神也有点蛮横，天知道它为什么对这方天地情有独钟，一进院子就扑打个没完，连母猫小猫也不放过。如果我呵斥它，它就把尿喷到猫碗里示威，有一回竟当着我的面撕咬黑妹妹，我一时找不到棍子，脱下左脚的拖鞋扔了过去，拖鞋砸在它身上，吓逃的反而是黑妹妹，黄虎斑四只短脚像钉子一样牢固，它扭头镇定地看着我，眼神里写着这样的反问：你是谁啊？敢扔臭鞋?！我吓了一跳，这个流氓恶棍见过世面的啊！我哭笑不得地单脚跳过去，勾起那只反扣地面的鞋穿上，又把食指戳到它额上，你再欺负黑妹妹我踢你出去！没想到黄虎斑竟然仰起鼻子闻起我的手来，它的鼻子又湿又凉，显示着强壮的体质。天阴下来时，矮脚虎仍不回家，反而蹲守在猫屋顶上发威，院猫们只好胆怯地挤在阳台上，下雨了，它又蹿过来，独自霸住电脑桌，四脚朝天睡着，连眯着的眼睛都透着飞扬跋扈。有时碰到院猫们都出去玩了，黄虎斑就乐得在院里独自打滚，看见我的眼神也变得温驯，还不时喵喵叫着，好像说老子总算享到清净了。

一见猫咪误终生。这句话对我来说，真是恰如其分。尤其是我家的院子，每天都是吃喝住一条龙服务，猫想不来都难。

我又一次向当家的保证，再也不让新猫进我家院子了，我也不用家人插手猫事，等把老年猫都送终后，就和他一起游山玩水去。可是，猫们早拿定了我的软肋，只要遇到它们，我总没办法选择。当又一只意志坚强的猫再次破坏我的誓言时，我自己也羞愧难当了。

没办法，猫太强大了。

当家的说，早看穿我了，他不相信走火入魔的人会立地成佛。他主动放我一马，但约法三章：不准带猫进家门，不准让猫的病传给家人，不准问他讨钱养猫。除此之外，你爱怎么玩就怎么玩吧。

这些我都能做到，我觉得他够宽容的了。

过去，我一直遵循着来的都是客的原则，时间长了我才知道来的都是麻烦。我想保住每一只猫的结果就是战事纷乱，自己也频添烦恼。

不知什么时候起，我突然发现猫们安静了不少，原来猫王出

白鸟表示向猫王臣服 / 姚育明　摄

现了。

猫王第一次出现在我家院子里时，所有的猫都低头不语，也有昂首的，却是闭着眼睛。一只三天两头来骚扰调戏黑花的攀墙神猫，还不知道局势发生了变化，它像往常一样飞身而入，色眯眯地颠向黑花，猛然间看到猫王，吓得一屁股坐下，爬起身就往回逃去。猫王是只毛发蓬松的黑狸花，它无言地蹲立在我家院子正中，目光懒散地扫过所有的猫，好像说，我不来巡视一番你们就反了天了?!

我大喜，捧出猫粮向它献殷勤，它目光呆滞地吃了几粒，停下嘴沉思着，我讨好地说，你应该有个名，就叫你大松吧。它置若罔闻地看看猫碗，好像不明白刚才吃的是什么，我伸手想摸摸它，它反手就是一巴掌。咦？怎么恩将仇报？你真是猫王？怎么像患了老年痴呆症？

不知大松贵府何在？有没有人为它打理饮食？我只看见它对进餐这件事不太敏感，有时闻闻刚倒上的猫粮，一粒也不吃，有时又把别的猫吃剩的丁点猫粮舔得干干净净，弄得那碗像水洗过的一样。也看不出它有什么精神追求和兴趣爱好，只知道它没什么剧烈的举动，没任何表情地傻坐是它的常规动作，奇怪的是这傻劲就能镇住群猫。它不久留，吃一会或坐一会就走，它走时全院的猫都行注目礼。

别看矮脚黄虎斑百无禁忌，却也惧这只大头大脑的猫王几分。如果大松进来了，黄虎斑还在挥霍霸气，一场好戏马上开演，刹那间大松尽显猫王本色，每回打斗过后，地上都滚动着几大撮猫毛，有黄色的，也有黑灰色的。我可怜这只已显老态的猫王，只要有可能，就助它一臂之力，最后总能弄得黄虎斑落荒而逃。

最后一次看到大松是个下雨天，它竟然睡在我家阳台的猫爬架上，浑身湿漉漉的，我撑着雨伞去猫屋张望，院猫们都息在里面，不由得感慨大松的大度，没有王者风范怎可能当得上猫王？

有好长一段日子，大松和黄虎斑都不来了。偶然在班车上，一位女子主动来和我打招呼，她说咪咪中毒走了。我莫名其妙，哪个咪咪？她说就是经常来你家院子的黄猫咪咪呀。原来是矮脚黄虎斑，如此健壮勇猛的猫竟然死了？它的主人又说，我后悔死了，没有带它去看医生，一开始以为它是便秘，只知道给它揉肚子，谁想到它吃了毒东西呀，胀了两天就走了。

知道这家人家后，再走过她家院子我就会朝里看，那里有个小土丘，黄虎斑就埋在下面，同时埋下去的是一只猫窝和一捧猫粮。不远处是它经常跳进跳出的窗口，为了方便它进出，它的主人从来不关这扇窗，那个封住的阳台就是它的猫宅。想到咪咪这个昵称，想到这家人为它布置的一个豪华空间，我也不由得唏嘘起来，它也是个受人宠爱的独一无二的宝贝呀。

但是没人来告诉我大松为什么不来了，我预感凶多吉少，因为在城市里，猫的真正天敌是人类，狗它们反倒能够应付，只要身边有树，迅速爬上去就是，再说它们从不主动攻击狗，在发现狗影之后，就会逃跑避让，可人类的手段防不胜防，猫们的智力不够。自从我听说猫贩频繁出入我们小区，还有小区里住着做烧烤的租户，我就常常为猫们担心。希望大松是寿终正寝了，没有经历活杀的酷刑。

终于又来了一个猫王，和大松一样的毛色，一样的大头大脑，尾巴比大松还粗，只是身子略小于大松。我称它大松二世，后来嫌麻烦，就简称二世。

二世也常来我家院子巡视。它比大松年轻，皮毛也紧实，更让人欣赏的是，它走路像狮子王，既有弹性又四平八稳，它回身察看时，那腰身转得真叫个玉树临风，那器宇轩昂的大脑袋上，一对吊梢眼，眼神很威严，还藏着些风雨，有着天然猫王的气派。奇怪的是它的叫声并不雄伟，反而像婴儿哭泣。二世像大松，没有野蛮动作，进来只是一声“婴儿”啼哭，哀声一起，群猫们就自觉地避开，它像没看见一样平静，对于我的问好它同样置之不理。

母院猫没一个俊美的，二世懒得在此搅动凡心。所以我看到的永远是一个威武的君王形象。偶尔在我妹妹院子里看到二世，竟然

亲爱的，别理人类，他们是羡慕忌妒恨 / 姚育明　摄

对小萝莉下手，我大笑，喂，猫王，别这么猥琐好不好？它退后一步，眼睛里射来一束仇恨的目光。哦哦对不起，打扰了你的好事。我并不怎么反对它们恋爱，这对猫中的俊男靓女，也算得上珠联璧合、佳偶天成。它们生出来的孩子一定好看，送养没有问题。

一般公猫发情，总会变得神思恍惚，又瘦又脏，二世相反，毛发变润，身肥体壮。再来我家院子，眼神有些闪烁，好像还记得被我发现隐私的窘境。

我说，没事没事二世，欢迎你继续来此巡视。二世重新抖起雄风，院猫们继续看它眼色。我彻底搞明白了，这个院子是双层管理模式，猫王是它们真正惧怕的管理者。我和二世并驾齐驱，院规更加明确细致：第一，我主动收进；第二，自己来投靠，全体院猫同意接纳；第三，猫王不驱。

事后发现，在决定谁留谁走的问题上，拉锯战仍避免不了，最后起作用的不是猫王，也不是我，还是这群看上去懦弱胆小的原住民。它们的举动稀奇古怪，好长时间我才搞清它们竟有一套自己的逻辑。

白鸟不是鸟

我还没睡醒呢，就听到窗外传来一阵猫唱。一会儿柔柔顺顺的，一会儿高门大嗓的，咿里哇啦的，七高八低的，兼带往上拔的美声。我再不起床，演唱会没准会变成滑稽戏。

刚下楼梯，歌唱声戛然而止，结果就看到我家玄关窗台下吊着一只网袋，兜着一条大白鱼，不对，是窝着一只大白兔，也不对，那是一只撞开我家纱窗，想往里跳，结果被网住的大白猫。

它一定是从门外的护墙上跳进来的，它运用了怎样的技巧？要知道护墙和这扇窗是平行的呀！

我用手托住它，往外一顶，它翻身落了下去。我开门看去，只见它轻盈地往院门那里跑，身姿曼妙得撩人。是只土猫无疑，但它并不是纯白的猫，它身上有两块黑斑，背上的一块像菱形钻石，左耳上是标准的心形，尾巴也像借来的一样，是黑灰色的虎斑纹。它是一只具有梵猫纹的短毛土猫。

你是谁啊？来做客的吗？刚才唱得很好听呢。

它立即躺倒在地，摆出了一个迷人的造型，并对着我嗲嗲地长叫了一声，那激越娇俏腔像极了京剧清唱。再看它的眼睛，和所有的院猫不同，院猫们全是圆眼、杏仁眼，只有它，一对古代仕女的丹凤眼，还镶着天然的粉色眼线，嫩红的鼻头以及浅红的肉垫都在向我宣说着一种杨贵妃式的娇媚。它看着我，眼波流转，顾盼生辉，这是猫吗?!

它又叫了一声，却是天真感性了。哦，它哪是贵妃，明明是可爱的白雪公主。我喜滋滋地伸出手想拍它脑袋，它却避开了。咦，你还很羞怯啊，公主?

我端出猫粮来款待这位客人，它好像有些害怕，不时东张西望，吃完跳到我家院门柱子上发呆，好像在想什么心事。

两个邻居走过，看到它惊讶地说，咦，这不是某某家的白猫吗?怎么到这儿来了？其中一个男人走过来，一把抱住公主，它并不挣扎，顺从地窝在他的怀里跟着走了。

可是第二天，它又出现了，连着几天，公主趴在我家猫屋顶上，它不是居高临下，反像是避开一院子猫的歧视。

院猫们有的哈它，有的冷眼相看，有的视而不见，它们按照忌妒仪轨，冷淡了几日才勉强将它接纳。

它好像意识到自己是寄人篱下，进出总是小心翼翼。它是院猫中最胆小的，老猫打它，它会退后，小猫抢它猫粮，它也让开。它有一个强烈的爱好，就是为众猫舔毛。最初我以为它在巴结原住民，后来发现它没有尊卑观念，即便比它晚来的猫，它也会伸出粉色的

别污辱猫，我是纯爷们 / 姚育明　摄

舌头迎接。平时只要有猫贴到它身旁，它都会毫不犹豫地履行舔毛义务；如果发现哪只猫因故孤寂地躲在角落，它也会主动走过去舔毛表示慰藉。

它酷爱梳毛，我只要拿出梳子或毛刷抖一抖，它就会亢奋地跑来，一路咿咿呀呀。一旦梳子或刷子落到它背上，它马上变得酥软，半眯着眼左侧右翻、前伏后撅，一副迷醉的样子，只要意识到我准备住手，它就急叫着恳求我继续下去。它在如此快乐的时刻也不忘关爱同伴，每每挣扎地拽拉腰身，伸长脖子，竭尽全力地舔住近旁的猫，它一边舔一边呻吟，那含混陶醉的声音分明在说：有福共享，你也舒服舒服吧。

不久，发现公主的屁股后面竟然缀着一只“毛桃”，跑动的时候带出一股雄风，这才意识到它是一只公猫。其实早注意到它的外八字步态了——公猫的步法都有点外撇，只是没放在心上。还有一个明显的特征，每天它都在地上紧张地闻来闻去，一旦探测到陌生猫的气味，马上就是一泡尿。它勤奋地滋尿画地盘，几乎把小院喷了个遍，滋好还要闻来闻去，好像检查是否有所遗漏。搞了半天，

一篮猫肉，还是笑着的 / 姚育明　摄

它只是个伪娘啊。

这使我有了个新发现，猫界中的伪娘，即使滋尿画地盘也完全是形式主义，在这只嗲兮兮的公猫身上，我就可以看出这种怯懦。任何一只陌生的猫咪跑进我家院子，它都立即施展隐身大法，嗖的一声蹿到了树上，藏在树叶之中，有时碰到流浪狗跑进院子偷吃猫粮，它更是吓得在树上发抖。

它算什么公主，一只惊弓之鸟罢了，从此“白鸟”成了它的新名。它一点不嫌弃这个新名，一叫白鸟，它就用动听的声音回应着。

也许在其他公猫眼里，欺负这只娘娘腔的公猫是名正言顺的事情，要不怎么解释，每次从外面回来，它都带着一身的伤口和鲜血，弄得我三天两头为它涂药。我对它说，白鸟，你就老实地待在院子里，不要出去了，在这里没人打你。每当这时候，它那略微悲伤的眼神会露出一些柔软的表情，然后又抬头看着院外，好像有些不太甘心。

我和院猫们都低估了白鸟的能力，别看它眼神娇滴滴，声音嗲兮兮，其实它非常有才。它真如鸟类，各种飞身，无一不是佳姿，如同鸟类滑翔低飞，它的平衡感和精准度也好，能在尖刺铁栅栏上行走，也能涉过扎满玻璃碴的墙头。天上飞的，地上蹦的，屡屡入它粉爪，有一回它还叼了一只河蟹放在院里的大水碗里，这家伙！它还懂得养宠物啊？那蟹也怪，以为只是换了个水域，还安然地待在里面。最让我难堪的是一次邻居小冯告状，说白鸟呼朋引伴，领着一群猫推开了她家虚掩的门，一气走上了三楼，把玻璃缸里的发财鱼全捞出来搁在地上。邻居发现时，猫们正伸爪逗弄着这些蹦跳的鱼呢，邻居一声喊，猫们纷纷逃下楼去，只有白鸟还不忘叼走一条发财鱼，它把鱼运到院子的薄荷丛中，存在那里慢慢地享受。

哈哈，这是我的乐土 / 姚育明　摄

我内疚得要死，觉得对不起小冯，好在她也同情流浪猫，否则赔钱也解决不了问题。

院子里所有的制高点都是白鸟的宝座，树、猫屋顶、空调外机、围墙、石柱顶，它轮番蹲立在上面，是日日可见的活雕塑。有一回它不慎跌进河里。刚落水时它还大声叫唤，希望两个钓鱼人能够救它，其中一人手上的鱼抄子能捞大鱼，当然也能捞落水猫，可那人空举着，没有伸向水面的意思。白鸟很快明白了局势，这两个是看白戏的。它不再叫唤，只是游来游去，仰着头看河岸，寻找能够上去的地方。其他的猫落水，只会扑咚咚地原地扑水、呛水，白鸟却游得像条鱼，脑袋都不埋在水里，还能一边游一边观察。也算白鸟命大，恰好我来到院子里，及时把它救了上来。

白鸟是真正的捕鸟高手，但不是为了吃，而是为了玩耍。它把鸟咬在嘴里，一昂头，一抬下巴，小鸟猛地甩向上空，它能甩上去两米之高，然后跳起身，准确地用嘴接住落下来的小鸟，再甩再接，好像玩投篮，乐此不疲。每次我和它争夺小鸟都累得要死，它比我动作快，能快速转移阵地。可怜的小鸟，总是被它吓个半死，直到

看什么呀 / 姚育明　摄

小心脏完全吓破。有一次总算被我抢到了一只还活着的小鸟，那鸟全身无损，但眼睛半闭，心跳得好像要破皮而出，我拿起它做了个往远处扔的姿势，白鸟果然上当，向那里跑去，我趁机把小鸟放在密集的冬青树丛顶端，让它息息力飞走。白鸟找不到就回来问我讨，我装无辜，跟着它一起低头找，白鸟在树底下来回地寻觅，它万万没有想到，那只胆战心惊的小鸟就在它头顶两米来高的地方。

黑妹妹在一旁不动声色地看着，没准心里在嗤笑，真笨！是的，白鸟的智力和细心绝对及不上黑妹妹。但是，不可否认，没有一只

独自玩的羽毛球陪练王 / 姚育明　摄

院猫赶得上白鸟的本事。

白鸟虽然技艺高超，但在猫界缺的是一份凶猛，除了厚道的黑弟弟，所有的猫都敢欺负它，不是说技高胆壮吗？怎么白鸟这么有本事偏偏胆子小？它从不敢和其他公猫过招，连见了公猫崽它都害怕，有时被逼急了，它还会躲在树上哇哇叫，意思是君子动口不动手。

偏偏当家的最看好它，说其他猫都被我养成了狗，只有白鸟才是一只真正的猫。

有一回，我又向当家的抱怨，说不知用肥皂水、消毒水清洗过多少回院门墙角了，那些狗还是能闻到自己留下的尿味，反复地来此地跷腿。当家的说，如果能弄到老虎尿洒在门口，就能镇住狗了。

白鸟唱着小调过来，闻了闻院门角落处的一摊狗尿，掉转屁股就滋了上去，完事后抖了抖屁股，又认真地闻了会自己的尿液，然后它眯起了眼睛，好像很为自己的战斗成果陶醉。我笑了起来，哈哈，白鸟当老虎了。白鸟仿佛听懂了我的表扬，扑通一声倒下，在狗尿猫尿混合的污渍中来回打滚，亢奋得像吃了有致幻作用的猫薄荷，一次次把身体扭成了麻花。

大姐大

啊呜刚来的时候趴在墙边的阴沟盖上，说它是一只猫不如说一坨更为准确。这是一只普通到不能再普通的奶牛。见惯了流浪猫的瘦弱，猛一见这么肥硕的没有脖子的还真不相信自己的眼睛，若不是那坨肮脏的皮毛，我会以为是谁家走失的宠物。

你是谁？从哪里来？是路过还是想在这里安家？

听到我的问询，它哆哆嗦嗦地站起身，我这才看清它的全貌：母猫，短腿、大肚、肥腚，白脸，黑色的中分刘海，右眼的黑色更多些，包围了眼睛，像海盗斜扣了眼罩，左眼碧绿如玉，可惜传递出的不是温润的祖母绿，而是凌厉而又阴冷的幽绿神色，使唯一的亮点也打了折扣。

我拿不定主意是否要将它收编，肥成这样肯定不缺吃喝，可它趴在这里的样子明显地是想成为我家院猫。

你好歹出个声啊？想住下来叫两声，不想住就叫一声。

它开口了，不是一声，也不是两声，啊呜啊呜的一串，发音清晰，态度诚恳，带着微微的怯意。那好吧，以后我就叫你啊呜。记住，好猫才能做我家院猫，你块头这样大，不能欺负其他猫，一旦犯规不要怪我不客气哦。啊呜又发出一串叫，却是低而含糊的，它埋下头，还把夹住的尾巴更紧地往腹下藏了藏。后来发现，她发言简单，永远是“啊呜”两字，变化的只是声调和节奏。

最初几天，啊呜确实知趣，每天只专注一件事：埋头苦吃。它和我原来是一个类型，见粮食没命。开饭时它总是第一个报到，吃饱了就势一倒，猛一看就像一只汽油桶在滚。

无意中发现它竟然在院里撒野，更想不到的是原住民都害怕它，一定是它仗着自己岁数大、块头大。我不止一次看到它扇白鸟的耳光，打得白鸟满院逃，要不它就是张开丑陋的嘴巴，凶狠训骂别的母猫。它一天不欺负众猫就好像活不下去。我气不过就大声呵斥，你这么有本事怎么不敢和矮脚虎对打？躲在一边啊呜啊呜管个屁用?！它马上泄气，迅速恢复成一坨肉的样子，埋着头夹着尾巴，鼓着圆圆的屁股。它的变化之快让人发笑，弄得我没事就想逗逗它，有时它并没犯错，我也会大叫一声，啊——呜！它条件反射似的，立即规规矩矩地缩到墙边，变成一团结实的大肉球。虽然啊呜在我面前有所收敛，眼光里依然隐藏着一丝锐利。

谁说大块头一定是悍勇或粗俗的？后来的母猫奶油，也是黑白色，体型与啊呜相仿，眼神却温柔敦厚，它身上散发着女性特有的气息，像一块磨圆的玉、一块甜蜜的点心、一团柔软的丝绸，怎么看都赏心悦目。奶油让我明白，大块头女性的温柔优雅更易引人注目。

啊呜很蔑视奶油，也不考虑别人怎么看自己，它的霸气日益增加。我终于发现，它也不是完全的倚老卖老，它还真有些功夫。比如能像人一样地坐着，坐的时候还会和边上的猫聊天，像极了那些地摊贩子，其实守着的也就是不值钱的饭碗或者几张枯叶——它总不允许别猫动自己眼前的东西。

它还会巧开院门甚至拨开我家家门。它很精进，每天在小竹林练无敌硬爪功，它直立推搡竹竿，想想那两条小短腿支撑着庞大的

别问价了，全卖完了 / 姚育明　摄

身体容易吗？因为天天苦练，它的思维方式也有了习惯性的倾向。比如，别的猫看见我会亲热地打滚、蹭腿，它看见我一高兴就磨爪，眼睛的余光还瞥着我，等着我对它的赞美。

没多久，它就不对我察言观色了，它把尾巴从胯下抽出，像旗杆一样快意地竖起，不是抖开全身的肉膘满院子走就是松开全身的皮毛倒地就睡，睡时歪头斜脑，有时还流口水。更可笑的是，它的心在快速膨胀，在欺负其他猫时，也会得寸进尺，顺手给我一掌。铁打的营盘流水的兵，不知有多少猫在我家院子里待过了，真正敢欺主的就它一个。

啊呜镜头感超强，它总是那样自信，也不特意摆姿势，可拍出来的照片，每一张都气场十足，令我有些羡慕。我还不如一只猫呢，一拍照就下意识地紧张。

奇怪的是每次我推开院门，第一个跑来迎接的也是它，这个腆着肥肚，扭着屁股，快速挪动小短腿的丑猫，碧眼里闪着渴望的光，欢迎词却是一连串的抱怨。我这才发现，它除了啊呜啊呜外，还会呜哩呜哩。我总是令它不满，不是回家晚了就是猫粮放迟了。它一呜哩呜哩，我就忙不迭地说，来了来了。

啊呜对我的这种特殊欢迎惹得女儿发笑，说它特别像日本动漫《猫的报恩》里的一个角色，为此我特地借碟看了一遍。里面有个名为胖胖的肥猫体型和啊呜很像，但神态相去甚远，何况那是个爷们，啊呜倒与那个猫国王的秘书有点神似，差不多的中分刘海，自行其是的做派，有时木然，有时傻呆，有时又煞众人风景。

当黑花忙不迭地撞我家门时，啊呜会赶来助战，好几次它帮黑花打开了门，然后它们一声递一声地叫：动作慢死了，还不快快来点甜的香的?!

我看到它们就要笑，院猫中就数它们脾气古怪，难怪它们知心，经常形影不离。

你在这里啊咪咪？小区二期的一位史姓大姐站在栅栏外朝啊呜招手。原来桥西南五十米是啊呜过去生活的地盘，这位大姐经常喂它。啊呜失踪后她一直在寻找，终于在我家院子里发现了它。她说，咪咪，跟我回去吧。啊呜果然跟着她走，走到桥头就停住了，再也不肯过去。史大姐对我说，它不来也好。看到在你这里有吃有喝有住，我也放心了。她还告诉我，啊呜快七岁了。

接触过流浪猫的人都知道，啊呜能活到这个岁数非常不易。它很清楚自己的处境，现在它找到的不仅是特级养老院，还是贵族托儿所，更是青年派对之家。总之，它能在这里和各界猫士各个年龄层次的猫打交道，拥有了幸福的猫生。

而过去，啊呜是多么清苦啊。史大姐住的是上叠加，冬天，她把纸箱子放在下叠加的空调台下，被那家人扔掉了。那儿的流浪猫只能钻在树丛里藏身。那个区域危机四伏，猫贩子出没，还有个别邻居放狗咬猫。啊呜的妈妈也是只奶牛，它非常勇猛，为了保护自己的孩子，即便被狗咬伤也不后退。啊呜继承了它妈妈的勇敢，看见狗就竖起全身的毛发出大声警告。啊呜很能吃，再差的猫粮它也拼命吃，它全靠吃撑着自己的猫生。它教孩子抓老鼠时，做出一跳一扑的动作，几只小猫跟在后面一跳一跳地扑，只是啊呜肚子太肥胖了，它没法亲自示范爬树，只好把两个前肢搭在树干上啊呜啊呜地叫，小猫们领会它的意思，一个个摩拳擦掌，爬上滑下的，学会了攀登。史大姐说，啊呜虽然强悍，但有母爱，一个冬日，她看到啊呜和它妈妈坐在一家人家门外的鞋垫上，它们面对面地搂抱着，为怀中那只小猫焐暖。她说当时看得眼泪都要掉下来了。我听了也是心动，没想到傲然的啊呜还有柔情的一面。

现在这个家族只剩啊呜一个了，它的母亲死了，它的几个孩子也很不幸，一个生病死了，一个被车轧死了，一个不知所踪，最后一个被狗追赶，逃到河边没处可去，掉到水里淹死了。啊呜伤心地目睹了这一切，从此与狗结下深仇。

我这才明白它对狗的态度为什么和其他猫不同。当遛狗的邻居好奇地朝我家院子张望时，其他的猫会下意识地后退或者止步，只有啊呜迈着小短腿，毫不犹豫地冲上去，它扑向木栅栏，一边发出尖锐的叫骂，一边向狗发起进攻。它双爪凌厉，出爪之快，就像突然发了癔病，那些被袭击的狗不是愕然就是悻悻地离开。史大姐很感慨：还记着仇呢。过去老地盘的流浪猫都借了它的光，狗走到那儿都会绕圈子避开。

听了史大姐的话，我竟得到一丝安慰，院猫们太弱了，总算有了一个厉害角色，也好让汪星人知道喵星人的地盘不得随意进入，窥视也不行。

有一回，史大姐来院子里看啊呜，见它正侧身而睡，她吃惊不小，怎么猫还有这样的睡姿?！我们那里的流浪猫全一个姿势，趴着睡，我还以为是冬青树丛缝隙太小的关系呢。我说猫是天生的瑜伽师，在不安全的地方它们趴着睡是出于警戒，在我这里，全放松了，当然怎么舒服怎么来了。史大姐感慨无比，连看到猫在水碗里喝水都感到惊奇，相比较她那里喝河水舔雨水的流浪猫，我这里的院猫显然过上了文明的生活。

史大姐还惊叹，怎么咪咪越来越年轻啦?!

啊呜确实逆时光生长，过去因为肥胖都无法教小猫爬树，现在却越来越活泼，像小猫一样打滚卖萌，像年轻猫一样精神焕发，更让人惊喜的是它竟然能爬树了，而且是院中最高的樟松。不是啊呜变瘦了，而是过去的虚胖变成了壮实。

当我第一次发现它在上面看风景时，心变得麻酥酥的，从此手心发痒，总想找机会摸上它一把，可每次它都能一歪头躲过，还要呵斥我一声：看一下还不满足吗？别摸我！

对狗咆哮 / 姚育明　摄

时间越长越能发现啊呜的优点。有一回我去黑龙江一周，临走请当家的帮忙喂食，回来发现猫没饿死，但水碗皆干。然后我看到一个下雨天，啊呜竟然伸颈接饮二楼滴下的雨水，它躲在二楼阳台下，身不能湿，水照样喝。过去从未见它炫过此技，看来我不在家的日子里，它就懂得自救。真可谓，是我能用天，而天不能窘我矣！

真的不能随便说啊呜是老猫，人家也会饱食思淫欲，天还冷着呢，它就敢发情，它的对象竟是黑弟弟，也算门当户对吧。它们当着我面做爱，黑弟弟像平时一样沉着，啊呜有些惭愧，抬头朝我看看，做出假模假式的矜持状，咿里呜啦地往前爬了爬，还把黑弟弟拖了一小段路。假清高啊，以它的蛮力，真要摆脱黑弟弟还不是小菜一碟。

我可不想让啊呜再生出一窝小霸王，“咔嚓”是必须的。只是每次捕捉都变成了一场搏斗，哪怕我已揪住它的后背，它照样能把我掀翻在地。终于想起了喵喵罐头，那可是啊呜的软肋，它第一次来院里吃到的就是喵喵罐头，后来我买的猫罐头不断升级，其他猫早已瞧不上喵喵罐头了，只有它忠贞不渝地爱着这款产品，对别的猫罐头碰都不碰。我把玄关门打开，在地上放一罐打开的喵喵罐头，所有的猫进去闻闻就不屑地退出了，啊呜心怀警戒，进进退退数次，最终还是扑向了它心爱的宝贝……就这样它落入了我的法网。

术后啊呜整整一周无精打采，伤口红肿，鼻头苍白，连睁眼的力气都没了。我去看它，宠物医院的人心虚地告诉我，说它伤口发炎了，他们已经外请了有经验的医生，马上过来。我脸上平静，但哆嗦的声音还是泄露了不快：我在其他宠物医院给猫做绝育手术，从来没有发炎一说，你们的护理肯定有问题。他们讨好地笑着，一个劲地辩解，护理它太困难了，一走近铁笼它就眼冒凶光，为了增

谁说我是老猫，我还年轻着呢 / 姚育明　摄

强它抵抗力，昨天开始，我们给它上鱼了，你看，我们人都没吃这么好的鱼呢！

那是一块鱼中段，这条河鲫鱼少说也有一斤半了，凭良心说，我都没给它们做过这么大的鱼，其他宠物医院的医护人员也从来不给寄养的猫吃什么河鲜，能喂好一点的猫粮都是阿弥陀佛了。只是啊呜显得很没胃口的样子，离鱼远远的。

我说这鱼不新鲜吧？它怎么不吃？他们又显出困惑样来，这是新烧的，昨天撤下的其他猫都哄抢。不知道怎么回事？它白天拒食，早上一看，鱼动过了，是不是它晚上偷吃啊？

我朝啊呜看一眼，它的眼神有些狡黠，我明白了，脸上有些挂不住，但我决心维护它的自尊：你以为它是人啊，白天装君子晚上做小偷？他们就很内疚地说，也许是散养在外面的小猫偷吃了，你放心，我们保证给它天天煮一条新鲜的鱼。后来，啊呜果然成了宠物医院的贵族阶级，医院每天特供它一条半斤以上的清蒸河鲫鱼。

刚从宠物医院出来，好不容易换了三辆车回到家里，刚坐上饭桌还没开吃呢，医院电话又追来了，说外请医生已经来了，要给啊呜打吊针，它像疯了一样不肯出笼子，所有的人都被它抓伤了，还把医生咬了一口。他们说就没见过这么凶的猫，他们降不住它，只有主人过去。我只好向当家的求救，他刚喝了酒，也只能冒着风险出车了。他说我还不知道你，啊呜如果出了事你会自责死的。

当家的表现很好，老天爷也是帮忙，一路畅通，连一贯拥堵的隧道也少见的空阔起来。怕啊呜咬人，我特地戴上了橡胶手套，没想到它乖得出奇。我轻轻一拎，就把它提出了铁笼，它伏在我怀里一动不动，听凭医生扎了针。这是它唯一的一次示弱。

看它这么乖，我趁机讨了块湿棉球，把它污黑的鼻子清洗干净。做我家院猫这么长时间了，它一直不让我碰它，原来啊呜的鼻子也是粉嫩嫩的。

快过年了，为了让啊呜伤口长结实，也怕它腹下无毛受冷，更怕它受到爆竹惊吓，我又把它转到一个离家近一些的宠物医院寄养了十天，前后在医院里待了二十八天。我几乎天天去医院看它，送吃的，并替换尿垫子，啊呜看我的眼神定定的，不知它在想什么。

出院的前一天，我请医院给啊呜补做一下免疫，一个年轻医生把它朝不锈钢桌子上狠命一按，还让我出手帮忙。啊呜是何等的性子，任何蛮力都会引起它激烈反抗，它回头就是一口，偏偏咬在我的手上，手背立即红肿起来。我把手伸到啊呜面前，你这张臭嘴怎么这样毒啊?！啊呜侧身一扭,露出肚上的伤口,眼睛瞥着我,好像说:一报还一报，是你让我吃了一刀！

过去，啊呜是最恋家的，白天，几乎所有的猫都出去玩，常常就它一个守在院中，绝育后它变得有些贪玩了，也常常和其他猫一起出去。对它我比较放心，它凶狠，胆又壮，而且总是准时回来，

才发现我的美女鼻吧

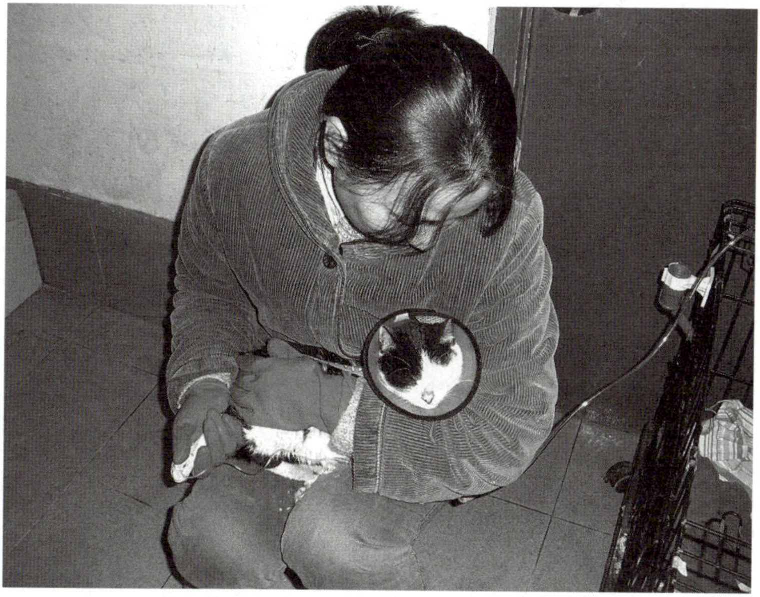

每次回来都显得快乐。现在它的臭脾气又复发了，它不准我碰，一旦被我摸着了背，那一声惨叫就像妙龄少女被流氓恶少占了便宜一样。但它对同伴却和气了不少，有时它会放下身段，把尾巴当手，绕过去，搭在别猫的身上，意思是用不着自己亲自动手。可是亲，你的尾巴和手有贵贱之分吗？

有一天，它发出从没有过的大声哀叫，脚步趔趄地从外面跑来。我连忙打开院门，迎着跌跌撞撞的它过去，我蹲下身一下抱住它，它的身体在瑟瑟发抖，眼神惊恐万状。它大概都意识不到自己已经破戒，竟然被我抱在怀中。我问它，啊呜你怎么啦？是看到你的孩子了吗？带我去找，我们把它接回来。啊呜继续哀叫着，扭头看着外面。我又问，难道你的妈妈没死，你又看到它了？啊呜还是吓得魂灵出窍的样子。我说是遇到坏人了？别怕啊呜，妈妈在。它突然挣扎起来，我只好弯腰放下它，没想到它不但没往猫屋躲，反而去钻和邻居相隔的铁丝网，它实在吓糊涂了，它在这条狭窄缝下摊扁身子，宁可由铁丝刮拉着它的背，也豁命硬钻，我只好帮它提拉起铁丝网，它钻到邻居的院子里，魂不守舍地走了几步，又大声哀叫起来。我睁大眼睛观察四周，一切如常，并无什么异常情况。当家的说，啊呜一定看见了什么令它恐怖的东西。我想不出是什么使它情绪如此哀恸恐怖，这是我至今没有解开的谜团之一。

啊呜十二岁的时候，仍保持着旺盛的胃口，但胆气开始衰竭，不再有激烈的举动。虽然依然不让我碰它，但眼神明显柔和下来，它变得像黑花一样，天天蹲在我家阳台上，透过玻璃门往里看，一看就是几个小时，像一尊雕像。

啊呜不知道家是怎么回事，它的妈妈就是流浪猫。在进入我家

天生霸气 / 姚育明　摄

院子之前，它也许以为到处流浪，艰辛地寻找下一顿饭局是生活的本来面目。做一只院猫，对它来说，已是最幸福的生活模式了。它或许不明白为什么总有一只猫与我们生活在一起。它隔窗看人看猫，像看一个天大的谜团。

我怎忍心阻隔它的视线？我知道啊呜愿意每天看到我，看到的时间越长越好。从此我不拉上窗帘，我在家里干活、走动，都尽量入它的法眼。

啊呜的脸也越来越圆了，当家的说太胖了这只猫，我说比起猫叔的境界还有一段距离。当家的问猫叔是谁？我说是日本的一只猫。他耸着肩笑起来，你越来越痴了，眼光都看到日本去了。我不多说了，爱猫的人和不爱猫的人在一起，谈资少了许多乐趣。

啊呜虽然仍像以前那样喜欢拍打我手背，但动作不像老外婆了，反而露出一点天真烂漫。做了老猫它仍会卖萌，吐吐小舌头，亮亮肥肚皮，虽然一副虎背熊腰，缺点女性风情，可发自内心的欢喜还是自然得可爱。

最喜欢看猫们在我下班回家时的欢迎仪式。啊呜虽然不像黑弟弟那样满地打滚，但它变得色彩斑斓的眼睛还是泄露了内心，这个骄纵任性的老猫其实和小猫一样，看见我就内心激动。

我们小区的磁场是男猫为王的世界，可我家的院猫却以女性为尊，啊呜顺理成章地成为院猫中的大姐大。

枯木逢春

据说，摄影圈有个不谋而合的爱好：养猫。在这之前，“路易的肖像”已有一只名为蛋蛋的小公猫，他们觉得一只猫太孤单，便在朋友介绍下去了一家猫舍，结果看到一只小猫像飞镖一样嗖嗖地来去，作为一只猫，它简直称得上瘦骨嶙峋，一看就是营养不良，女儿动了怜悯之心，从此它成了工作室中一员。

它和蛋蛋一样，都是三月龄猫，体形却比蛋蛋小了一倍。它瘦削灵巧，不像猫，倒像小鹿，故得鹿鹿一名。

第一次看到鹿鹿，它正在和蛋蛋玩耍，一看见我就想跑过来，可是蛋蛋阻止了它。它有些漫不经心地看着我，欲拒还迎的样子。

蛋蛋也是只纯种猫，它的扁脸那么搞笑，永远苦巴巴的，但性子绵软。你把它揉捏成什么样就是什么样，可在跳下你怀抱的刹那却非常有力，稍不注意就会被它后腿蹬出一块乌青。

天生眼线 / 姚育明　摄

我招呼鹿鹿，来呀，鹿鹿，给你玩小老鼠。

它凑近闻了闻布玩具，又跑开了。我以为没戏了，它又出其不意地依偎过来，不停地蹭着我的脚跟，好亲人的小猫！这是我第一次接触纯种猫。鹿鹿是只标准的美国短毛银虎斑猫。

鹿鹿令人怜爱，不过它喜欢招惹蛋蛋，经常趁其不备，猛力推搡一下，然后转身就逃，看到老实的蛋蛋被惹得发急，我们都会哈哈大笑。鹿鹿在工作室生活了六个月，初次见面后我再没去过那里，只是从女儿手机上看到它越变越美。

它的体型很快追上了蛋蛋，气质纯净甜美。它和蛋蛋的关系也越来越融洽了，经常抱着一起睡。

第一次见，今后我们就是好朋友哦

美少女 / 姚育明　摄

我还看到鹿鹿和美女们在一起的合影，生动、有趣，像油画一样唯美。我问女儿，蛋蛋呢？怎么不见它？女儿说，蛋蛋古怪，不主动和人打交道，鹿鹿亲人，不怕陌生人。

我恍然大悟，哦，你给鹿鹿拍照，无意间把女孩拍进去啦！

女儿有些诧异，你怎么倒过来想？是拍人照时，猫无意中闯进了镜头。

我好笑起来，真是的，难怪当家的说我是猫痴呢。我又问女儿，猫进了镜头客户没意见吗？

女儿说，大多数姑娘都喜欢猫，有的一到工作室就忙着逗猫。你看鹿鹿走进镜头的样子，好自然。

我说人猫一家亲啊，要我说，这女孩一世秀发就是为猫所生。

女儿啊了一声，你这么喜欢啊？不能流出去哦，我要保护客户的隐私。我嗯嗯着，悄悄收藏了几百张，想着哪天学会软件，用色块屏障掉她们的脸，就可以发到网上了。

我承认在我心里，猫是主角，美女是配角。鹿鹿的轻柔娇憨一派天生啊。

后来听说，鹿鹿七个多月大时被绝育了，当然蛋蛋也做了公公。

某日，我心口莫名地抽痛，当家的正在外地，便发短信问他身体，回说很好。后来又是一阵异样的痛，再发短信，他反而奇怪了，是不是你自己不舒服了？之后连着几天，一阵一阵地抽搐，我开始心慌，问女儿是否平安，女儿怕我担心，瞒住了鹿鹿病重的消息。

但异样的感觉始终笼罩着我，女儿回家吃饭，我问起猫的情况，她这才说了一句，鹿鹿可能活不长了。我大吃一惊，这才知道绝育后它莫名抽搐，精神沉郁食欲不振，医生说国内没有专门为动物扫描脑部的机器，无法确诊病因，转了几家有名气的宠物医院，都建议安乐死，目前只是靠西药勉强度日。

这段日子，小姑子在上海治病，她得了舌癌，非常痛苦，治疗的效果不太理想，她因为绝望开始拒食。我去看了她两次，好容易她的脸上露出了过去的笑容。我和她约了个日子，下班后去接她出院吃饭，谁知前一天她给我发了个短信，说临时决定去海南玩了。我就趁预先空出来的时间去看鹿鹿，一进工作室就看到了地上的猫，身下垫着一张报纸，浑身污秽，瞳孔放大，它哪是鹿鹿?！简直是一截枯木、一坨屎尿、一把皮毛。一个小姑娘说，它已经不吃不喝地躺了三天了。我摸摸它、呼唤它，没有任何反应，只有肚皮还在轻微地起动，表示还是个活物。捧起它，轻得没有分量，心脏不由得一阵抽痛。这一痛我立即明白过来，原来几天前我就接收到鹿鹿的信息了。

我不明白，放在地上让它等死吗？女儿说，每天用针筒给它灌药水进去。我又问，为什么音乐开得山响，没看到医院走廊上都悬挂一个大大的“静”字吗？

深爱猫的女儿竟然回答道，客户需要，你说客户和猫，哪个重要？

我想也没想地说道，生命重要！

女儿一愣，说不出话来。我知道，她的难受不亚于我，但她太疲劳了。房租一直飞涨，事业成本居高不下，竞争太厉害，想在经济上独立并不是一件容易的事情。

我不再责怪她，只是用干净的毛巾托抱起鹿鹿进了储藏室，关上门可以减低音响的伤害。在这个两平方米左右的小空间里，我都能听见自己的呼吸声。鹿鹿毫无声息地躺在我的膝上。

我开始给它按摩全身，并不停地轻念着六字大明咒。时间一分一秒地过去，大约过了一小时，它的眼皮突然动了一下，我的心也动了一下。不行，我必须马上把它带走，否则下一步来带它走的就是死神。

女儿正在拍照，没法也不想打断她的工作，我和别的工作人员打了声招呼，就抱着鹿鹿走了。回家的路上，我观想菩萨通过我用慈眼看着它，通过我的手摸着它，通过虚空运送过来的慈水洗涤着它，通过遍布三千大千世界的慈光笼罩着它。司机关心地问了一声，这只猫怎么啦？我说病了，请师傅尽量开得平稳。尽管鹿鹿仍一动不动，但我却感受到它的微妙变化，它的呼吸不那么急促了，身上有一股热能在轻轻地流动。

我推开院门，院猫们围过来，它们惊讶地看着我怀里的鹿鹿。我对它们说，你们的妹妹来了，好好祝福它吧。我一会来喂你们。

进了家门，我说，鹿鹿，到家了。

它突然睁开了眼，并且抬起了头。惊喜啊，没想到它这么快地活转过来。我轻轻放下它，它颤抖地站了几秒钟，又软弱地趴下了。我掰了一小块清蛋糕放到它的面前，它竟然很香地吃了起来。

我在空果篮中铺上毛巾，将鹿鹿轻轻地捧进去，谁知它不领情，伸出前肢往外爬，果篮一下侧翻，在它跌到地上的刹那，可怕的抽搐又来了。

有几秒钟我的脑海处于真空状态。它的抽搐仿佛是一种假象，或者说太像演戏，突如其来，没任何过度，迅速进入一种角色，拳打脚踢，狂暴剧烈，却又无比冷静。是什么不可知的东西在操纵着

又写了，你说好陪我玩的 / 姚育明　摄

它，使一个弱小的身躯发出如此巨大的能量？

很快我回过神来，打电话请教女儿用什么办法止住抽搐。女儿有些愤怒，你怎么什么也不拿就把猫抱走了？她说马上打的送各种物品过来，并教我如何用针管给它灌药。

确实，对癫痫症我毫无经验，此病发作没有规律，一点点刺激就险象环生。在我之前，鹿鹿已经得到过月月、小韦、攸一、韦妈、韦爸的细心照顾。他们已经承受过种种辛苦和心痛，现在，轮到我了。

想来女儿也认为它马上要离世了，只送来药和针管，连猫粮和猫砂都没拿一粒过来。鹿鹿发作后，又回到虚脱状态，像在工作室一样躺着，区别是有了知觉，我叫它时，尾巴稍会微微一动。我对女儿说今晚你别去工作室，睡家里，有什么事，我们好一起商量。

幸亏当家的还没返沪，我得以按自己的想法来照顾鹿鹿。说起来也是简单，就是完全把它当人看，当一个重危病人照顾。

空门之人香影是位修《金刚经》颇有成就的禅师，他出身于中药世家，二十年前就对我说过，现在的人只讲滋补，不知道若不先行泄方，补进去的就是毒药。他的话我一直牢记在心，它关乎的不仅仅是身体的保健，还有更深层的含蕴。

既然宠物医院没有特效办法，那我就另辟蹊径了。我从网上搜索到金刚萨埵心咒，把鹿鹿抱到电脑桌旁，让它整整听了五个小时。

好比人体内有毒，最可靠的办法是看专家门诊。要诚实地向专家告知病情和不良习惯，遵嘱服药。在法界中，金刚萨埵心咒就是有经验的专家，他的心咒就是去腐除毒的妙药。

晚上十二点左右我睡下了，一挨床就睡得很死，也不知过了多久，就被楼上咚咚的声响吵醒了。我冲上楼打开女儿房间，一股恶臭扑面而来，只见鹿鹿依然躺在地上，地板上一大摊污黑的大便，量之大仿佛一群猫拉了屎。

女儿一脸的困惑和束手无策，她说刚才鹿鹿又抽了。她想不明白，之前鹿鹿发病就是尿失禁，从来没有屎失禁，何况从没给它喂过黑色食物，又这么长时间不进食了，哪来这么大一摊?!

打开窗户，收拾好脏物，我欲给鹿鹿洗个热水澡。女儿说，医生不让沾水，任何刺激性的事都会引起它犯病。我说，医生的话不能全听，让你身上沾着屎好受吗?

这里也有我一个位置 / 姚育明　摄

虽如此说，最后还是用热水毛巾给它擦拭了几遍。鹿鹿腹下的毛大片的污黄，那是一次次尿失禁留下的印迹，现在污渍又扩大了范围。我轻轻抱起鹿鹿，乖，有进步，我们排毒了。

这是念诵金刚萨埵心咒的外在验相之一：大便黑如柏油。没想到鹿鹿的感应和人一样，不得不相信释迦牟尼的教言：众生皆有佛性。

猫虽然不会像人一样念诵，但它先前的几个小时，是被这不断的诵唱声包裹着的，如同空气围绕着万物。我相信自己的心愿已被它感知，并起到作用。

鹿鹿排掉那些脏物后，更轻了，却有一种微妙向好的感觉，让人想到两个字：清爽。我说鹿鹿你现在想不想吃猫粮？我拿水泡了给你吃。女儿下意识地阻止，别别别，不要给它吃乱七八糟的东西。她竟然把我喂院猫们的猫粮说成乱七八糟的东西。女儿解释，鹿鹿有专用粮，第二天快递过来。我明白了，她太爱它，舍不得给它吃一般的猫粮。

第二天鹿鹿又一次忽忽悠悠地站起了身，太阳突然穿破云层，家里一片明亮。鹿鹿在这片安静的光明中软弱而坚强地走着，过于的软弱使它脚步不稳，像刚出生的小猫，蹒蹒跚跚的，走几步就歪歪扭扭地侧翻。看着它慢慢地走动、慢慢地歪倒，我的心里充满了欣喜和感动，生命是这样容易产生奇迹！

幸亏鹿鹿是女儿的猫，否则当家的早吼了，不过他依然不展眉头，你看它瘦成什么样了？像个猫鬼！

过去他管尖头小黑叫猫鬼，现在又说鹿鹿是猫鬼，没想到爱猫的和不爱猫的，审美眼光竟然相同，都认为猫以杨贵妃之肥为美。

既然鹿鹿已从昏迷中醒来，一切就要步入正常。我预防性地在地上铺了两张报纸，很快地报纸上一小摊尿，地板也濡湿了。

仿佛天意，邻居吴海燕突然给我送来一只小号猫砂盆和一把铲子。她家散养的花花失踪十几天了，为了这只猫，她甚至把猫粮倒到我喂流浪猫的安置点了。她说花花只认这种牌子的猫粮，即便它情愿做流浪猫，也不至于饿死。但是，花花一直没有出现，她认为它一定遭难了。

鹿鹿的猫砂盆就这样及时地解决了，比女儿快递过来都快。我把报纸剪得碎碎的放进去，鹿鹿毫不认生地接纳了纸猫砂。这叫歪打正着，不久还真出了一款新型宠物用品，名为新闻纸猫砂。

为什么吃药的时候才给猫点心？不爽！ /姚育明 摄

为了照应鹿鹿，头几天我就睡在女儿床上，鹿鹿睡在床脚边。我按时一天几次地给鹿鹿喂食药水。终于它闻了闻猫粮，我抓了几粒，倒了点水，乖，吃点泡饭吧。它舔了舔，我捋捋它头，又拍拍它背，吃吃吃，我们要做美女，我们要长肉肉。

这是哄吃药膳的妙法，屡试不爽，无论是对鹿鹿还是外面的猫，它们多少会给你一点面子，就像老一辈人追在小孩后面喂饭，嘴里说尽好话，瞅准机会就是一勺。

说猫是小孩子一点也不假，病痛一消就人来疯。鹿鹿脚步才稳了一天，就从床的一侧跳了上来，它一高一低地走到枕边，伸过头来看我。啊！多么美丽的眼睛，幽幽的烟灰色眼线，天然的忧伤，勾勒出精致美妙的眼眶，那凝视的眼神也是如此的蚀骨，爱意渗透到心里。我摸了摸它的脑袋，它一个转身跳下床去。正愕然着，它又跳上床来，这回却是蹦极，落脚点在我肚上，我哎哟喂一声，它又跳下去了，然后重新兜过来，又是一下。别看它瘦弱，那蹦跳的分量还是踩得我生痛，我大叫停停停。它亢奋地叫着，好像在说，大难不死，必有后福。

终于蹦极踩空了，一脚滑下我的肚子，很不满意的唔了一声，又撅起屁股往我肩窝处拱，左边拱拱，右边拱拱，看样子想钻进我的被里，一个小脏猫，怎么擦拭还是有股淡淡的臊气。可以同床不可同被！

我把两边被子紧紧捂住，鹿鹿钻得呼呼直喘，突然它累翻了似的仰天一倒，像发疯一样地在我脑袋两侧打滚，前滚翻，后滚翻，乱七八糟各种翻，我吓一跳，又发病啦?！但看那情状不像，这张脸笑得都不像猫了，身体里还传出接连不断的怪响，像烧开的沸水，咕噜咕噜，又像天边雷响，轰隆轰隆，还像爆米花般地拉着风箱，呼哧呼哧，总之，这辈子就没听到过这种体内发出的巨大声音。我一下想到了罗湿音，不由得激灵了一下，老天！抽筋刚好，又得肺炎了?！

迷迷糊糊睡着了，突然发现异样，怎么回事？鹿鹿含着我的乳头，它在吃我的奶？我挣扎着睁开眼睛，才发现怪梦一场。后来我和道临法师谈起这个细节，他说那是感应，它把你当母亲了，就像有人梦见吃观世音菩萨的奶一样，都是绝境中的依靠。

四个月后，我才知道鹿鹿发出的那种声音是什么意思了，这

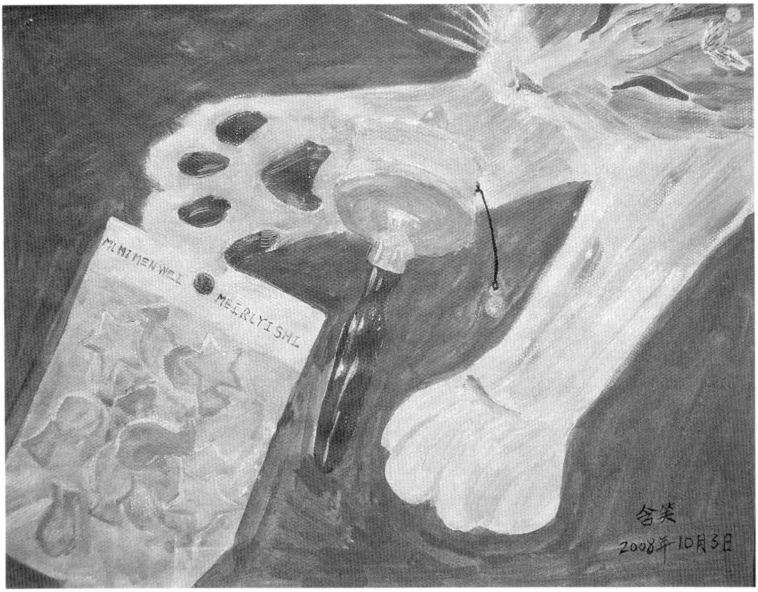

姚育明作品

是猫的陶醉和满足。鹿鹿已经幸福得不知道怎么办才好了。是啊，死而复生，是多么大的幸福，就是一只小小的猫，也会欣喜若狂。之后，我也听到过其他猫的呼噜声，却没有哪一只带有如此强烈的情感，这种体内的声响不是喉头振动出来的，是生命的原动力在自由地律动。过后想到这曾经的激情声色，心里是无比的温柔，可当时我因不懂，没能敞开胸怀来接纳它深深的爱意，反而作了错误的理解。

此后鹿鹿面目一新，名正言顺地走出了我女儿的房间，它巡视了这个新家的所有环境，最后选择窗台为基本哨位。院子里一派生机，连着几场春雨，老杏树变得清新润泽，枝条上爆出了无数的花苞，它们也被阳光激发了原动力，在我眼前做着变色的游戏，从茜红色到浅粉色，再到月白色，这些含情浅笑的花朵，像我们内心的愉悦。

什么供佛的水？不就是给我喝的吗？/姚育明　摄

魔法世界

都说四脚类是平视的动物，不会仰视。我观察过，果然如此，但如果高处发出特别的声响，猫们还是会循声仰视。鹿鹿有些特别，它经常在窗台上远望，也会抬头凝视星空，尤其在它每次发病之后，这种看就更显出一种精神气质，只是有点令人心疼，那是一双如人般忧伤的眼神。

有好几回，它看着我，似乎眼里汪着泪，仔细一看，又好像没有，这种眼神让我心里难受。我后来才想到，也许它自感不久于人世，舍不得与我分离。

我那时候以为病魔已经松开了鹿鹿，它的好日子长着呢。我甚至计划带鹿鹿回一次路易的肖像，让它和蛋蛋相会，也让女儿给我和鹿鹿好好拍几张合影。

应该说，自从那次鹿鹿在床上疯狂地庆祝新生后，它确实平安

为什么我心里有着忧伤? /姚育明　摄

多了。但是，病根还在，只是发作次数少了，有时我下班回家，发现它发作过的痕迹——想到家里没人时它独自发作的情状，我的心就抽搐起来，但比起濒临死亡的那段日子，每天要发作十几甚至几十次，到如今一个月几十次甚至十几次，确实是地上到天上的进步，以至于我产生盲目的信心，好像每天代它念佛持咒叩五体投地的大头，它就可以完全地断除病根。

自从鹿鹿进家门，我就有了一种粉嫩的新鲜感觉，每天起身第一件事就是喊叫鹿鹿，然后听它亲昵的回应，以及哒哒的脚步声。它抗拒剪指甲，曾经它一只脚指甲戳到地板缝里，在抽搐中活生生连根拔出，那是一种怎样的疼痛?！这一点它和外面的猫咪一致，它们也是永远不剪指甲的，区别只是泥地吸纳了它们足声。

一看到鹿鹿我就开心，用当家的形容，脸上堆满傻笑。他不知道我那百看不厌的心情，像等待魔术师的演出，总是充满着期待。

鹿鹿当然不是魔术师，但它确实是只奇猫。一开始，它的叫声总是一句猫哦，我们都笑，你本来就是猫呀。终于情况发生了变化，某一天，我听到它在喃喃自语，妈、妈、妈……我很惊讶。鹿鹿，你在说什么？大声点。它一声大叫妈妈，我乐坏了，完全正确，以后你就这样叫。

下班回家，一推开门，它就妈妈地叫着，迎着我跑来。偶尔只发一声单音，也是一个“妈”字。有时我做着事想起它来，鹿鹿，你在哪里？它又妈妈地叫着，出现在我面前。我与它的关系真是有呼必应。

我曾在网上看过某些所谓会发人声的猫视频，怎么听那些“姥姥”“妈妈”的声音也只是近似。可是鹿鹿不同，它字正腔圆，一个标标准准的两三岁女孩的可爱童腔。

我百听不厌，并不觉得有什么怪异。有一次朋友晓云打来电话，时间稍长，鹿鹿在边上等不及了，眼巴巴地看着我又叫上了。晓云问道，你身边的小女孩是谁呀？叫得这么嗲！我乐坏了。

有人曾问我，鹿鹿会叫妈妈，怎么不会叫爸爸？我说不知道，因为从来没人试图用爸爸之称与它沟通，可能是我总在它面前自称妈妈，聪明的它便无师自通了。

还有过一次不可思议的神迹，它竟然隔着我两米之远，把脚掌按在我的额上。说出来没人相信，当时我也惊讶，不是它的手臂突然伸长，也不是我轻身跃到它的跟前，更不是在睡眠的梦境之中，我坐靠在床头，那个掌印的质感和分量清清楚楚。它一连按了三次。这也是我那幅《只挂猫咪》画中的猫爪皇冠的由来。

后来请教道临法师，他说，众生皆有灵性，那是猫正在强烈思念你，而你心中也在想它，那一刻的想念很纯粹，这就是道交感应。

多么奇妙！如此超现实的现象，竟是心心相印的结果。由此我深深体验了那种超越物种的生命和生命之间的灵性的沟通。

但当我将此体验说给其他朋友听时，他们的脸上有着明显不相信的表情。我无法用更有力的理论来证明自己的经历。多少年后，人与机器的关系都可能要重新审视，何况人与猫都是皮肉动物，这种感知能力的相同，又有什么不可能呢？人类的情感和猫类的情感一旦相通，产生强大的精神力量也是顺理成章的事呀。我只能说自己很幸运，能体验到不一般的情感现象。

鹿鹿也很乖巧，不但能听懂我说的很多话，而且善解人意。比如，在开着空调的书房里，我临时有事出去，怕惊醒正卧在书桌上睡觉的它，轻手轻脚地开门，它马上就能察觉，一下变得不安。我对它说，鹿鹿，妈妈出去一下马上回哦。它便嗯了一声，重新安心地卧下去。有时它趁我不注意，跳到书桌上探过身子去按压门把手，我呵斥一声，它马上发出“唔”的第四声，并乖乖地放弃了开门出去的打算。最动听的当然还是它对我的称呼，以及我哼唱时它即兴的伴唱，它怎么懂得恰好地停顿，还有高低起伏的音调？它的发声稚嫩而又圆润，不像同样病弱的黑妹妹，发声细小轻微。如果说，黑妹妹的叫声令人怜悯，鹿鹿的叫声则令人陶醉。它也许是猫类中的艺术家，优雅而又明朗，自在而不粗犷。它还喜欢卧在阁楼门口，

姚育明作品

我抬头看它，它那时绿时蓝时黄的眼睛也直直地看着我。我常常忍不住笑起来：鹿鹿，你这么不动声色啊？它一准激动起来，马上跳着一级一级的台阶下楼。它就是这样，只要我和它的对视超过几秒钟，它都会抑制不住感情。好几回我睡觉，被它轻触的胡须和若隐若现的呼吸弄醒，它小心翼翼的亲吻令我感动。

自从它来到我家，便成了卫生监督员，我必须把家里弄干净，否则它就亲力亲为，轻易变身为抹布、拖把，抹桌子、拖地、洗厕所、吸附床底的角角落落、擦鞋，后一项做得尤为卖力，反复地擦，擦完还不放心，还要反复地闻。我说鹿鹿牌擦鞋机真好用，太灵活了，等你技术提高到第二代，妈妈一定去给你申请专利。

当时只是觉得好玩，鹿鹿走后我后悔得不行。我怀疑我们从外面带回了细菌、真菌、霉菌之类，它们在鞋底、鞋帮甚至鞋面繁殖，像香菇、竹荪、金针菇一样怀有假相，只是它们太阴险，身形迷你，我们肉眼不能发现，也许猫能察觉这种蠢蠢欲动的他类。难怪说好奇害死猫。弄得我现在也有些变态，看不得养猫人把鞋子放在室内，总要强调把鞋关在门外，或者添一扇门，把猫和鞋隔开。

鹿鹿身兼数职，它同时成为我的临时上师，让我无法偷懒，否则它不是呕吐就是抽搐，给我施加压力。悲剧的力量是强大的，我修八关斋戒就是缘起于鹿鹿。这一天，我仅食一餐，且是素食，不看电视，不听音乐，不说闲话，不吃零食包括茶水，不睡高广大床，只睡单人板床，打扫卫生，诵经持咒，回向给鹿鹿早日断除病苦。

也就是这一天，从来不让人抱的它竟让我抱了。但在临睡前，它突然狠狠地咬了我一口，还用爪子抓了我一下，抠得很深，把血都犁出来了。我一下蒙了，怎么回事?！癫痫症又有新模式了？想了半天也找不到原因，直到它离世后我才意识到佛教里的相关说法，感慨万千。

认识我的人总看见我的笑容，熟识我的人也知道我挥之不去的傻劲，只有我知道自己，心里还有些一本正经的苦恼。每当鹿鹿病情发作，我的心情就变得很糟，虚弱不堪的它却把身体盘出一个心形。而大剂量吃药引起的药疹皮炎，又使它在头部抓挠出一个心形秃斑。唉，鹿鹿，你的冷幽默带来的也是忧伤，你不要再抽了好吗?!

一天下班回家，鹿鹿向我迎来，亲热中发现它的尾巴上有一缕翠绿，似漆又似颜料。很纳闷，家里没有装修，也没什么染料，画笔更是好久不摸了，它从哪里染上的呢?

趁空当我们也蹭张照片吧

隔了几天，它又一次发作，从长条凳上跌落下去。第二天，我打开画箱，心里的郁闷需要挥发。鹿鹿在窗台上看着我，它好像有些奇怪，不知道我为什么会拿出一些它不熟悉的东西。

鹿鹿，快快恢复健康吧！我欢迎你跳到我的头上蹦迪，我陪你遍地撒欢，到处踩上你如花蕾初绽的印记。

鹿鹿仿佛听懂了我的心声，它奔过来，弓背跳上长条凳，迅速地转身，尾巴扫帚般地拂拭过来，差点碰到我挤出的绿色颜料。我一手挡住调色盘，一手把它推下去，好险啊……

我一下愣住了，还记得几天前的那缕翠绿，清清楚楚地沾在它的尾巴上，那正是我今天挤出的颜料。我看看四周，没有什么影子飘过，空气中没有古老的味道，也没有什么奇异的钟声围绕，虽然《金刚经》说如梦幻泡影，可眼下一切正常。

鹿鹿天真无邪地看着我，身姿蠢蠢欲动，它还想跳上长条凳，还想乱甩尾巴，沾上各种色彩。

天哪，这只猫竟有穿越时间的神通……

最后一声

鹿鹿刚来时，院里的含笑花正萌发，香味由淡到浓。鹿鹿站在窗台上，抬头抽动着鼻子，它对窗外的空气十分敏感，叶香草香花香，它都会无一遗漏地察觉。

它也喜欢看院猫们游戏。院猫们改变了我过去认为的“猫是独居动物”的观念。事实是，猫也喜欢热闹，只是它们能在集体场所刹那进入独处的冥思之中，这是人类所不能及的。我想鹿鹿是能够理解猫族的喜怒哀乐的。从它的眼神里，我能猜出它的小心思。它也想去到院子里，和它们时合时离地相处。

6月下旬，鹿鹿突然进入了一轮抽搐，隔几天就会犯上一次。我弟弟叹气说，这是只黄金猫呀。意思是花钱太厉害。岂止是钱？花在它身上的神思就无法计算。

此时，我母亲也病倒在床。每天早上，我用毛巾裹着虚弱的鹿鹿去娘家，晚上再抱着鹿鹿回家。有时正照顾着妈妈，躺在飘窗上的鹿鹿就抽起来了，它的怪叫吓得妈妈蒙住了被子。幸亏她不敢看鹿鹿的惨状，否则一定会加重病情。

庆幸这种恐怖的样子很少被他人看到，真不忍心这么可爱的猫会在别人心里留下阴影。它会在一秒钟之内突然变形，狰狞的嘴脸和猫没半点关系，那就是一个龇牙咧嘴的魔鬼。我觉得自己够坚强了，却没想到这一刻又一刻地重复，在我潜意识里植下了怎样的不安全感，在之后的好长一段日子，我都会莫名地担心家人的安危。

因为要照顾妈妈和鹿鹿，我也不能在院子里多待了，只是一早一晚匆匆放上猫粮和清水，根本没时间陪院猫们玩上一会。它们感情饥渴，每次看我匆匆回家，便迫不及待地围拢过来，黑妹妹宁可不吃东西也要偎在我的脚旁……

同时深感内疚的是加重了当家的负担，更不要说对女儿的关心，好在她很独立，而且她也深爱猫咪，很支持我在猫身上下的功夫。我的心完全被阴影罩住，晚上我做噩梦，连路都走不好了，走几步摔一跤走几步摔一跤。梦中我赶到一家医院，全是病房，一间连着一间，忘了父亲在哪一间。妹妹责怪我来晚了，她的眼球上一道触目惊心的血痕，又视网膜脱落了？病房里父亲一会喊冷，一会喊热，痛苦情状特别像发病中的鹿鹿……

我知道鹿鹿的频频发作使我过于焦虑了，父亲离世的痛苦体验重新在梦中浮现上来。

女儿实在没空再跑宠物医院了，她给我一个地址，说这家宠物医院很专业，医生都有学位，医院硬件也好。上海所有出入境的动物都要在它家做检验检疫的。

我并没生起信心，鹿鹿就是在这家医院绝育后发的癫痫，让我本能地抱有警戒之心。

透过玻璃门就能看到医院亮堂整洁的环境，若不是那些猫猫狗狗，真以为是人的诊所。一个年轻医生接待了我，我有些紧张地介绍着鹿鹿的发病情况，医生看了眼医疗本纪录说，哦，你是来配药的。我本能的说不是，他用询问的眼神看了我一下，我立即明白说了句废话，不配药还指望什么?！他又说，药还要加量。我说，医生这个病是不是治不好？他说目前为止，只能一辈子吃药。我忧心忡忡地问，这不是要损伤内脏吗？他说这没办法。

我眼睁睁地看着他从挂号桌后面的柜子里取出几个瓶子，这个倒一些那个倒一些，还把其中一种药片切成一半，然后说，好了，去付费吧。

推开玻璃门重新走到外面，阳光照着我，强烈的失落感，这么远跑来，就为了配这种不死不活的小药片?！我取回的是什么啊?！是慢慢摧残它心肝肾胃的利器啊！我的头一阵阵犯晕，脚步虚得几乎抓不牢大地。

回到家里，我又到处察看。鹿鹿的病使我成了一个痕迹学分析专家，我总能找到它抽搐过的痕迹，一摊干了的尿迹，不规则的擦痕，碰翻的物件，它们全是痛苦的符号。

也许噩梦也是诱因之一，好几次它睡得好好的，突然嘴里发出惊叫声，然后脚轻轻颤抖，脸部开始歪曲，如果这时候不及时唤醒它，并施以头部额部的按摩，癫痫就顺势发作了。每次发作后，它就不认识了人，软弱而机械地在屋内走来走去，然后扑到猫碗前狂吃猫粮，那饿相绝不亚于尖头小黑。可在平时，它吃得很少，进食绝对淑女。

鹿鹿又一次大发作，抽了好长时间。实在不忍看它的惨状，我给女儿打了电话，我们送鹿鹿去当小天使吧？

女儿毫不犹豫地反对，于是我们约定坚持下去。第二天，鹿鹿又一次发作，看着它凄怆地躺在地上喘息，我实在忍不住了，含泪说道，观世音菩萨啊，我从来没怀疑过您的慈悲，如果您真是有求必应，请您把鹿鹿接走吧，让它无痛苦地离世吧。

祈求没有结果，我陷入迷惘之中。第三天傍晚，鹿鹿又抽上了，连续三天的发作几乎令我崩溃。这时我发现网上介绍治癫良药青阳参片，虽然价钱很贵，我还是无比兴奋。为了安全，我打电话给中国绿色抗痫国药网的专家，证实云南出的"青阳参片"确实是治癫痫的国家重点保密中药，没有副作用。只是近阶段青阳参片告急，厂家因为原料问题已经停产了，我又进入了一轮寻觅之中。同时，我又去同仁堂专卖店买了三颗安宫牛黄丸，当然价钱也是不菲。我之所以毫不犹豫地下手，除了有人说它的安神作用非常适合癫痫病人外，我的一个可敬的天津朋友，给我汇来一大笔钱，说该用的药就用，不要有负担，你不能垮，有许多人等着你善良的回应。而我一些认识和未谋面的师兄，一直不停地为鹿鹿做着功课，并且开解我，说鹿鹿得病这个逆缘其实就是菩萨示现，示现苦难、示现无常、示现解脱的必要性。

感恩与焦灼在心中交替翻腾，我的睡眠严重不足。此时，猫友打电话来叫我去拦截运载流浪猫的卡车，我说走不开，一只病猫把我缠住了。她说，一只猫和千百只猫哪个重要？你可以把病猫托给别人照顾，这样你就可以参加救护群猫活动……

我“哦哦”着，眼皮越来越重，手上的电话筒终于滑落了。我捡起来，勉力地听着，对方可能感觉到了，问我怎么啦，我说困，刚才睡着了。猫友的声调一下提高了，我想到那些被摧残的可怜的猫，整夜整夜的失眠，你倒好，打着电话都能睡着?!

如果漫画家在场，在我头顶画一滴大大的冷汗，绝对不是夸张。

我当然没有赶赴截猫现场，但内心压力很大，因为类似的事情不是一次两次，我不时地受到非议。无奈电话请教道临法师，为什么我如此祈请佛门不应？怎样才能减去心上的压力？他说我需要修持相应的观音法门。你做得好，你就是观音菩萨，观音菩萨在每一个人的慈悲心中。至于第二个问题，他的回答更是智性，如果家门口有一只病猫，你不救，却跑到远处去救千百只猫，那不叫慈悲心，而是分别心。你如果把家门口的这只病猫救护了，等于救护了群猫，因为它们是一体的。

我仿佛被打了强心针，一下振作起来。但我还没完全地放下生死，我的心像绷得过紧的弦，随时都可能断掉。当晚我像藏民一样五体投地，叩了108个等身长头。我发愿每晚代鹿鹿叩108个大头，金刚萨埵，请明鉴我心。

上床睡着一会儿，就听见一个声音：快看你的猫什么颜色！就看到隔着一条河，它站在稍高的发亮的河岸位置，平静地朝我看着，我惊讶地发现，鹿鹿全身的毛竟是湖蓝色的……

清晨起床，鹿鹿还睡着，连续三天的犯病，消耗了它太大的体力。我推开窗户，抬头看天，天上有一缕云，怎么看都像蓝色的吉祥天女。那飘逸的微笑在空中弥漫，回头望了望鹿鹿，它似乎也在微笑，病痛并没有让它变得丑陋。

当家的见这段日子鹿鹿病得厉害，允许我和它单独睡一个房间，房间里两张单人床，我和鹿鹿各睡各的。不上班的日子里，我播放梵呗、莫扎特等轻柔舒缓的音乐给它听。回家的第一件事，就是按摩它全身，还告诉它一个好消息，妈妈马上要退休了，到时候有更多的时间来陪你了。

鹿鹿变化惊人。不是变健壮了，而是格外懂事。它每天清晨先于我醒，最初，它会跳到我床上，不停地扒我眼皮拉我头发，吵着要我起床。后来小玩闹变成了小乖乖，每天醒来它都静静地趴着，或者轻轻地梳理自己的皮毛，偶尔跳到我的枕边，凝神看着我，耐心地等我醒来。直到我起身开门，它才欢叫一声，轻快地跳下床向外跑去。

我摆早饭时，它跳上凳子，两前肢撑在桌上，直起身子，快速地扫视一遍桌面，看看有没有它能吃的。我吃饭时，它总要过来，先拍拍我的腿，然后右手直直地向上伸着，着急地叫着妈妈。我只好弄一点点肉菜放在开水里涮一涮再放到它的碗里。它的举动让你无法拒绝，活脱一个幼儿状，你怎忍心拒绝一个小孩问你讨些点心？

这是个心酸的 7 月，越来越懂事的鹿鹿也越来越频繁地发作，几乎隔几天就要发作一次。我以为安宫牛黄丸用下去会减轻病症呢，谁知这只是噩耗的一个露面？

7 月 29 日，鹿鹿像往常一样跳到凳子上巡察了饭桌，像往常一样在我脚边蹭来蹭去，像往常一样羡慕地隔窗看院猫们游戏。快递终于送来了我好不容易买到的青阳参片。我激动地拆着包裹，鹿鹿，药来了，我们马上就要好起来了。

没有听到回音，这有些反常。我回头找它，发现它躲在大床底下。

我弯腰把它拖出来，它挣扎着往厕所跑，在过去放猫沙盆的地方突然呕吐了。然后，它有些奇怪，转了个圈好像才想起来，我把猫砂盆拿到它睡的房间去了，它又返身去房间，走到猫砂盆前，却再也跨不进去了。我抱起它，把它放进猫砂盆，它竟然拉稀了，它的埋沙动作那么无力，象征性地几下，又跌跌撞撞地爬跌出猫砂盆，爬了几步又呕了几口，最后，它爬到自己睡的单人床下，再也不肯出来。

我感到不妙，难道鹿鹿得了猫瘟？我一下想到了门口的那些鞋，它太爱闻它们了。家里很干净，只有鞋才沾着外界的脏物。我想把它抱出来，擦干净沾上的呕吐物，可是它好像不认识我了，拼命往里缩。我跪下来一遍遍呼唤它，鹿鹿并不回应，突然地，它抽搐起来。

一切发生得太快，快得又像一场戏开演。眼睁睁看着它在抽搐中碰撞着床脚、墙壁，实在于心不忍，趴下身强行将它拖出，放在较宽敞的地上。然后，看——着——它——抽，你没有任何办法！

这次抽搐的凶猛前所未有，它全身的肌肉都变了形，像一块抹布被洗衣机搅动，完全没了猫样。一开始，还间隔几分钟停顿几秒钟，然后以比先前更猛的动作开始，间隔的时间也越来越短，直至连成一片，我没法形容那些古怪的扭曲，只有一个动作看得分明，它像一个溺水的人，前肢往空中抓着，一下又一下，像捞救命稻草。它的嘴巴流出了口水，又一次尿失禁，它被污秽、疼痛紧紧包裹着，我想打开念佛机给它听，却发现念佛机坏了。我只好自己给它念佛，一边念一边掉泪。

一个肉体怎么禁得住这样的抽搐?！在连续抽了半个小时后我再也忍不住了，操起了电话，打给一个宠物医生，请她速速过来给鹿鹿安乐死。她一口回绝。我说车费我来，上门费我来，治疗费要多少给多少，求你了求你了！她叹口气说不是不肯帮忙，猫的血管本来就细，在安静的情况下做静脉滴注都有些困难，何况在癫痫发作之中，根本无法下针。

我的泪狂奔而出，可怜的鹿鹿，连安乐死都成了奢侈！

当家的黑着脸进来，说长痛不如短痛，让我把它拿到院子里一铁锹拍死。我根本说不出话，只是把他推了出去。我一个人守着它，哭得头晕眼花，站立不稳。当家的又一次推开门，见我仍在痛哭，气急败坏地宣布，我们家再也不进四只脚的东西了，要不你怎么活下去?!

我的泪眼里只有鹿鹿，其他不复存在，世界如此小，如此痛苦！我多么想伸手抚摸鹿鹿，多么想把它抱在怀里，可是理智让我克制了自己的欲望。我的触摸会加深它的依恋，我只想让它快快地离开这个病魔控制的痛苦肉身。

我在心里猛力祈请观世音菩萨，大慈大悲的菩萨，我至诚地祈请您，为了不要让它有陌生感，请您变成我的模样来接引它，请您即刻把它接走吧。

鹿鹿突然怒吼一声，我从未听到过它有这样的大声，这生命最后的一声不是“妈妈”，而是“猫哦”。然后，它长长地呼出一口气，停止了抽搐。

它没叫我妈妈？它没叫妈妈！怅然若失，它回归猫身，是要与人类划清界限吗？不！它突破了猫身，抛下了这具皮囊，永远地走了。世界突然变得很静，静止。

鹿鹿在静中睁着眼，眸子黑漆漆的望不到底。不知为什么，我竟没合上它的眼，下意识地不忍，以为这样它可以看见我。

我用餐巾纸轻轻擦去它嘴边的口水，将它抱到自己怀里。第一次真切地感受到与它贴得这么近，近到完全地融合在一起。

桌上的青阳参片整齐地放着，鹿鹿来不及吃；盆栽的猫草绿油油的，鹿鹿也来不及吃；还在快递途中的猫点心，鹿鹿更是不需要了。

我发现，鹿鹿竟在微笑，好像在庆祝捉弄蛋蛋成功，也好像在和我玩躲猫猫。我的心松动了一下，好孩子，你的天真一如初见。

我将它轻轻放进洗脸池，打开水龙头，鹿鹿微笑着，好像很享受热水浴。香波吐着无数晶莹的泡泡，生出来，爆掉，生出来，爆掉，水流哗哗地流经它的身体，好像也在轻叹，猫哦猫哦，终于，一只

姚育明作品

一岁零一个月的猫咪洁净地诞生了。我第一次看到它原本的毛色，是那样的柔软洁净雅致，唉，鹿鹿，你都看不到自己是多么的美丽。

我在两棵含笑树之间埋了鹿鹿，这是鹿鹿熟悉却从没走过的地方，生前只要它站在窗台就会看到这儿。我埋鹿鹿时，家人和院猫们站在一边，黑妹妹的眼睛一眨不眨地盯着我的动作，它过去一直隔窗看着鹿鹿。我曾猜想它是不是怀疑我的偏心，如今它是那样的懂事，它一定听到了我内心的悲伤。

含笑如此寂静，如此哀痛。一腔爱意，满眼空花。在空去的世界里，我听到了一阵缥缈的音乐，凝神细听，却确定不了它来自何方，但这难以捉摸的声音是如此的摇曳生姿、动人心魄，这音乐和鹿鹿有关吗？在冥界它是否继续呼唤着妈妈？

回到屋里，窗外传来了大风的呼啸声，像无数龙族飞舞，将地面的许多小东西带动起来。在上海很少看到这种飞沙走石的情景，我家的玻璃窗被细沙粗尘刮擦得沙沙响。这段时间，因为鹿鹿的病，我一直盼望着天凉快下来，终于起风了，却是它走的一刻！暴雨突然而至，哗啦啦的，天漏了一样，暴雨整整下了一晚，如此大的暴雨！老天仿佛也不是全然的悲伤，它更像是一场冲刷，要除去我缠缚于鹿鹿的所有伤痛。

一夜无眠，鹿鹿仿佛把我心中的温度都带走了。

次日早早地起身，重新来到院子里，泥土还保留着哭泣的神态，湿漉漉的伤心。一股强烈的情感袭来，我有一种冲动，想重新挖出鹿鹿，想重新看到它，想重新听它叫我一声妈妈。我不相信活蹦乱跳的鹿鹿就这样没了。

腿软得站不住，伸手摸着虚空中的鹿鹿，回想它短暂的一生，竟是痛苦多于欢乐，想起它忧伤的眼神，心扉痛彻。努力克制着自己，说服着自己，看着左右两侧的含笑花蕾，我想着鹿鹿终于进入平静酣畅的长眠了。院里有那么多芬芳的植物，它们的香气胜过我的呼吸，它们会代我照料这座小小的坟地。

鹿鹿啊，你发病时，整个世界是抽搐的，你一走，整个世界也平息了。只有我知道，你短暂的一生，将如何深刻地影响我的一生。

我在电脑前坐下来，以鹿鹿的名义给一个大型法会发去了电子信件，那是最简单也是最至诚的祝愿：

祈愿天下无有癫痫，千万生命尽得安乐。

姚育明作品

小毛豆

等班车时，看到一只猫，正在路边扒拉一只塑料泡沫饭盒，掏出里面的面条来吃。它是一只三花猫，以白色为主，白脸上两道棕色粗眉，再上去的黑色一直延伸到双耳，特别像戴着虎头帽的婴儿脸蛋。过去我们管婴儿叫小毛豆，我随口叫了一声小毛豆，它抬头看我，猜疑提防憧憬兼备。

我撒下一把猫粮，小毛豆慢慢走过来，只一闻就急促慌乱地吃起来。一旦有人走过，它立即四脚弯曲，肚子几乎贴在地上，眼睛盯着人边吃边转圈，像一个警戒防备的拳击手。

小毛豆吃的时候我细细欣赏它身上的图案，它背上有十几块色斑，上半部全是浅棕色的。从各个角度看去，有的像鱼，有的像鸟，有的像十字架。当它站立时，身上的黑棕色就像一只小猫，这只图案小猫和小毛豆本身合用一条尾巴；当小毛豆蹲着遮挡了大半尾巴

猫合掌 / 姚育明　摄

时，那图案又像一个女人在合掌打坐……

小毛豆很容易记住，除了它背上的有趣图案，还有它嘶哑偏低带点磁性的嗓音，这声音里含着一丝安静，也含着一丝忧伤。

这里有好几个单位：银行、变电站、科技馆、正在装修的学校，它为什么要待在这里呢？管理车辆的费师傅热心地告诉我，银行和变电站之间的那排平房原先住着好几家公司，小毛豆是一家游戏公司的室猫，公司的人对它不错，每天给它吃盒饭。小毛豆生过三个小猫，一个在门后被人不小心挤压死了，一个被车撞死了，还有一个被小毛豆藏起来，偶尔才能看到。费师傅还说，这里不久要拆迁，公司都提前搬家了。

唉，昔日的热闹、温暖不再。它不懂人类的遗弃，却一定懂人类的帮助。

我对当家的说，要开始锻炼身体了，每天得散步。当家的说，你早该减肥了。如果碰到他要和我一起散步，我就说去哪位邻居家玩。总之，我不想让他发现这个秘密，多一事不如少一事。每次我坐班车赶到那里，小毛豆都已经等在银行边的灌木丛旁了。

它很喜欢那簇灌木丛，在中心趴出了一个窝。我很赞成它的选择，还帮它找来些干稻草，弄得像鸟窝，也像鸡窝。这丛矮木于猫眼来看，或许就是大树林了。想起自己小时候，一直喜欢躲在桃林中隐蔽自己。读初中时，还躲在巨大的黄杨葵中心和高大的冬青丛中，在树的包围中，有一种与世隔绝的安全感。越来越觉得猫就像我们小时候，它们除了对安全的考虑，也需要一个幽静的场所。

每天去喂小毛豆，倘若有事去不了，就托大妹代劳，她下班路过那里。不知为什么，没有一只流浪猫像小毛豆这样让我牵肠挂肚，去的路上总是隐隐地激动，好像去见失散的亲人，每次离开心里都暗暗难过，仿佛是一场生离死别。

那回我有事要离开上海几天，特地去对面商场买了一袋面包和一袋伟嘉猫粮。费师傅啊，不要嫌弃面包，随便吃吃，猫粮是小毛豆的，麻烦你每天喂喂，水碗也相帮照看点。费师傅笑得很朴实，话也朴实，这么客气做啥？你放心好嘞，饿不着它。

等我返回上海，正是阴雨绵绵的天气，费师傅说白天一直看不到它，早上看看猫粮动过了，不知道是不是它吃的。我扒开它经常趴着的灌木丛，看到它正全身团在里面，背脊很脏。我轻声唤道，小毛豆！小毛豆！它脑袋埋在腹下一动不动，我心里一阵发凉，难道它挂了？我提高了点声音，毛豆！毛豆！它总算蠕动了一下，这才发现，它在剧烈地喘息。我吓了一跳，几天不见，它竟然瘦得脱形了?！我蹲下身，试着伸出手去，一触摸后觉得异样，它终于抬起了头，小眼睛乏力地半眯着，我这才看出来，这只病得要死的小猫不是小毛豆。

费师傅告诉我，这是小毛豆的孩子。难怪有几分像。等到小毛豆再露面时我猜出了几分，它明显地消瘦，一只腿有点跛，它看见我竟然躲进车下，眼神里有着明显的畏惧。这和黑花的变化多么像啊，它一定受到过人类的伤害了。也许在它躲起来疗伤的时间里，小小咪实在饿得不行了，才独自出来觅食。

我理解了什么叫作一体。当我们中的一个对它们好时，它们看整个人类都很亲切，当我们中的一个对它们不好时，它们对整个人类都有了提防。这儿不是生活区，也谈不上扰民，还是有人容不得它们，我放在僻静处的猫碗，经常被人扔掉，这就是明证。这类心

小小流浪儿 / 姚育明　摄

理阴暗的人都一个德行，他们光会扔猫碗，却不会清除周围的垃圾。

太阳又出来了，天气也暖和了不少，小毛豆重新和我恢复了亲热。我天天带羊奶粉、牛肉汤、鸡汤过去，小毛豆喝了奶水也充足一些，小小咪有时也会舔上几口，它似乎渐渐有了力气，它的胃口并不大，吃饱了就偎在小毛豆身边，小毛豆并不看它，继续管自己吃。小小咪一直在喘，背上有些皮炎，脚踝皮毛部分缺损，露着红色的骨。不知是给狗咬的还是天生残疾？但它是个长毛猫，尾巴蓬松，长大一定是个美人。

这天下午，我在肖老师画室画水果。他说，你画的苹果不错，苹果蒂特别像，是不是平时一直盯着苹果看的？我说，没有啊！我倒是经常盯着猫看，可我就是画不好猫。

我突然流起了眼泪。肖老师默默地走开，他知道我的痴劲，曾经我要求学儿童画，因为我看小孩子画猫都特别纯粹，每只猫都很可爱，可他不同意，你学什么儿童画哟！

从画室出来，我又去了老地方，小小咪竟然趴在路中央，它身上稀疏的毛在风中抖动，见我到来欢喜地抬起了头，眼里闪着微弱的光。我感到异样，过去它从来不出来的，一直躲在灌木丛中，只有我呼唤它吃东西时才会出来。它今天怎么啦？

我忙把它引到路旁，放下猫粮，泡了点水，它慢吞吞地吃了起来，一会小毛豆也来了，它好像比往常饿，我怕猫粮不够，赶紧去熟食店买了一段切好的肉肠，小毛豆激动得拖了一片到边上吃，吃时浑身发抖。这个样子谁见了都会心疼。

当天晚上我做了个梦，梦见小小咪往我身上爬，我捧起它，把它放进大口袋中，轻轻捂着，对它说，不怕，我带你回家。

第二天我去那里，小毛豆很反常地缩在墙角处，它不吃猫粮，只是嘶哑着嗓子冲我叫，叫声悲凉，更异常的是它的尾巴形态。过去它像院猫一样，一看到我，就把尾巴竖得直直的，而此刻它的尾巴弯曲着折成了一个问号。

费师傅说，早上来看到那只小猫死在路中央了，后来不见了，大概谁把它扔了。我怔了一下，想起昨天小小咪的反常，才意识到小小咪入我梦是来告别的。多么重感情的小猫啊！

我说毛豆，别伤心，带我去找小小咪。它就往前走，一直把我带到西边的一丛杂草前，我拨开来一看，小小咪躺在那里，像睡着了一样。

我找了截粗树枝，在一块松软的土地上掘坑。我感到小毛豆安下心来，它完全明白我在干什么，它不再撕心裂肺地哀叫，而是放低了声音，缓缓地述说着心中的痛苦。它一直站在边上看着，那弯下来的尾巴梢一直在剧烈地颤抖，这是我第一次看到一个母亲的悲恸，丝毫不亚于人类的哀伤。

埋好小小咪，我采了一把草花放在它的坟茔上，小毛豆走过来，默默地在我大腿处依偎了一下。我伸手想抚摸它，它又跑开了，但并不跑远，只是默默地看着我，眼睛里蓄满了深深的哀伤。

不能让小毛豆再待在这块伤心之地了。我决定带走它，和一家宠物医院联系了，他们答应先给毛豆全面体检，没问题就免疫、做绝育,然后放养到我家院子里。猫屋足够大,再进几个毛豆都没问题。

没想到小毛豆不配合，诱捕三次都以失败告终，一不过二，二不过三，第四次总可以了吧？第四次我拼着老命揪住了它的脖子，没想到已经塞进了猫包，在拉链即将拉上之际，仍被它强行拱开逃脱了。

气得我指着它大骂，不识好歹的毛豆！这里有什么好?！猫碗猫屋被人扔过多少次了，就记不住啊?！你就等人家抓你下火锅吧！骂毕我转身离去。我看到它明显的眼神变化，又伤心又担忧。我不理它，不像以前那样，会守着看它吃掉一大半猫粮才走。

第二天晚上我多带了一只罐头过去，从车上下来，我还在想着毛豆昨晚的小表情，结果一眼看到它蹲在自动取款机门口的台阶上，眼巴巴地看着马路，我的心一下热了。它从来没离马路这么近啊，

姚育明作品

它在等我！果然它看到我就跳了下来，欢快地竖着尾巴迎了上来，眼神里既是欢喜又是忐忑。

我的心肠一下软了，这个不起眼的普通猫咪，毫不造作地把忠诚、感恩和快乐带给了我，它守在这里的意义仿佛就是为了让我更加珍惜这份友谊。

好吧，小毛豆，既然你喜欢这里，我也不勉强你了，快吃吧。可是它不吃，却扭头对着暗处大声叫唤，那声调就像一个人叫另一个人，我正疑惑着，一只大黑猫走了出来，那只大黑猫四蹄雪白，碧绿的眼睛又大又亮，是个极健康的帅小伙。小毛豆又对它大声说了什么，黑猫有些羞赧地向我迈了几步又停住了脚步。小毛豆走过去把身子和它贴在一起，大黑猫舔了舔小毛豆的眼睛，小毛豆一脸的幸福。哦，原来如此！

我被它的情绪感染了，也开心起来。来来，上罐头，庆祝我们毛豆找了个温柔的小帅哥。

也许小毛豆没了养育小孩的负担，也或许小毛豆有了一个称心的男朋友，总之，它很快地变胖了，所谓心宽体胖吧！

难忘那一天，我去医院为妈妈开药，顺便问医院职工讨了只崭新的纸箱，来到小毛豆那里，看到墙角多了一件球衣。心里一阵热，这是从未谋面的猫友金袜子在网上看到小毛豆的情况后，特地把自己的衣服拿来给小毛豆的，饭盒里还有一些猫粮，也一定是金袜子放的。我把原先的软垫和球衣一起放在阳光中晒了晒，然后放进纸箱，小毛豆开心极了，一会钻进一会钻出，好像庆祝自己又有了新房子。

它在猫屋前守了一会儿，突然抬头看着我叫了一声。这一声充满了从没有过的感情。我想也没想，六字大明咒顺口唱出，这是院猫们最喜欢听的歌了。神奇的事情发生了——它踏奶了！

以前偶见鹿鹿踏奶，只是简单地划拉几下，黑妹妹倒努力地踩过，和一些视频上的猫一样，基本动作是往前推往回揉的。小毛豆独具一格。它的全套动作都是在空中完成，到地上只是轻轻一点，往回收的动作顺畅优美，像马蹄踏步，每一下都合着咒语的节奏。它站着踩，转着圈踩，蹲下来继续踩，无与伦比的踩踏啊！四周的一切模糊了，隐蔽了，只有小毛豆在虚空中踩踏，最不可思议的是，在它的动作里有着清清晰晰的微妙音乐，先是敲动水泥地的节奏，然后是丰富多变的旋律！太激动人心了，在这阵飘荡而至的天乐中，小毛豆的神情专注而又虚化，这一刻它展现了一种神格。

这种类似的奇妙我曾经遇到过一次。多年前我参加五台山一次笔会，从一座宽大的台阶上往下走时，遇到一位拐脚的红衣僧人迎面上来，他一拐一拐，虽残疾却走得庄严而又飘逸，他的每一步都伴着隐隐的仙乐，当时我就被慑住了。我怎么也没想到，这次的如幻是一只猫咪，而且是流浪猫，可爱的小毛豆！

数日后，小毛豆的猫屋又一次莫名失踪了，我只得捡了把旧凳子放到变电站的外楼梯底下，并铺上家里带去的旧毛衣。我把小毛豆往那里引，指给它看新窝所在。就在小毛豆闻着新窝时，我发现它的屁股上竟然坠着一团东西……

医生听了我的叙述说很危险，不是子宫脱落就是肠脱落，答应我捉到后就进行手术。偏偏这天，它被关在北边高墙里了，它应和着我的叫声，一声比一声急。它一定是在铁门开着的时候进去的，里面的教学楼正在维修，现在工人全回乡了，没法找到钥匙。一位遛狗的先生走过来，他说自己白天在平房里授课，晚上遛狗时也常常喂一把小毛豆。他帮我一起撞门，我们俩用了好大的劲也无法打开铁门。他说走，我们从后面的弄堂兜过去。沿着西马路走了三百多米，右拐，穿过一个工地，来到教学楼后门，只是也锁了，好在这是铁栅栏门，猫可以钻出来。

这位好心的老师说，寒假里这儿没人，这只猫会饿死的。他建议搭个窝，至少让它晚上不着凉。我们一起捡了砖头和盖板，在墙角处搭了个简陋的屋，我还在门口放了猫粮和水。

第二天我不太有信心地去看，果然猫粮和水没有动过。我有些沮丧，又不抱希望地摇了摇铁栅栏门，突然发现，可以从里面拔出插销。我终于进去了，在一楼，我一个房间一个房间地叫唤着。走到二楼，依然听不到回应，我开始怀疑那堆桌椅，有几百张吧，它们高高地叠在一起，小毛豆是不是就在里面？它本就是个特别警觉的猫，也可能病重更不想让人近身。

可我一个人根本没办法搬动桌椅，从缝隙里看进去，黑乎乎的看不清楚。我蹲得脚也麻了，不由得坐倒在地，我说，小毛豆啊，你为什么这样倔强啊，我们已经认识八个月了，你还信不过我吗?!你是个聪明的猫咪，你应该知道什么人会对你好，什么人才会害你，我是妈妈呀，快出来吧！

它果然从里面钻出来了，还轻轻地叫了一声，声音很微弱，好像犯了咽炎。我放下猫粮和水，它只吃了几粒猫粮，没有喝水，然后就距我两米之远转圈，进两步退两步，它的眼神依然亲近，但总觉得哪里有些不一样，终于看清了它的屁股，那团东西还在，只是肿胀得发亮了。我的呼吸紧迫起来，太容易碰破了，医生说过，一旦破裂就会感染，如果得了败血症很难抢救了。

我伸出手说，毛豆啊，你生病了，不要逃了，妈妈抱你去医院看病吧。再不去就没命了。

毛豆眼睛盯着我，一步步地走近我。我终于摸到了它的背，它抖了抖，身子略微矮了一下。我继续抚摸着，一遍遍说着，好孩子，好乖乖，好宝贝，听话哦。它变得前所未有的老实，听凭我摸着，见它完全适应了，我从它腹下抄过去，轻轻抱起了它，八个月来，它终于温顺地伏到了我怀里，两只前肢抱着我的手腕。我感到一种全然打开的信赖，我们互相抱着，全身心地抱着。我决定不去那家联系好的宠物医院了，路有点远，能否叫到出租车也没把握，好在莘松路上就有一家宠物医院，以前带鹿鹿看过病，走得快十分钟就到了。

我一边和毛豆说话一边抱着它下楼，眼看要穿过工地了，突然一个中年男人迎面过来，粗鄙地呵斥道，这是什么地方?！你就随便进来了?！毛豆在我怀里不安起来。我抱紧它对这位程咬金说，猫病了，我带它去看病。那人脸板得更厉害了，你的猫怎么可以进来?！不可以！不允许你们进来！

我也恼了，你门开着我当然可以进来，不准以后不来就是了，这么凶干吗?！

那人好像被魔鬼附身，凶声凶气地把手戳过来，小毛豆腿一蹬，窜了出去。我失声叫道，小毛豆！它贴着教学楼的北墙看着我和那个男人，那个男人在继续骂骂咧咧，我在心里推开他，并且将他踢出围墙，这个空间我也不允许他存在，我的眼里只有可怜的小毛豆。

小毛豆一直凝视着我，并不向前一步。刚才温暖如春，瞬间严冬来临。我痛心地与它对视着，一时不知怎么办才好。

当我试图再次靠近小毛豆时，它撒腿钻进了铁栅栏门，我似乎看到它又躲进了桌椅深处，我知道，此刻它不会再出来了。

回到家我和当家的说起这件事，央求他第二天无论如何都要帮忙。当家的说，正好有事路过那里，可以帮我送到宠物医院。没想到他答应得这样爽快，我心里充满了感激。

第二天上午，天下着毛毛雨，我们把一只猫笼抬上了车，到时候小毛豆关在铁笼里，任魔鬼咆哮还是恶煞怒吼，也不会惊跑它了。

但是，里里外外，上上下下，我再也找不到小毛豆了。一个清

姚育明作品

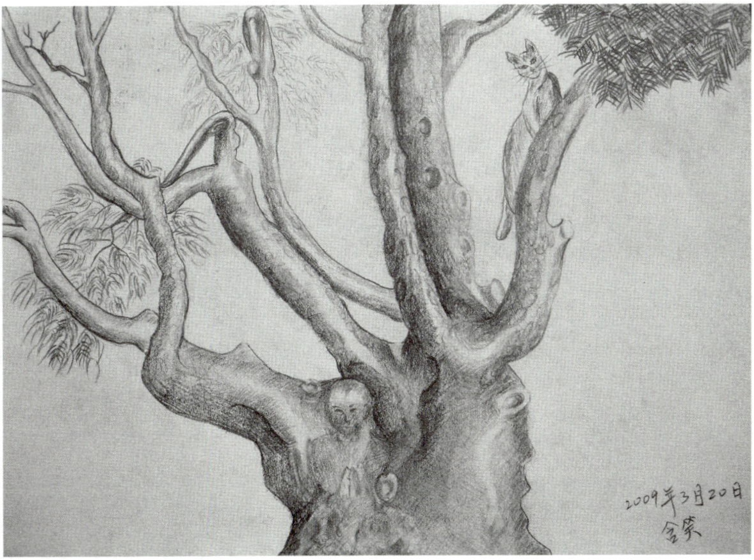

洁工告诉我，说一个小时前有人把一只死猫扔到东墙外了。

隔墙是闵行区中心医院扩建的场地，我从破墙豁口进去，远远地看到了小毛豆，它躺在那里，脸冲着我，好像死了仍在等我。心沉重得往下坠，也有挥之不去的感动，也许小毛豆已觉察死期临近，才躲在课桌堆里等死吧？昨天它的凝视已包含了无限的深情，就像它的小咪临死前到我的梦中告别一样。

轻轻合上它的眼睛，拿出准备好的酒精棉花，替它仔细擦了下身，那个突出物有些瘪了。又用湿巾清洁了它身上的泥垢，然后用竹片掘了个坑，用报纸包着把它埋了。

站起来，仍舍不得离开，环顾四周，不远处的垃圾堆上有一棵黄色的野花，我将它移植到小毛豆简陋的坟前。

阳光正旺，小黄花开得娇艳而又明亮，像太阳掉下的一滴眼泪。

缘非一般

从妈妈家出来，顺手在对面的破墙洞前放了点猫粮——那里有好几只流浪猫出入。一个保安走过来搭讪：你在喂猫啊？

见这个保安面善，就和他聊了几句护生的话题，这一聊就聊出一桩事情。保安说小区有一只流浪猫掉到地下室二十多天了，他因为不忍心，三天两头地扔方便面下去，猫天天叫，前几天走过时，猫叫声已经不对了。

我的心不由得抽痛了，当即决定救出它。

在那幢楼前，我看到了这扇紧贴着地面的狭窄窗户，它朝上启开，只能打开一半，人根本无法看清下面的情况。一根竹竿斜搁在窗框上，保安说他曾试图救它，但猫咪不懂得攀爬竹竿。

我蹲下身唤，咪咪……咪咪……里面立即传出回应，声音低沉喑哑还带着幽默，它说，喏……喏……喏……好像在指示我，我在这儿我在这儿……

我请保安去找一根粗绳，好拴住我的腰放下去，保安说了一连串不行，也不说什么理由。我把竹子抽出来，欲找梯子放下去，保安说窗户太窄根本放不下梯子，我以为他怕麻烦，就奔到三期工地上，找了一架装修队扔掉的自制木梯，结果扛来一放，果然梯子没法插下去，何况长度也远远不够。

这个保安真是心善，他见我上身湿透，有些不忍地说：你看你，一身的汗。

我说急的。其实有一半是帮妈妈清洗纱窗时溅上的水，而我脸特别容易出汗，以前爸爸就说我是蒸笼头。我出汗的相貌总是难看，也无数次地引来别人的同情，这一次的假象又把保安打动了。

他说，走，我们去地下室走廊。这几天上海一直暴雨，这儿又是上海雨水量最大的地区，水早顺着台阶在下面淌成了小河，走廊里还没有灯，黑乎乎的。保安打亮打火机，我们借着微弱的火光，摸着墙，蹚着水往前走。我对保安充满了歉意，他的皮鞋全泡在了水里，但想到那只受困猫我也顾不上客气了。

我们走到尽头，判断了一下就去推最西头的那扇门，果然门里面又叫上了，还是一串喏音。保安掏出自己的一串钥匙，一把把试过去，我也掏出自己家里的钥匙，结果没有一把派上用处。保安拉着门把手使劲摇，我则用上了脚，保安说不要踢了，门坏了物业要拿他是问。我只好请保安去找小区的开锁匠，并表示钱由我出。保安说很不巧，前一阵不知为什么事开锁匠跳楼自杀，结果没死成摔骨折了，现在已经回老家了。

我大为震惊，这位锁匠很厚道，我曾经在他那里配过钥匙修过鞋。世间有多少痛苦事啊，他也和这只猫一样，陷入了绝望的困境吗？

我对保安说：今天无论如何都要救上它，你一定要帮我，救上猫我请你吃饭。

保安无可奈何地说：我们已经尽力了，你想开点。说着转身欲离开。我一把揪住保安，却说不出话来，脸上的汗出得更凶了。我相信他从来没见过汹涌澎湃的汗喷者，他果然受不了了，他说：你去找物业拿钥匙，千万别说是流浪猫啊，就说是家里的波斯猫掉下去了，否则没人帮你。

我谢了他，刚想跑，他一把拉出了我，嘿，千万别说是我告诉你的啊。

告别了好心的保安，我气喘吁吁地奔到了物业前台，涨红着脸请他们救救我家的波斯猫，物业前台让我去找工程部的人，说钥匙在他们那里。等我找到工程部，那位师傅却怀疑地说：是你家的猫？这么长时间了才来找？我前几晚经过还听见叫呢……我说，它是不是这样叫，喏喏，我在这里？师傅一愣，随即笑了，嘿嘿，你真会说笑。我说一看师傅就是个好心人，我说实话，是只流浪猫掉下去了，请师傅千万帮忙。师傅说，嗯，对的，善有善报，不过钥匙被开发商拿回去了，地下室的产权属于开发商，需要物业去打交道。

我一听脑袋轰地一响，这一圈兜下来得多少时间啊？师傅马上安慰我，没关系，开发商在小区门口售楼处卖房，不远。

我气喘吁吁地奔到售楼处，那个负责人脸无表情地说：谁说钥匙还在我们这里？不是昨天被物业拿回去了吗?!

球又踢回去了！我的汗腺狂躁起来，它们破天荒地喷涌出来，我根本来不及擦，额头上的汗直接往眼睛里灌，我眼睛都睁不开了，模模糊糊中见那个负责人的表情有了些变化，他掏出手机打了个电话，某某某，你找一下某某某，一个业主家的品种猫掉地下室去了……

我匆匆谢过，以更快的速度奔跑，我要抢在那个送钥匙的人之前，我跑回到破墙前，先前放的猫粮没被全部吃光，我抓了一把奔到那扇窗前，把猫粮扔下去，咪咪，先吃点猫粮，妈妈马上接你出来。

我得让它把我的声音和猫粮的美味联系到一起，以免它看见我时产生畏惧或不信任。

送钥匙来的年轻师傅轻巧地打开了门，门开的一刹那，我和他都愣住了。听那叫声我还以为是只老猫呢，它明明是只瘦小的黄白猫啊，只有两个月左右大。

这只身上驮着金元宝图案的小猫像雕塑一样站在满地的垃圾之中，它屁股对着我们，扭转脑袋一动不动地凝视着我们。好熟悉的眼神啊，在哪看到过呢?

师傅似笑非笑的：这是你家的波斯猫吗?!

谁都能看出来，这是一只标标准准的土猫。至此我也不用隐瞒什么了。我笑着说，我不是故意撒谎，我怕说了真话拿不到钥匙。师傅是好人，我代这只小猫谢谢你。

他通情达理地说，没关系，当心点，小心它咬你。

我既没手套也没什么可以防卫的东西，但我并不怕它逃走，门外全是水，它逃不出去。我一边呼唤一边慢慢地靠近它，并且小心地伸出手去抚摸它背，它的身体立即伏了下去。哦，它并不怕我。我双手伸到它腹下，一把兜起它抱在怀里。

出了地下室，我放下它，小猫很软弱，趴在地上看四周，然后站起来东闻西闻，并轻轻地喏了一声，仿佛在说，瞧，这个地方我熟悉。这时我才发现，这只小猫的眼睛太美丽了，和身上的浅棕色一样，像透明的琥珀。

我有些担心，二十多天没喝一口水，它的肾会不会出问题？是带它回家还是由它去呢？这时，天下起了小雨，我顾不上多想了，重新抱起了它……

一路上小猫咬着我右手食指不放，那是不着力地咬，像婴儿无牙的嘴，又软又暖又湿。与其说咬不如说含更为准确吧，它是不是

姚育明作品

害怕我不管它呢？

到家了。我把它轻轻放到院子的草地上，此时春草茂密，散发着好闻的草香气。五只院猫围了过来，小猫爬上我的脚面低头趴着不看它们，群猫气愤地看着新来的伙伴。终于，啊呜冲了过来，对着小猫就是一巴掌，好像发了一个信号，猫们集体发出了威胁的哈声。小猫紧紧勾住我的鞋，呆呆地看我呵斥群猫，好像不知道发生了什么事情。

我给它喂了猫粮，但它却不知道喝水。小笨猫，会得结石病的呀！我不停地将它抱到水碗前，轻拍它脑袋进行规劝，终于喝了几口。结果一下午全粘在这件事上了，我就没法走路，它一步不落地跟着我，我蹲下来，它竟往我身上爬。自始至终它打着呼噜，声音之响令人感动。我都担心它打得太累了，又一想，比起二十多天的惊恐和饥饿，这几小时的幸福表达也不算夸张吧。

这天晚上，群猫集体绝食，第二天，它们仍像得了厌食症，可驱赶小猫却个个来劲。当家的说，你看你，没节制，快把小猫赶走，你不赶我赶。我知道这一切都会过去，最初的时候，他不是连一只猫也不肯收到院子里吗?！而这些猫不也是有个互相沟通的接受过程吗？

第二天，小猫竟然失声了。一连几天，我叫唤它，它只能干张着嘴用极细微的声音回应，我这才明白，由于长时间地求救叫唤，它的声带已严重受损，我和保安叫它时，它是拼了最后的劲头在回应啊。

真庆幸啊！能听到它的故事是缘分，能救上它也是缘分。没几天，这只身上粘着稀屎、浑身散发着酸臭气、皮毛里养着一群跳蚤的小猫不见了，代之以一只干干净净名“缘缘”的小猫。它的嗓音也慢慢恢复了，显出了这个年龄段应有的稚嫩与娇憨。

二世恰到好处地进来了，它一进来就直奔缘缘，把小猫浑身上下闻了个够，然后懒洋洋地走到自己的猫碗前用餐去了。院猫都惧二世几分，缘缘却不知道害怕，竟然好奇地跟过去，二世看了看它，继续进食，缘缘毫不客气地把脑袋杵进碗里，二世竟然让开了。猫王到底是猫王，大度啊。

二世平时很少住在院里，偶尔兴起住一晚也是有的，但缘缘到来后，它每晚过来就寝，一睡就是几天，这种情况却有些罕见。也许是二世的态度影响了院猫，它们不敢驱赶缘缘了，却变得性情浮燥，不但漫骂小猫，还互相之间扑打，紊乱的心态一览无余。当家的说它们觉得自己失宠了。

没办法，我又多了一事，赔着笑脸，用嗲得自己听了都恶心的音调叫唤它们，增加梳毛的次数，增加罐头的量，就这样，院猫们还摆出委屈的样子。啊呜最不像话，以打缘缘为消遣，一开始它对着缘缘劈头盖脸地乱挥爪，后来有了经验，变成稳准狠，每一下都打在小猫的头上。它还不像其他母猫只是露一副凶相罢了，它是真出爪，爪爪见钩，缘缘木知木觉，任它打，好像也不知道害怕，有时还喏喏喏的，好像告诉啊呜，打吧，我不痛。

有一次我欲教训一下啊呜，举掌拍打下去，它慌得想逃，可是爪子已经勾进了缘缘的头皮，拿都拿不下来，气得我对着它肥屁股就是一脚，你以为你是谁？再这样下去第一个赶你！而缘缘只是傻站着，一副困惑惊愕的表情。

终于有一天缘缘明白了，自己不受欢迎，也开始知道防备别猫对自己的羞辱了。它尤其对啊呜警惕，一听到它的声音，马上伏地表示臣服。晚上，它也不挤到它们中间，只是独自睡在我放在门前的空鞋盒里。

院猫们总算出够气了，但表现出一种淡漠的态度，它们看都不看这只小猫，把它当成空气。倒是黑弟弟和白鸟做了个重大的决定，决定收留这只小猫，先是白鸟轻轻地走上去，舔了缘缘两下，然后莫名的像受惊似的一下跳开，缘缘看着白鸟，激动地打着抖，黑弟弟又走上去，低头看着小猫，眼神温和。缘缘慢慢躺了下来，白鸟又走过来，开始舔它全身，缘缘终于伸出了前肢，抱住了这个奶爸。

一切就这样改变了，其他猫都先后接纳了缘缘，只有啊呜一副耿耿于怀的样子。也许啊呜的硬心肠是不堪回首的过去造成的，这只固执的老猫总是排除外来猫，连小猫也不同情。要改变一个老年人很难，要改变一只老年猫同样很难。

很快我断定它是个孤儿，没有妈妈传授知识。因为它像一个不谙世事的天子，不知道躲避欺负自己的大猫，还在草地上随处乱拉，拉好了连闻都不闻一下就跑开了。当它躲在石榴树后偷看啊呜处理屎尿时，吃惊得眼睛嘴巴一起张大了，可想它心里的震动。

从此缘缘不再在草地上方便，也学会了在树根处解手，掩盖动作十分奋勇，每次都将土刨成了一个小土丘。它也学会了喝碗里的水，喝起来声音很响，美滋滋的一气能喝很多。

我家的院子成了缘缘的乐园。它一看到我就会飞奔过来，然后不停地在我胯下蹿来蹿去，一副满足的样子。它每天缠着白鸟和黑弟弟，亦步亦趋地跟在它们后面，这两个好脾性的哥哥对它疼爱有加，天天把它从头舔到尾，经常搂着它睡觉。它则陶醉地闭着眼打

白哥哥来和我玩嘛 / 姚育明　摄

呼噜。

而猫姐姐们有时会耍小性子，缘缘便察言观色。如果它们正高兴，它就会主动去逗它们；如果它们没有兴趣，它就跑到一边自己玩，一块土坷垃它都可以玩得兴致十足。

每天清晨，我走到二楼西阳台梳头，一边梳一边朝下看，我看到总是缘缘第一个等在我家门口，然后一只猫又一只猫跑来。我如果叫一声，它们会齐刷刷地抬头看我，缘缘那琥珀色的眼睛深情到令人心碎的地步！

等我下楼抱起缘缘，它会扭转脖子昂头看我，每次都是这样，仿佛永远也看不够。它的表情不再呆滞了，活泼泼的充满了生气。我终于想起它的眼神像谁了，它的凝视几乎和毛豆一样，那么深，那么净，看了总是心动。它像一个快乐的小精灵，跳跃起来像飞，它的眼睛亮晶晶的，映照了天堂的色彩。这个院子使它沉醉，小小的草地，一片忘忧草，连覆盖在阴沟洞上呱呱作响的石板也变成了玩具。

不知不觉一个多月过去了，缘缘的毛色油润起来，瘦削的肩胛

哥哥抱抱我 / 姚育明　摄

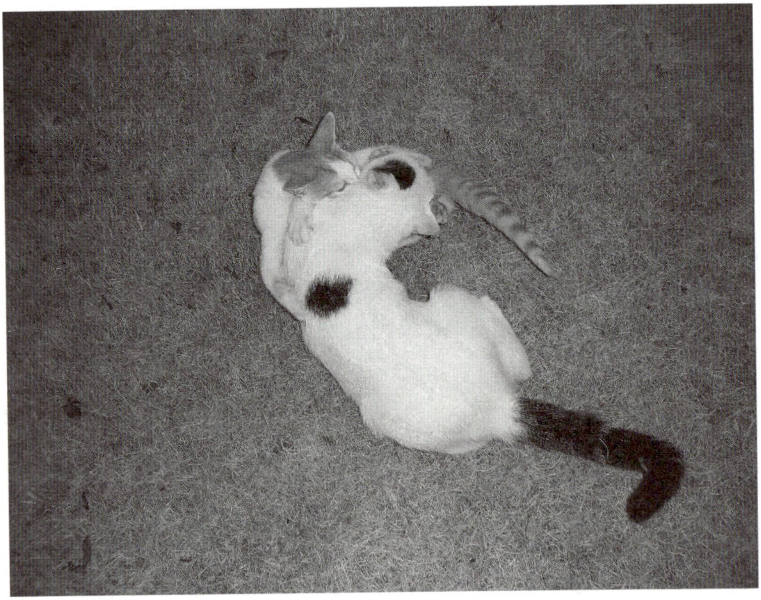

骨看不见了。它的性别特征也清晰了，一只可爱的毛桃点缀在胯下。我计划着过几天带它去宠物医院做免疫，再过两个月就给它绝育，缘缘的好日子还在后头呢。

可是谁会想到厄运一下到来呢？那天下午四五点钟，见石榴树上爬了一树的猫，忙去房间取相机，等我出来，它们已全部滚在草地上了。这天，缘缘特别兴奋，完全可以用喜形于色来形容它。它第一次跳上了猫爬架上层，而过去它根本跳不上去，它还在那里趴了一会，好像在体味哥哥姐姐睡在高处的滋味。它还爬上了我家窗台边沿，孩子似的朝我家客厅看去，过去它没法看到里面的风景。它甚至登上了大缸边沿，过去它只有羡慕姐姐哥哥在上面玩的份儿。我感到欣喜，缘缘越来越有活力了。我怎么会想到这是它最后的欢喜呢？

我随意地拍了几张它的照片，它的轻快一如往常。半小时后，我喂它们猫粮，它像平常一样，吃完自己那份就来到黑妹妹碗旁，它喜欢蹭姐姐的处方粮吃。过去我见它馋，总把处方粮当猫点心赏它。可这一天，我把它拨开了，新的处方粮还没来呢，家里的已经不多了。

缘缘灵巧地钻出栅栏，站在马路当中，朝对面邻居的院子张望。昨天那里来了一只和它差不多大的小三花，两只猫进进退退地试探，一时拿不定主意是否互相接近。也许缘缘在盼望小三花出现吧？

再看一眼就不见了它。我叫道，缘缘，你在哪里？没听到回声，却听到几米开外传来狼狗的吠叫声，伴着一串含糊的呜咽声，然后是混乱的扑打声，最后是一个男人的声音，行了，走吧。我本能地看过去，视线被一辆停着的车挡住了，我下意识地想，哪只小狗又

深情的凝视 / 姚育明　摄

被大狗欺负了？

黑妹妹吃好了。我站起了身，又叫了几声缘缘，安静得异常！就在这时，一个邻居叫道，哎呀，路上有一只死猫。

心慌得乱了章法，一时都急得打不开院门了，等推开院门，就看到缘缘一动不动地躺在路上。我一边抚摸它一边大叫，缘缘，缘缘。围过来几个人，议论纷纷，有说吃了中毒的东西，有说被车撞死的，也有说被狗咬死的。它的身子软绵绵、热乎乎的，我抱起它，在它躺到我怀里的刹那，它的脑袋往后一仰，眼睛里泪光一闪，亮晶晶的。

它在危难之际一定向我呼救了，由于极度恐惧声音都变了调，以至于我没有分辨出来。缘缘不像其他的猫那样会躲避狼狗，它没有防备之心，加之我天天喂流浪狗小白。小白每天对我迎来送往，一清早就会卧在我家院门口等我，小白爱屋及乌，对院猫们也整天摇尾巴，亲如伙伴。天真的缘缘一定误以为所有的狗都像小白那样友好。缘缘啊，请原谅我的粗心吧！妈妈好悔恨！

我也痛恨那辆黑车，你为什么永远停在那里?！就在昨天，当家的冲我喊，叫他们开走！老停在我家门口。我还说，让它停吧，

最后的游戏 / 姚育明　摄

姚育明作品

与人方便，与己方便。恰恰是我无原则的谦让，障住了我的眼界！这一障碍使我失去了任何的证据。

一切都已晚了，它的猝死完全是因为恐惧过度而至，或者是被狼狗咬住喉咙窒息而死。小区好几只流浪小猫都是被大狼狗咬住脖子而甩死的。它们因为无主而没人为它们讨回公道。它们的死亡状态一模一样，身体完整，没有破损，就像睡着了一样，只有嘴唇发乌。绀紫，典型的窒息特征。

夜色浓重的小区，并没有因为我的悲伤而更加黑暗，它像往常一样，路灯投下一块块光斑，空气中有夜的气息。

我抱着缘缘进了自己的书房，它生前也很想进入我家，好几回门一开就蹿进来，也许它对我生存的空间充满了好奇心吧。我打开电脑，点开观世音菩萨的六字大明咒，慈悲宁静的声音一遍遍响着，像潮水一波波荡漾着，缘缘好像知晓了我的心意，眼睛渐渐闭上了。

我将它埋在了院子里，并在小小的坟前插上了一簇盛开的紫薇。院子里弥漫着忧伤，仅仅一个半月，草地就枯黄成熟了，缘缘的生命也过早地凋谢了。群猫围在边上，垂着尾巴呜咽，连啊呜也沉默着，眼睛里满是不安。白乌哀叫着，先是拼命扒装着缘缘的鞋盒，想要掏出昔日的伙伴，后又想跳下埋葬缘缘的土坑。我抱起白乌，好言好语地安慰着，白乌呜呜地叫着，从未有过的哭腔。

再也听不到缘缘的喏喏声了，也看不见它那充满感情的凝视了，大猫疼爱地舔它的动人场景也没了。这个熟悉的院子由于少了缘缘变得空荡荡了。

伤别离！

自由战士

白鸟在台阶拐弯处舔肚子，我这才发现那里敞开着一个鲜红的伤口，足有五厘米长。我处理了一下，不管用，次日送到附近的宠物医院，医生说皮下都有空洞了，看样子就是狗咬的，猫打架不会这么惨。

猫像小孩子，平时再耀武扬威，看到穿白大褂的，就吓得眼珠都不会转了，白鸟乖乖地称了分量，这才知道它有11.6斤了。

两个姑娘给它做了手术，清创后缝了七针。

医嘱一周后拆线。为了不让它受到感染，我在书房铺了席子，和它同住一室。没想到它一刻不停地号，连吃猫粮、上厕所喉咙里都滚动着奇怪的叫声，好不容易睡一会也会惊叫起来。它的鼻子又干又热，这是发烧的表现，也许是痛得受不了吧？我不停地安慰它、哄它，它停顿几秒，又开始号。我的耳朵都要被它震聋了。人家说度日如年，我可是度分如年。当家的怒道，你又犯病了，还不快点把这只机器猫放出去?!

还是女儿温和，提醒我，白鸟是不是接触过流浪狗?她的意思是，小心得狂犬病。为了侍候这个猫主子，我连着几个晚上无法入睡，反应变得迟钝，神思恍惚，开始疑神疑鬼。狂犬病的其中一个特征就是狂躁，喉口痉挛。没动手术前它带着这个伤口也没这么叫呀！看那个鬼样，标标准准的狂躁呀。

第二天见它一整天趴在窗台上朝下看，我猜出一些原因，它是个酷爱自由的猫，不愿意关在屋里。

但也不至于这样悲痛欲绝吧?黑妹妹也是在这个书屋里养的伤，人家怎么幸福地在我身上爬来爬去还打着幸福的小呼噜?

怕影响邻居，我一直不敢开窗，可白鸟得寸进尺，见我好说话，越发来劲，声调变得凄厉，并且节节升高，终于到达石破天惊的程度。我都担心邻居以为我虐猫，更可恨的是这小子还专门跳到窗台上嘴脸冲着外面吼，像喊救命一样。

这样的大吵大闹，再耐心的邻居也熬不住了，推窗大吼道，半夜三更的，一刻也不停，吵死了!

我急了眼，扇了它一下耳光，不要叫了!

白鸟眼里刹那露出凶光，并张嘴抬爪想攻击我，吓得我往后一躲，好伤心！这还是往日那个嗲兮兮的猫吗?!

只有一点白鸟没变，它是院猫中吃东西最不挑剔的，不像其他猫，不肯吃药，它从来不要我操心，每次给它药丸都是毫不犹豫地吞下，连撒在地上的药粉都舔得干干净净。现在依然如此，叫管叫，吃药还是爽气。

我突然意识到，大概伊丽莎白圈使它感到了约束？于是就给它脱脱戴戴的，提供一些短暂的自由。果然，它的态度温和了下来。怕它感染，我还不停地用消毒水擦地，但是问题还是来了，在脱去伊丽莎白圈的时间里，它把三针缝线舔断了，伤口出现了红肿滚脓的迹象。只有三天半的时间啊！便提前带它去复诊了。

医生一看，不行，得重新麻醉重新清创重新缝针。结果又缝了五针。这一次它醒得早，还没缝完，腿就蹬上了。医生说，这么短的时间就麻醉两次，效果不好，下次再麻醉还得加量。

医生的话多不吉利，什么叫下次再麻醉？难道还准备第三次给它麻醉?！我担心它麻醉笨了，变得有些神经质。一会发现医院的铁笼子不干净了，一会发现医院的地板有垃圾，一会发现别的住院小猫身上有跳蚤，医护人员也被我搞怕了，很主动地说这个消毒过的，那个喷过药的。

这么挑刺，还是出事了，责任偏偏就在自己身上。第二天去医院看它，它照例号叫个不停。医护人员说，住院猫哪只不关笼子？就它抗议个不停！

我打开铁笼子，抱它出来，想让它松快一下。不料附近坐着的一位大爷站起了身，这么个普通的动作就惊着它了，竟然挣扎起来，力气之大将我的肩膀也拉破了，它踹开我跳到了地上，我赶紧抓它，已经来不及了，它早就侦察好了地形，直奔南墙而去，平时那里窗户关着，偏偏这天开了半扇，白鸟迅猛地跳上窗台，从二楼往外一跃，像只鸟一样在我眼前消失了。我狂奔过去，看到底楼一团白影，飞蹿过院子，又鸟般地飞上一堵矮墙，又从矮墙跃上邻近的高墙，刹那消失在隔壁的农民别墅区了。

我晕头涨脑地进入这个小区，整整四个小时，连个影也没有看见。带着脚底磨出的泡回到家里，开始上网求助。同时打印寻猫启示，除了通常的酬谢承诺还附上了白鸟的黑白照片，照片上它的伤口触目惊心。网友们的留言让我感动，尤其是植物院猫妈妈美美，因为担忧白鸟安危竟躲在厕所中流泪。我含泪责备着自己，由于粗心和溺爱，竟让这只病痛的猫带着缝满线的伤口跑进了易污染的环境，还连累了别人为之操心。

晚上，我拎着猫包出去了，先给附近三个小区的门岗发了白鸟的图片，又进这个农民别墅区里张贴。走得急忘了带手电，道路黑黝黝的，但我一点也不害怕，心里只有一道伤口的白鸟。

我依次一条路一条路地寻找，不断地有人来问我找毛干什么，他们管猫叫毛，这种发声给我一种错觉，毛无足轻重。有人说，你喜欢毛我给你捉一个，有人说养毛没意思，还是养狗好，养狗可以看门。最有意思的是一个男人看到我顺手喂一只狸花猫，就站在阳台上和我攀谈起来，他说曾经养过一只波斯猫，养了十二年，因为医生说家里有孩子养猫不好，就把猫扔了，几个月后发现猫来到门口就又抱回了家，可没几日老婆又把它扔了，之后再也没有见到。他说，我很后悔，那是老猫了，在外面生存多不容易。我叹了口气，说扔不得呀，我现在找的这只猫就是被人扔的，它之所以要逃跑，就是以为又受到遗弃了。男人问得很详细，白鸟几斤重、什么颜色、几岁、是否绝育。然后说找到了我来养这只猫吧，我会好好照顾它一生，我是真心喜欢猫的，年纪越上去越觉得过去扔猫不对。他还真诚地对我说，救助流浪猫是很好的事情，人应该做这样的善事，我祝你身体健康、好人好报。灯光衬在他背后，他的面容黑乎乎的看不清楚，但分明有光透出来。他真诚的忏悔也打动了我，我也祝福了他。在这刹那，我觉得白鸟的举动带了诗意，它像一个爱的天使，飞到这个小区，让我追随而来，来听取人心，来传播爱意。

同时欣慰的是，在寻找中，又得知有两户人家是喂流浪猫的，这真让人高兴，几乎每个小区都有这样的同道，让人觉得即便暑夏仍有凉爽的清风。还有一个小女孩，非常天真地又指着自己鼻子上的伤口说，我害怕狗，这是狗咬的。我趁机说，狗咬你，你疼，狗咬猫，猫也疼，猫和人是一样的。小姑娘以自己的痛理解了猫的痛，她一溜烟地跑了，说帮我去找猫。一个小卖部的老板娘也表示支持我的行动，她说流浪猫很可怜，祝愿我寻找成功，她还帮助我把告示贴在小店门上。

我不停地叫着白鸟的名字，突然一只白猫从暗处喵喵叫着向我跑来，这是一只粗尾巴的小白猫，眼睛一碧蓝一橙黄，很好看。我在一次性盘子里放了猫粮，没想到它只吃了几口便跑到猫包前，闻了闻就主动钻进了猫包，安然地伏倒在里面，我伸手拍它的头也不肯出来。要知道，平时诱猫进猫包是多么不容易的事情啊，这只小猫是想跟我走啊！对不起，可爱的小猫咪，你自己玩吧，这只猫包是要接大白猫回家的。

内疚地赶出小猫，又安慰自己，这个小区的民风还算不错，小白猫在这里讨生活应该比较安全。

一路上我还试图用猫的思维来判断藏身佳地。在一条景象最森然的路上，几家高宅大院里传出的狗叫声让我心惊，胆小的白鸟怎可能躲在这样的地方？正欲匆匆地穿过这条道路，突然听到了轻微的叫声。多么熟悉的声音，如果不仔细听，都会误以为是风吹树叶的响动。我蹲下来，看到密集的冬青树后，有一团模糊的白影，我将手伸进树丛，欲扒出一个空间，手臂一阵刺心的痛，不知树叶上有什么虫竟然如此蜇人？但我顾不上了，我看到一个熟悉的轮廓在黑暗中闪着微微的白光，我的心钟摆一样猛烈一荡，然后慢慢地静下来，心里只有一个意愿：如果它不愿意跟我回家，我就在这里守着它，哪怕陪一夜，一定要让它感知我真切而坚定的决心。

我轻轻叫唤着白鸟，它头转向我，然而并不过来，也不再吭声。我换一个地方，继续拨动树丛，想开出一个大空隙来，白鸟却突然不见了。

这排树篱笆墙太密集了，根本没法钻进去，必须兜到南面从宅院正门进去，狂奔中急迫得呼吸都乱了，只见家家铁门紧闭，几乎每扇铁门后都蹲着一条狼狗。也许老天怜悯我吧，白鸟躲的那家人家竟然铁门大敞着，没有狼狗，几个男女在亮堂堂的客厅内说话。我怕他们发现后驱逐我，敛声屏气地贴着墙溜进去，转到屋后仍不见白鸟身影，蹲下身轻轻唤了一声，隔壁院里飘来轻微的回应。多么奇怪，这几日它几乎能把天都号破，可这一阵，它叫得那么轻，好像怕我受惊一样。我踅转身，看到它蹲在邻家的冬青树丛旁。当时我都有一种做梦的感觉。

我沉住气，像往常一样，摇了摇铁盒，往盆子里倒出猫粮。它一动不动，看不清它的表情，但能感受到它的凝视和判断。我发自内心地说：白鸟，好孩子，是妈妈不好，让你误会了，我们治好病就回家，我们不会一直住在铁笼子里。

它轻轻呜咽了一声，矮着身子走过来，开始吃猫粮。我一直叫着它的名字，过了一会，轻轻摸了摸它的头顶，见它不反抗，就把手操到它腹下，轻轻抱起它。它顺从地进了猫包，一声不吭地伏倒在里面，像先前那只可爱的小猫。

宠物医院早已关门。我带它回自己的家。一路上我絮絮叨叨，白鸟啊，今晚我们还在一起，妈妈会给你伤口上药，明天妈妈带你去医院，医生比妈妈有本事。妈妈向你保证，一定给你换一只舒服的大笼子，妈妈保证天天来看你，我们好了就回家，你虽然不是住在家里的孩子，但院子就是你的家。你难道不想要这个家吗？妈妈为你们新搭了个雨棚，你还没享受过呢，妈妈订的猫罐明天也要到了，你不是喜欢吃猫罐吗？

天上又下起了雨，不大，纷纷扬扬。没关系，白鸟在猫包里淋不到。而我，将雨视为一场甘露。一种失而复得的幸福弥漫在我全身。

到家已半夜了。我累得躺倒在地上，白鸟走过来，贴着我胸，开始踩奶。过去白鸟从没这样的动作，我静静地躺着，喧嚣的大海终于平静了。

可没多久，它又开始叫喊了，这一回，它的叫声已不再刺耳，但仍响亮。它昂起脑袋，仿佛在向老天发问：为什么？为什么？为什么?!

我困得要死。白鸟，快睡吧，做个好梦，过不了多久，你就会从医院回来，去分享美食，去共同游戏，去行持你为伙伴舔毛的菩萨道吧。

白鸟出院后兴奋极了，自由对它来说太重要了。也许过于的快乐，竟让我看到了无节操的一幕，它侧躺着，下半截肚子翻上来，露出了粉色的小鸡鸡。我第一次看到猫这玩意儿，那么精巧细微，像细记号笔画出的一个减号。白鸟的眼光看向杏树根方向，大娃娃

我爱我家 / 姚育明　摄

正在那里吃药粮。

我有些不相信，难道白鸟对这位病妹妹动心思了？

大娃娃是个形踪不定的白狸花猫，但凡它在我家院子里出现，总是口腔炎发作的时候。这是一只聪明的猫，一犯病就来找我。我一直给它留着小儿阿莫西林，好拌在罐头里喂它。它的口腔炎时好时坏，所以只能是我家半个院猫。一直以为它是被遗弃的猫，怕它脖子里的项圈被树枝勾住发生意外，我还自说自话地给它绞断了。大娃娃和我很亲，动剪刀时，它乖乖地由着我，一点也不反抗。很久以后才知道它随主人从北京迁居过来，是一只散养的家猫。

大娃娃长相清秀，眼神天真。从外貌看，与白鸟相似，不过人家可能是玉女，你白鸟却不是金童，实质并不相配。

白鸟很快平静了，毕竟已经做了公公，理智为上。

隔了一段日子，抓白鸟洗澡，它又叫上了。之前我就关紧了门窗，但我仍有点担心，它的叫声太有震撼力了，邻居会不会以为我又在虐猫，否则怎么老有猫的惨叫？当家的下了结论：明摆着的，它一定是太喜欢叫了才被人遗弃的。

破破

它出现的时候是黄昏，一开始我以为是黑弟弟，不对，它身材比黑弟弟短，又以为是黑妹妹，也不对，它比黑妹妹高，又以为是年轻的乌金，不对，它比乌金摇晃。

是的，它走路有些摇晃，摇到亮处看清楚了，它是一只陌生的憨丑的黑猫。

我从来没见过这样破相的黑猫，滴滴答答的口水，口水里还有血丝，流得腿脚都是湿的，身上的黑毛稀稀拉拉，背上几乎没毛了，露着炎症丛生的皮肉。仅存的黑发里还夹杂着丝丝白毛，也就是说，它有点年纪了，是个有病的老年猫。

这样残破的猫，当然有资格自卑，它对着我叫了一声：雅……连叫声也是破旧的，毫无光泽。

院猫们开始哈它，所不同的是，这一次的排外有点潦草，它们哈了几声就各自走开，大概觉得赶一个生病的老猫有辱斯文吧？当然，啊呜除外，它总是摆出一副保家卫国的姿态。也难怪啊呜，在流浪猫中，它称得上元老了，要怎样的艰辛和拼搏才养成了今日的霸道？

黑猫很知趣，一直缩在角落里，眼里闪着乞求的光。它的病很好判断，典型的口腔免疫性症。这是怎样的情状，饿极了，却看着猫粮不敢张口，每天都是傻看着，最多喝几口水。我鼓励它进食，否则不垮也会得脂肪肝。几天后，它试探性地张开了嘴，只一口就疼得跳起来，还发出一声怪叫。之后，每次吃东西都是受罪，这时候怪叫变了声调，“雅”变成了“压”，一边叫一边拼命地挠嘴和喉咙，那痛苦触目惊心，这也是它最终能待在院子里的原因吧？它的惨叫使院猫们惊恐不已，也深感痛苦，痛苦也具有感染的能量。

猫们经常混吃，我怕它的疾病感染给其他的猫，便守着单独给它开饭，用阿莫西林混在猫罐头里喂它，各种药顺利地喂进去了，估计它就没吃过猫罐头，就是拌了药，也丝毫不减它迫不及待的速度，往它背上喷药，它很紧张，但基于对我的信任，它只是缩成一团。最惨不忍睹的是给它梳毛，一梳掉一把，那些毛仿佛没根，全是浮在皮上的，没多久，它就成了个秃背猫。

它太缺乏营养了！这样的猫来到院子里就是让你来帮助它的，赶出去就是死路一条。口腔炎猫没人帮助，到最后就是活活饿死。

院里的水碗从三只增加到十几只，到处放，要保证它随时喝到放了复合维生素的水。为了保证其他的猫不被感染，还得勤换水，毕竟它滴进碗里的是口水而非蜂蜜水。

它一直是破败的、畏缩的形象，它的自卑深入骨髓。这也是破破之名的由来。

黑弟弟和它有过一次对话，两只猫话都不多，你耶我雅的，出一声停一声，判断着，继续着，终于破破有了些轻松，估计黑弟弟说了些什么让它放心的话。

白鸟那么喜欢舔其他的猫，却从来没有舔过破破。这也对，叫你舔一下皮肤病患者试试？破破看着白鸟舔其他猫时，眼里隐藏着羡慕，但是它不请求，它不敢有什么奢求。

日子一天天地过去，破破的毛不再掉了，皮肤也显得干净了不少。虽然口腔炎没有断根，但吃猫粮不怪叫了，口水也不像过去那样流得身上到处都是了，它那畏惧的眼神里开始有了点活泼，看着众猫游戏时，也很想参加，可惜没有哪只猫来邀请它。

记得第一次给破破梳毛，梳子落到它背上，它强烈地震动了一下，然后立住不动，紧张得全身肌肉都变硬了。也许这一生从没人用梳子给它梳理按摩吧？很快它的眼睛有了惬意的神色，喉咙里传出极轻微的呼噜声，不仔细听根本察觉不到。

为什么要抑制天然的舒服反应呢？有了快感你就喊，池莉早说过了。

破破当然不会喊，它太不时兴了，雅雅雅，只会第三声，不知道它知不知道这个字对于人类的意义。我只看到它是猫中的怯懦者，猫中的弱势群体，同时也是猫中的知趣者。它只有我。只有我在时，它才流露一些真实的情态。

破破自始至终没有朋友，却一直有着一个敌人，那就是啊呜。啊呜一直对它看不顺眼，破破完全是逆来顺受，只有直起身子在树上拼命抓挠时，才会显示出内心的某些刚强，或者说，那更像一种

我喜欢这儿 / 姚育明　摄

表达，我也有利爪。

啊呜才不理会破破呢，它太自我，管你是大猫小猫强猫弱猫，看不顺眼就是看不顺眼。有时破破好好地吃着猫粮，并没惹着其他的猫，啊呜就突然发起神经，颠着短腿跑上去，劈头就是一掌，打完还要叽咕一声，意思是你怎么还不走。

破破真的走了，它熬了四个多月，最后还是坚持不下去了，它悄悄地离开了院子，这一走就是半个月，我以为它死在外面了。猫科动物都有这个习惯，临死会自己找个地方悄悄地离去。

一天傍晚，破破突然出现在阳台拐弯处，一声不响地看着我，它瘦了一些，带血色的口水又垂在了嘴边。我惊喜地说，破破回来啦？你等着，我马上给你拿罐头。拌药时我激动得手都发抖，我怕破破等不及跑掉。出来看到它仍等着，我的心都化了。它慢慢吃着药罐头，不时抬头看我，破破好像有话说呀。

我说，破破你怎么啦？是不是想回到这里？是不是还担心啊呜欺负你？没关系，妈妈给你撑腰，坚持住，它会慢慢改变的。

破破还是用一种别样的眼神看着我。我心头一震，莫不是破破要离世了，它特地来和我告别？

破破喑哑地叫了一声：雅……传达了依依不舍的信息。

我抚摸着它的背，开始和它交心，我说：破破，谢谢你回来看妈妈，我知道你舍不得离开妈妈。妈妈一直喜欢你，你那样坚强，那样和善。妈妈多么希望你在这儿生活下去啊，如果时间到了，你要离开，妈妈会祝福你，也会想念你。不要害怕，生命都有这一天，记住，走的时候一定要朝着光亮的地方去，不要去黑暗的地方，黑暗的地方是恶狗待的，去了会咬你，光明的地方是天使待的，天使会接你。你的眼睛要看着光，别飞错了地方，记着妈妈每天给你们念的六字大明咒，嗡嘛呢呗美哞……

足足说了十分钟左右的时间，我从来没有对一只猫说那么长时间的话，也从来没有一只猫自始至终地抬头听着。它的眼睛那么有神，简直称得上熠熠生辉，这哪像一只苦痛的病猫？它全身焕发着一种从未见过的沉静，好像换了一只猫。它听得那么专注，似乎全身的毛孔都在吸收我的话语。它能否听懂我，不能确定，但我相信它听懂了我的语气，在最后的时刻，它感受到一种安心和定心。

外出的院猫们一个个回来了，啊呜的抱怨声也传了过来。破破最后深深看了我一眼，又轻轻叫了一声，钻过冬青树丛走了。我一直注视着它的背影，心里只有至诚的祝福。

破破此一别再也没有归来。一天晚上，我梦见院猫们正在吃饭，突然一阵旋风刮来，破破随即现身，它直冲啊呜，对着它就是一个耳光，啊呜吓得乱窜，我惊喜地叫道，破破！你还活着啊?！破破没回答我，只管追赶着啊呜，我第一次看到啊呜如此狼狈。

梦醒后我叹了口气，猫界和人世间一样，总是恩恩怨怨没有停息。破破带着遗憾走了，于啊呜来说也是一个遗憾，它没有改正的机会了。

过了段时间，我见柿子树长得过于茂盛，伸到邻居院子里，占据了别人的空间，便拿了大剪子去隔壁剪枝。邻居还没搬来，院子有些荒芜。在柿子树的阴影下，我惊讶地发现了一具黑猫的标本，肉早已腐烂蒸发了，完整的皮毛覆盖着骨架，它扁平地卧在地上。我一眼认出了破破，它的脸冲着我家院子，它的整个姿势是一种关注。原来它并没走远，一直隔着冬青树的缝隙看着它熟悉的院子，直到生命终结。

我蹲着看了它很久，喑哑的“雅……”声似有似无，我的手在虚空中抚摸了一下，隐隐的呼噜声像打碎的玻璃碴四面掉下来，微微地砸疼了我。

谢谢你，破破，你不愿我伤心，在这里悄悄地自我销毁了。不，你只是脱下猫皮，飞身去做小天使了。

你现在飞到了第几重天？希望你不要回来。让我把你的衣服埋在玫瑰花旁，让花香熏染你这件破败的黑衣。

那天晚上，我喂众猫，它们正专心致志地吃着，突然啊呜惊叫一声，跳起身一溜烟地往东边跑去，躲在猫屋的角落里不肯出来。其他猫视而不见，仍自顾自地进食，只有啊呜惊恐万状。从没见过啊呜的这种怪异，仿佛被人当头一棒，打得弹跳起来，它的胖身体能直跳这么高也是奇迹。好不容易引它过来，才吃了几口，又怪叫一声，重新跳起身快速地往东边逃去，这回是躲在两棵含笑之间。在啊呜第三次跳起身时，我竟脱口而出：破破！

一经叫出我就意识到是怎么回事了，我想起了那个梦，没料到

姚育明作品

破破这样执着，它热爱这个院子，它不想走，它一直想把过去的账结算清楚。

看着惊恐万分的啊呜，我并不觉得它可怜，反而觉出这个肉墩的力量是真实的。事实是最好的证明，这个世间已没有猫能战胜它了，只有来自另一个世界的力量，才能使它失态。

算了，破破，放过它吧，你已经走完了尘世的旅程，不要再沾染尘世的琐事念想了。冤家宜解不宜结，祝福所有的院猫吧，包括啊呜，它们最后都要和你相见的。不要再留恋这里了，有一个地方，比这里好上千倍万倍万万倍，快点去吧，再不去就没力量了。

风轻轻地吹，整个院子都睁大了眼睛，竖起了耳朵，时间的缝隙里那曾经熟悉的声音渐渐远去：雅……

寂静的夜空，清澈如水的远方，是谁在等破破回家？是谁撒下一片银辉，照亮破破的归程？

破破，请你永远不要回来。

亲亲

去妹妹家，总能看到一只瘦骨嶙峋的白猫，四五岁的光景，不是呆头呆脑地杵在玻璃门前，就是无精打采地蹲在门东侧的水泥平台上。它的皮炎比破破还要厉害，毛几乎掉光了，真可以称为光皮猫。破破刚来我家院子时，眼里还有求生的渴望，它的眼神里没有内容，看上去好像抽空了思想，光剩下一层薄雾蒙着，看什么都对不准焦点。它的身子僵硬，心也僵硬。

我找出一支杀真菌的药膏，请妹妹每天给它涂两回，对它而言，这真是一支神药，仅涂了几次，毛就如雨后春笋似的长出来了。等长齐了，才发现，这是只长毛猫，覆盖了全身的柔软白毛使它姿色陡增，眼睛里也露出一点正常的神情，只是这神情令人不忍久视，是一种久病的患者对前途完全绝望的哀伤。

特地从家里拿了猫粮，请妹妹混在她买的猫粮中喂它。它变得

具有杀伤力的眼神 / 姚育明　摄

开始亲人，看见我们，会轻弱地叫几声。平时则隔着玻璃门眼巴巴地往屋里望，并不指望人会将它收进家门。

奇怪的是，从不见有二代猫娃跟在它的身边。妹妹说，曾经见它大过肚子，估计那些小猫没有活成。

中秋节那天，妹妹请客，妈妈刚从车里出来，它就迎着她上去，然后像领路人一样，走在我妈妈前面，到了门口又主动止步，知趣地闪在一边。

我们全家吃饭时，它跳上窗台，全程陪看，逆风将它背上的长毛吹起来，颤抖个不停。妈妈一直反对家里养猫，此刻也动了恻隐之心，说这只猫可怜得要死。我说妈妈，它绝对和你有缘分，它可从来没迎接过我们。妈妈说它好像认识我？我趁机说，怎么样？让它来陪你？弟弟辛苦点，铲铲猫砂喂喂食，猫粮猫砂我供应，洗澡剪指甲的活全包在我和妹妹身上。

妈妈有点犹豫，我就频频看向窗台，用眼光一次次地抚摸这只在秋风中哆嗦的猫。我的眼光或许起了作用，妈妈突然问，它有名字吗？

我脱口而出“亲亲”。

妈妈说，好的，帮它弄弄干净，到我家里过日子。

那天，妹妹打来电话，说你快来，就它一个在我家门口。我提了猫包赶过去，亲亲看到我有些欢欣，走到我脚边蹭了几下。我蹲下身，好声好气地说，亲亲，不要害怕，我带你去绝育，以后就过开心的日子了，好吗？

人家根本就不害怕，木桩子一样站着，任我抱起来塞进猫包，顺顺利利地拎到了附近的宠物医院。

开刀那天，我因为忙没到现场，晚上过去才知道，只摘除二个输卵管，没有去掉子宫。我很吃惊，母猫不去除子宫容易得子宫蓄脓症呀，我以为这是常识，根本用不着关照医生，谁知那个小姑娘竟然回答我：子宫拿掉容易老，就像人一样。

她竟然打这样的比方，但不管怎样，她将猫和人一样看待了，也算善念吧？我只好无语。但是，我又一惊，不拿子宫，竟然还缝了七针，这个伤口有多大呀！早知是两个年轻姑娘动刀，我就指定那个女医生亲自做了，她可是兽医专科出来的，而且人也和善，容易沟通。

亲亲在笼子里卧着，大伤元气的样子。对不起，亲亲，我应该给你送到靠谱的宠物医院去的。亲亲痛得埋着头，却一声不吭。比起黑花的号叫，亲亲的耐力真了不起。

亲亲在那里休养了十天。一开始，我怀疑医院拿它的猫粮喂别的猫了，怎么一天半斤的猫粮还不够它吃？问医护人员，她们说没见过这么能吃的猫，无底洞。我亲自喂后才发现，果然，它吃起来超一流，连过去的尖头小黑都赶不过它的胃口。

长期的流浪生活使它饿狠了。暗暗庆幸将它收留下来，饿鬼道中的生活不好过啊。

妈妈还特地关照我，应该打什么针都不要漏掉。我说放心，三联免疫针一针不少，还会给它驱虫。亲亲从此过上了养尊处优的生活。它的身体像发酵的大白馒头，又软又暄，那一身密集的毛发润泽得像绸缎，脸两旁也蓬起一大簇柔软的白毛，那蓬松粗大的尾巴永远恣情快意地竖着。从正面看，它就像一头小狮子，疯起来时，看不清了，家里飞着一块阿拉伯毛毯。

谁来我妈妈家，都会被这华丽丽的白猫惊倒，不熟悉猫的人还以为这是一只什么纯种猫。其实它就是一只再普通不过的土猫。

亲亲进家门后，脾气见长，动不动就亮出它的爪子。过去那个可怜的形象消失得无影无踪，它成了家里的中心。我们跪着给它梳毛，弯腰曲背地捡毛，甚至腾空跳跃，捕捉到处飞着的猫毛。弟弟还多一份义务，每晚充当它的瑜伽垫，弟弟说那份量简直就是砸，那么大的块头，砸得他胸口发闷，有时他实在挺不住了，想赶它下去，它就凑到弟弟脸上抓上一把。它还装清高，猫点心放在碗里根本不吃，只有掬在掌心，它才赏脸，皇上用膳的金碗银勺也比不上人的“手碗”哪。

我们全伺候着它的脾气，就看在它陪妈妈的面上，说它是功臣一点也不为过。妈妈一生最大的兴趣爱好就是唠叨，好像脑里一根管话语的神经失控，关不上闸，为一件小事她可以一口气连说四五个小时，说得气喘吁吁还常常只开了头。过去妈妈总是揪住我们，唠叨得像《大话西游》里的唐僧，难怪那些小妖都受不住纷纷自杀，若不是我妈胜过唐僧，我们真仿效那些小妖们去了。亲亲一来就好了，我妈有了一个永远不嫌她烦的听话对象了。从此妈妈对我们的抱怨明显少了很多，不管亲亲听得懂听不懂，妈妈只管对着它说。

亲亲和妈妈、弟弟特别亲，而将它抱在怀里，仿佛只是我的专利，将它抱上身时，它凝神看着我，眼神像个婴儿。但时间稍长些便挣扎着要下去，还要不满地叫上几声，好像在说，可以了，我已经很恩赐你了，别得寸进尺。

有一回，弟弟忧心忡忡地说它腹下有了肿瘤，那个紧贴着皮肤乒乓球般大的硬物把我们吓得不轻。到了宠物医院，竟然说是打结的毛球。虚惊一场后，就去隔壁洗澡，在水池中，亲亲眼睛瞪得变形，舌头伸出来，气喘得好像要昏过去。店员说做流浪猫时没洗过澡，肯定害怕水。

从此每年夏天，我和妹妹自己动手。给亲亲洗澡是项难度很高的工程，每次的诱捕都费工夫，它无处可逃时，会直起身，用利爪勾住我的胳膊，一下跳到我的肩上，想抓下它，它又转移到我的背上，疼得我顾此失彼。它在我肩背之间移来移去地对付我妹妹，我弓着腰原地转圈，既逮不住它又甩不下它，想直起身把它滑下来，它就学壁虎样，重重地挂在我身上，尖爪深深地勾进我的肉里，疼得我哇哇叫。但人的毅力并不输于猫类，最后我总能忍着伤痛将它按到浴池里。前两年买来洗猫笼，硬塞进去后差点出事，它在极窄的铁笼子里一个翻身，脑袋竟从缝里挤出来，妹妹一急用错力气，它的喉咙也被卡住了，顿时眼白上翻，我急得差点崩溃。

亲亲进家门时，六岁左右了。相当于人类四十岁了，比起顽皮的小猫，它更合适陪伴我的妈妈。妈妈比较偏执，经常把孩子逼到走投无路的地步，我们一急，就会提高声音，这时亲亲会紧张地跑向妈妈，紧紧地靠在她的脚边，它从来不会站错队。每当看到这一幕，我的心都会一软，随后便是内疚，我们的气量还不如一只猫大，猫都比我们知道感恩。妈妈的蛮不讲理其实是病态，我们这么顶真

眼睛里再也没有悲苦 / 姚育明　摄

干吗?!

妈妈瘦小，抱不动亲亲，也不敢伸手摸它，但她真心诚意地说：亲亲啊，我们会一直养着你，养到老，不会把你扔掉。

转眼亲亲进入老年队伍了，总该有十二岁了吧。我们都是它的亲人，在它面前各有自称：外婆、舅舅、阿姨、姐姐、哥哥之类，每次我去，家里人都会对它说，亲亲，看，大姨妈来了。

去年夏天给它洗澡，它照样玩命抗争，我脱口而出，这个臭脾气，谁降得了你，叫你妈来……

咦？我自己也愣住了，第一次想到这个问题，它的妈妈到哪里去了？

大妹说，从来就没有人做它妈妈，要不你做吧。

我乐滋滋地说，好啊。亲亲，来，听妈妈话，妈妈给你洗白白。

洗好澡我说，今天该好好庆祝一下，庆祝亲亲有了自己的妈妈。

离开母亲家，我仍处在身份改变带来的兴奋之中。接着，有一股暗流慢慢地渗进心里，我觉出了一些异样，是哪里出问题了？

这才意识到，在为亲亲高兴的同时，我的责任无形中加强了。想想也是好笑，搞了半天，不是亲亲找到了一个好妈妈，而是这个好妈妈把亲亲寄养了呀。

霹雳娃

小张打来电话，情绪激动地讲了件事：一个出租户虐待自家的两条狗，还把其中一只长毛白西施的后腿打断了。被小张谴责后干脆把狗扔出了家门，当时有个陌生人要带走长毛白西施，小张怕他是狗贩就拦下了。那个陌生人对狗说，如果你想活命，就跟我走，那狗果然困难地跳到他的助动车踏板上。保安喊来狗主人，征询他的意见，狗主人说，是死是活随它去。小张火了，对保安说，与其他被人杀掉下火锅，还不如现在就拍死它活埋它。保安就把狗带走了。冷静下来后小张很后悔，为自己一时冲动说出的话感到良心不安，问我有什么办法补救。

我说，别难受，我马上来。我们一起去找狗，找到后我拍照去网上发求助，在没找到领养人之前，我们共同抚养它。

结果小张因视力不好记不清那个保安的长相，还误指了一个保安，人家先是莫名其妙，继而恼羞成怒，什么我埋狗？我会做这种缺德事?！问了一圈，没人知道发生过这样的事，那条狗就这样莫名失踪了。小张有些闷闷不乐。我说，这也是它的命吧，它会感知你的善意的。

我们一边走一边交谈着，突然路侧赶上来一个人，哦，一只小猫，它的气势太像人了，好像不用人的形容不足以表达。其实它是一只一个月零一个星期左右的幼猫，眼睛都没变色呢，身长十五厘米左右，四只刚萌生的小尖牙，猛一看，像只黄老鼠。

它是一只橘猫。说橘猫也不太准确，只是近似，它的毛色并不纯粹，有些虎条纹在里面。这只瘦弱的小猫雄赳赳气昂昂地走着，完全无视身旁的两个大活人，也漠视着近在咫尺的一只德国黑背。

我前后看看，没什么大猫护着它，也没什么其他小猫同行。我向它打招呼：咪咪，你妈妈呢？

它不理我，只管自己正步走。

小张只有一句话：抓住它。

我犹豫了一下，还是伸手抓起了它，它在我手掌中挣扎起来，并且发出稚嫩的抗议声，轻得像蚊虫叫。

我对哭红眼的小张说：不要太伤心了，要谢谢这只狗，引导我们救了一只小猫。

到我家院里，还来不及用清水泡猫粮呢，它就勇猛地扑了上去，把猫粮咬得嘎嘣响，完全是嚼炒豆的声音。这只小猫的牙齿真厉害啊！连添了三回猫粮，眼见得它肚子撑圆了，吓得我不敢再添了。结果它自己直奔墙角的瓶子，两手捧着，张嘴就咬，啃得咔咔响，只几下就把塑料盖咬坏了。

小张说：咦，这只小猫怎么这样聪明？知道里面装着猫粮，还知道自己动手。

它的耳朵很脏，清洁时用掉两大包棉签，它的挣扎也与众不同，身子微微扭动，用手蒙住眼睛，仿佛不忍见我暴行。它的甩头功夫也好生了得，一下就把滴耳液连带污渍甩进了我的右眼。我给黑妹妹整整清理了一年多耳朵，也没它这样稳准狠。

为了安慰小张，我让她给小猫起个名字，她说拾荒，荒荒，它是我们拾来的！

我的妈妈？我也不知道哇！/姚育明　摄

左上：这点怎么够我吃？右上：你们为什么都不理我？左下：我怎么上来的？不告诉你们。右下：还有比我爬得更高的吗？/姚育明　摄

我说，慌慌？不好，要听出心脏病的。你看它欢天喜地的样，就叫欢欢吧。从今天开始，我们不要再流泪了，我们要欢欢喜喜地帮助这些小东西。

头两天下大雨，当家的正在外地，它得以住进我家玄关。第二天一早发现它竟然在壁柜的最高层中，当家的一只大鞋成了它的卧铺。

那么高，我都要搬个凳子才能取放鞋子，它怎么上去的？依靠椅子、组合鞋柜再到壁柜？三级跳？真本事！

一天清晨，我习惯性地刷着牙从二楼西阳台上往下看，天！欢欢怎么趴在楼梯平台上了？那平台少说也有一米三高，四个多月大的缘缘直到去世都还跳不上去呢，这个小猫才一个多月呀！

除了飞就是想不明白它怎么上去的，真是猫中的武林高手。

欢欢过于瘦小了，它的脸不像猫更像老鼠，吃起来总是饥不择食的样子，地上任何像食物的东西都要去闻一闻甚至舔一舔，确实像个拾荒的孩子。对于院猫们来说，它也太诡异、太没规矩了，仿佛有多动症，没有一刻的安分，不是奔跑就是跳高，累极了也会停几秒，只见胸脯剧烈地起伏，好像一个气喘病人，有时会冲我张嘴大叫，却发不出声音，喝水时左前腿还泡在碗里，喝自己的洗脚水，受到我呵斥后改为蜻蜓点水，蘸一下拿出来舔舔，还不时地踩翻别猫的碗，太践踏别猫的尊严了。

院猫们趴在一边，冷眼看着欢欢，集体采取漠视的策略。当它一次又一次地把自己的脏脚印像盖章似的印在所有猫碗里时，怒气正在那些大猫胸中酝酿。可它浑然不觉，只顾自己喜气洋洋地玩耍。

第五天能听见它的叫声了，比蟋蟀声稍响，却让我惊倒，它竟然自称爷：“爷哦爷哦。”这只小猫确实和其他小猫不同，它具有豪气万丈的气质。

一天，它嘴里咬着一根绿草，像白娘子盗仙草一样，一步三跳地登上阳台，全心全意地和那根草玩起了推手。

终于啊呜像个肉球一样蹦了起来，它带头跑上去扇了欢欢一下耳光。好像引发了一个信号，母猫们轮番上去你拍一下，我推一下，欢欢顿时成了陀螺。之后，这种追打经常发生，每次都能把它打得惨叫，但是它意志坚定，怎么打也是“爷哦爷哦”的辈分。

不行，这样下去，它要被这些娘们打死的。我开始在网上找领养，我形容它聪明绝顶，很快就是美少年，不久就是帅哥一个。有人提出想看它的照片，让我多拍一些。

发了照片，听到了一些评点，才知道欢欢确实不算橘猫，它是玳瑁色的狸猫，俗称彩狸。

本来对欢欢有点兴趣的人看了照片不想领养了，回音就是一句：长得有点难看。

当家的也很轻蔑：尖嘴猴腮，一点也不好玩。

没人欣赏，我欣赏，越看小彩狸越有特色。来的第一天，根本跳不上台阶翼墙，一纵身吊在了那里，急得乱蹬腿。没几天就练就了飞毛腿，跳遍院里所有的制高点。

本领高强的白鸟开始对这只小猫刮目相看，欢欢第一次爬树，搂抱着树干挣扎着爬了几步，还未到达枝丫分叉处就跌了下来。趴在树下的白鸟突然跃身而起，利索地蹿上树，并在树干上拼命地练爪，又炫耀地将后背弓起，只见白影一闪已稳稳地落地。它看也不看欢欢，好像在说：小破猫，看哥给你演示一个。

欢欢立马领会，又一次跃上树，动作准确到位。白鸟眯了眯眼睛，我知道，这是猫咪的笑容。

欢欢最喜欢爬的是柿子树。它像只顽猴在上面连跳带爬，没有一只猫像它那样，能一直爬到枝端，连缘缘在世时也没有这样的胆量。

有它在，院子里老是搅动着一溜黄棕色的细风，它蹿来蹿去，充满活力。

以为它的精彩已经表演尽了，没想到日日出新，竟然生出一种奇怪的步法，身子弓起来，一侧前后腿同时往横里跳，另一侧半腾空地收着腿，像警匪片里的倾斜车技，它横着跳，看上去不像猫，倒像只螃蟹。跳时还窥视我，神态像拳击手，大凡这时候，它就准备扑到我脚后跟来开咬了。它还会紧贴在台阶壁上，眼睛盯着院里的大猫，像壁虎一样不见四肢地扭动，却能快速地滚动般地后退，有时候则是仰躺在台阶边沿，用爪子扒着边缘前进，像红军过铁索桥一样。它是不是把院子当成猫特工训练基地，要练出什么不同凡响的硬功夫来？

不幸我成了它首选的攻击对象。一开始，它只是缠住我玩推手，不玩到气喘吁吁不肯放手，后来变得不能见我，一见就疯疯癫癫冲上来咬一口。弄得我条件反射，一见它就举起双手，它咬不到手就咬脚，反正只要是你身上的肉，它都要下口。

那可不是一般的咬，真见牙印以及血点，每次都能把我咬得哇哇叫。

我开始躲它，出门像贼似的溜出去，可它听觉灵敏，动作迅捷，像粘在我身上的影子，我一动就把它扯出来。它不仅咬我，还追咬黑妹妹，也许在它眼里，黑妹妹也是个值得磨牙的对象。

院里进过几只小猫了，没有哪只像它那样具有攻击性。我很犯愁，不知拿它怎么办，这么小的猫，你又不能随便揍它，只能咬牙熬着。

原住民们一定商量过了，它们开始有了行动，到了进餐时间，它们集体冲上去，狂吃滥喝，欢欢胆敢上去，它们的身体横过来竖过去如同扫帚，欢欢别想立足。

我开始做老娘舅，充当调解人，在阳台上只留欢欢一个的碗，把其他猫碗全部撤下来，放在草地边沿。欢欢在阳台上吃时，我抱起黑弟弟，把它放在欢欢身边，鼓励它接近小猫。其他猫看见了，也一个个跳上阳台。

欢欢站在群猫中，眼神有些懵懂。黑弟弟终于伸出了鼻子，眼看着感人的亲吻即将发生，突如其来的，头顶上方响起一个炸雷，这辈子都没听过这么近的暴响，好像把空气也震裂了。

刹那，群猫炸窝似的四下飞逃，其中一只还惨叫了一声，同时，河对岸也传来一声人类的惨叫——他家的水泥烟囱被雷电劈去了一角。

老天有眼啊，这个曾经踢打流浪猫，并在寒冬将流浪猫扔进河里的男人，让他见识了民间传说在现实中的一番上演。

其实，雷电炸响时，我也吓了一跳，唯一不慌的是欢欢，它镇定地抬头看了看天，身姿毫不动摇。闪电中它昂头的造型特别奇幻，脸上的赭红色云雷纹好像天上的某种标志。

多么厉害的小猫，霹雳娃欢欢！

大猫们不能理解这个凑巧的现象，黑弟弟刚把鼻子凑到欢欢身上，就炸响了天雷，它们以为那声巨响是欢欢发出的，从此集体紧张，连啊呜也不敢再进院子。黑弟弟更是斯文扫地，见了欢欢就逃，只有欢欢不在院子里时，它们才偷偷摸摸地进来吃食，白鸟稍好一些，但眼神里也满是畏缩。

奇怪的是奶油和来蹭饭吃的咪子，打雷那天它们并不在场，可一见欢欢也吓得转身就逃，是不是猫界已经传遍了这个传奇？

欢欢的身份就在这声霹雳中确立了，它名正言顺地做了院猫。

爷哦！它的宣言越来越响，满院子都是它的欢声。同时，满院子都是它的牙。霹雳娃天天制造暴力事件，黑妹妹已经吓得神经质了，我的手腕、脚后跟伤痕累累，真害怕哪一天被它咬断脚筋。

我上网讨教对治办法，有一个网友传了妙招：它只要一犯错，你就让它面对着你，然后一字一句地说，看着我的眼睛！

这个经验太新鲜了，我决定当天就来尝试。

傍晚，猫们吃完饭，和我一起在家门口散步，我们并不走远，也就是来回地走，在五六十米的距离之间。远远地有车开来，我大喝一声，带头避在路旁，它们也纷纷躲在两边。这样几次反复，大家都很快乐，唯有欢欢例外，它盯梢一样跟在我后面，一副蠢蠢欲动的样子，终于它又扑咬到了我，我转身一把按住，并抓住它的两前肢，让它像人一样立起来，我一字一句地说：看着我的眼睛！

奇迹果然发生了，它不像过去那样热忱地望着我，而是扭过头去，我开始兴奋，扳过它的身子，强迫它看着我。我一遍遍地说着这句魔咒，欢欢开始挣扎，始终不肯正视我。我终于满足了，放下了它，这下好了，看你再咬人咬猫！

欢欢好像有些迷茫，放下后一时不知该像过去那样继续扑上来咬我还是去追赶黑妹妹，终于它做出了决定，又一次向黑妹妹扑去……

我心情舒畅地又走了两个来回，突然眼角瞥到一个白影，我本能地感到是一条白狗。我一愣，小白已经被好心人带到澳大利亚去了呀，四下里扫了一眼，也确实没有什么白狗。我不再在意那诡异的一闪，心里又惦记起了小白，我想象小白的主人在海滩悠然自得地散步，它则活蹦乱跳在他的脚旁。如果所有的流浪猫狗都能碰到这样的主人，去到这样的国度多好啊……憧憬被突然阻截了，我吓坏了——欢欢躺在离我一米多远的地上。

我抱起它，已经没气了。怎么可能?!

欢欢，欢欢，欢欢……你怎么啦？我的心颤抖了，难道这个连雷电都不怕的小猫，却被我吓死了?！难道刚才闪过的是白无常的身影？

想往昔，我何曾这样严厉地呵斥它？何曾对它瞪过眼？何曾强迫它面对我？我这个罪恶的人啊！

一千个对不起，一万个对不起，我亲爱的霹雳娃！过去，我一直痛恨那些仗势欺人、以强凌弱的行径，没想到自己心底里也潜伏着类似的残忍，竟然在弱小动物的恐惧中吸吮快感。欢欢啊，我不想请求你的宽恕，就让我接受悔恨之心的鞭笞吧。

院猫们围在我的身边，它们可能也意识到发生了什么，但它们似乎并不伤心。我抚摸着欢欢留有余温的身躯，想到这个年龄的猫是在学习捕猎的阶段，如果它有父母兄弟姐妹，便会在撕咬中学习，但是它没有，我这才意识到它其实还是孤单的，院猫们虽然不再欺负它，但总在躲避它，使它得不到有效的训练，我成为它全天候攻击的目标是有道理的呀，可我却不肯承担它带给我的疼痛。纵然欢欢咬人咬猫是个恶习，可它毕竟是个不懂事的幼猫，况且这是一只猫在成长过程中必须经历的呀。我为什么要让它生起如此强烈的畏惧之心?！我真混账啊！

在含笑树旁，鹿鹿的坟前，我又挖了个坑，欢欢啊，你还在院子里，和鹿鹿姐姐做邻居吧。黑妹妹在一边沉默地看着，我以为自己的情绪感染了它呢！谁知道刚埋好，它就慢慢走上堆起的新土，蹲下尿了一大泡。奇怪的是，我没闻到尿臊气，反而闻到一股强烈的香气，含笑还没开呀，是哪里袭来的香？就那么一阵，又了无痕迹。是香神把它接走了吗？

我摸摸黑妹妹的脑袋，你闻到香了吗？以后再也没有霹雳娃了，你想让它咬一口也不成了。

黑妹妹望着我，它的眼一大一小，只有我才会无视这种手术后遗症，可我为什么就不能接受欢欢成长过程中的缺憾呢？

连着四天为欢欢在网上申请莲位，总是不成功，一次一次地换地方，一次又一次地填着人物关系：母子、母子、母子……一次又一次地忏悔，欢欢啊，我错了，大错了，我没有随顺你的欢喜，也就是没使诸佛欢颜。愿我所修的放生护生功德，全部回向给霹雳娃欢欢。

相信自己的至诚之心已经在虚空中立起了一块牌位。重阳节这天终于传来吉祥的消息：千万圣号大念诵论坛网络助念通过了我的申请。

我听到虚空界响着无边的祝福，无数的好心人在为这位未谋面的小彩狸祈祷，我感受到人类无穷的善意和热忱。谢谢欢欢让我感受到这海洋般的宽广之爱，让我在深深的苦滋味中得到一些慰藉。

小萝莉

第一次看到它就被迷住了，流浪猫中长得如此娇小玲珑的没有见过，它看上去干干净净，全身雪白，唯尾巴是黑花斑纹，头左侧一块浅黑色斑，是俗话说的“鞭打绣球”猫。它的体毛细腻、柔软、光滑，看上去摸上去都像绸缎。它的叫声也像烊化的糖，甜甜的黏人。应了一句话，浓缩是精华呀。它是典型的猫中小萝莉。

小萝莉和一群流浪猫活动在我妹妹家附近，它的娇小体态，非常显眼。妹妹经常叹气，说这个小品种在外面流浪太可怜了。

猫王二世到我家院里时，总是一副正人君子的模样，没有一只母猫能入它法眼，因此当我第一次看到它欲对小萝莉行不轨时，我大吃了一惊，没想到猫王口味这样重啊。

妹妹越来越关注小萝莉，也越来越可怜它。在小区流浪猫一夜之间又失踪了一批之后，我劝说她，与其这样担忧，不如把它收进家门。

妹妹有些为难，她说儿子喜欢狗，不喜欢猫。

我让她和儿子商量商量，如果养狗今后是谁遛呢？儿子那么忙，明摆着又要摊到她的头上。养猫相对简单，放个猫砂盆就能解决问题。

儿子很孝顺，满足了做娘的心愿，小萝莉被顺利诱进家门。没想到它一下变得怕人，东窜西逃，甚至跳到窗台上拼命地撞玻璃窗，剧烈程度好像要自杀一样。次日它不见了，妹妹整整找了一天，闻讯后我过去帮着一起找，虽说是叠加式房子，加在一起也不出一百六十平方米，我们像扫地雷一样地连搜了两天，就是一根绣花针也应该找到了，难道它真会遁地术不成？

最后还是我外甥提醒他妈妈看一看床底下装书的纸箱，盖子一掀，它蹿了出来。真本事啊，叠好的书籍离纸箱边只有七八厘米空当，真不知它怎样把身子调整成细长条的？而且我还用鸡毛掸敲打过纸箱，没想到它还沉得住气，在里面藏身三天三夜。

出来后它仍不习惯，趁妹妹开门放垃圾袋的几秒钟蹿了出去，妹妹一家由此养成了迅速关门的习惯。有一回我在小区路上看到一只洁白的小猫，很欢乐地在干枯的人工河底跑来跑去，我一下认了出来，小区里再也没有比它体型小的成年猫了。告诉妹妹后她恍然大悟，说难怪好一阵没看到它了，它是怎么逃出去的呢？原来它会横拉窗户，拉到六七厘米宽就挤了出去，从此妹妹家的每扇窗户的滑轨处都撑起一根木条，把空隙限制在四厘米左右。

就这样，它还经常隔窗与院里的流浪猫相望，望到情深处，两下里一起攀爬。有猫友看了不解，问，这是什么材料的铁窗格？竟

里面的要出去，外面的要进来 / 姚育明　摄

然能吊两只猫。殊不知，那是路边小铺制作的最普通的铁丝网，只不过它与流浪猫果果都是攀爬高手，它们用力均匀、动作轻巧，不易对铁丝网格造成致命的伤害。

虽然心还是野，但是家庭生活好，很快的小萝莉变得圆滚滚的。妹妹说像头小香猪，就叫它猪猪，我说人家是真正的珠圆玉润，妹妹就取了谐音，珠珠之名就此诞生。

珠珠越来越乖，不挑食，什么猫粮都吃，随便摸，软软的身体，绒乎乎的体毛，无与伦比的手感。善用猫砂，盖得仔细，很少把猫砂带出盆外。最令人欣喜的是竟然不怕水，也不讲究，小小的洗脸池，一个普通水龙头就能洗。一开始我和大妹怕被挠，全副武装地上阵，

不认识我吗?

结果人家不但全身变成一团海绵，任你揉搓捏拿成什么形状，还很享受地打起了小呼噜。

这真是千年一遇的乖猫软妹子。哪只猫遇水不挣扎不乱号？不抓你就算客气的了。都说土猫洗澡会变成老虎，而纯种猫洗澡没有问题，事实证明，经我手洗过的纯种猫，哪一次不以挠出条条血痕为代价？珠珠的禀性胜过纯种猫一千倍一万倍。

没几天妹妹紧张地对我说，珠珠有些不对劲，我一看，果然，肚子那里有点鼓，摸着硬邦邦的。因为母亲多次肝腹水，我紧张惯了，以为珠珠也得了肝病。宠物医院检查的结果出乎我们意料，它并不是我们认为的五六个月大，它已一岁多，曾生育过，现在又怀孕了，之所以长得小样，是因为缺乏营养，长僵掉了。

珠珠好福气，姚海峰亲自做的手术。完事后护士抱出软绵绵的珠珠，姚医生脱下口罩，只说了一句话，四只。我们不约而同地啊了一声，好庆幸啊！

时间过得飞快，转眼六年过去了，估计珠珠也有八岁了，它不像以前那样好动了，大多数时间趴在阳光房看外景，有时就是睡觉。但它醒来时，还是有许多小时候的生动表情，比如它经常歪着脑袋看人，惊奇地瞪大眼睛，那是天生萌，而不是卖萌。

妹妹家添了孙子，一家的中心自然而然地移到了婴儿身上，珠珠没有以前那样受人关注了。妹妹给它喂食、梳毛、洗澡都是匆匆的，从感情的需要到责任的履行，性质起了微妙的变化。珠珠接受现状，只是每天趴在玻璃窗前，默默地看着窗外，或者埋头打盹。

妹妹没意识到珠珠的心理需求，她怜悯地说，珠珠老了，已经不爱活动了。我不能苛求妹妹，她自己累得都快没人样了，只要我去她家，我总是给它擦擦眼、掏掏耳、摸摸背，挠挠它下巴，我想让它感受到，至少有一人爱它之心一如当初。每当我伸手捋它被毛，它都俯下前半身，把屁股高高地撅起，嘴里发出轻微的叫声“安……安……安”，有时还打呼噜。妹妹的儿媳妇见了非常惊奇，它怎么会有这样的动作？

是的，这样的动作唯猫奴才能看懂。

她们都想不到，在她们一家外出，我帮她们看家时，珠珠和我亲热时的快乐样子。它眼睛亮闪闪的，满屋子疯跑，这儿蹭蹭，那

千年一遇软妹子 / 姚育明　摄

儿靠靠，身子扭来扭去，对着我嗲嗲地叫，像回到小时候。

可当妹妹一家回来了，它又恢复了沉默的样子。妹妹的小孙子摇摇晃晃学走路了，看到珠珠总是不失时机地扑过去抓挠它。有时则揪住珠珠的尾巴不放，珠珠忍辱负重，不吭声，当小孩子手重自己摔一跤时，它才趁机逃走。

珠珠从不伸爪，更不会下口，就是小孩子抓疼了它，它照样用美丽的眼睛看着他，没有一丝嗔怪。见到的人都说，这只小猫的脾性太好了。

是的，珠珠脾性好得没话说了，但它不是小猫。它是经历了流浪和安居生涯的中年猫咪，它是有理性的。养过猫的人都知道，猫心细腻，对环境的变化非常敏感，可珠珠的眼神没有任何忌妒。我知道它对人类有所认识，它能接受人类的情意，也能接受人类的不得已，不管人们对它亲热还是疏离，它的心和它的皮毛一样柔软。

我祝愿这只懂事的猫咪能健康地度过晚年，平平安安地走完它的一生。

恩仇记

妹妹家附近的流浪猫里有两个极端的猫，一个特美，一个奇丑。最丑的那只脾气古怪，不合群，从不和其他猫在一起，最美的猫不嫌弃丑猫，总招呼它一起玩，它们几乎形影不离。

我第一眼看到那只最美的三花猫就喜欢上了，这是一只美到令人心疼的猫。它有一张天生的包子脸，是小笼包子，而非大菜肉包。它的脑门也很饱满，圆圆的、晶亮的大眼睛，表情单纯得像天使一样。相比脸蛋，它的双耳属于小巧玲珑一类，也是充满灵气。它在院子里跳动的样子非常轻盈，四肢仿佛安了弹簧。

它很有进人类家庭的意愿，一天到晚爬我妹妹家的窗格，有时吊在上面，有时横趴在窗棂上，不是朝屋里看就是和珠珠对话。如果不爬窗，就爬树，蜷在树杈形成的树碗中睡觉。

它那健康精致的形象总让我想起过去的国光苹果，光洁闪亮，

如此美丽 / 姚育明　摄

酸甜多汁，咬一口嘎嘣脆。我对妹妹说，叫它国光吧？妹妹说太男性化了，要不叫苹果？

我说那也一般化了，要不就叫果果？妹妹一听很赞成，说听着都亲热，一个天生和它相配的名字。

那个丑到魅惑地步的三花猫我都不用参与意见，妹妹说就叫它丑丑好了。我听了一点也没感到什么歧视，它仿佛是天生来陪衬果果的，同为三花，它的毛色就显得污浊，脸上还黑斑丛生，眼神也很阴郁，小区里再也找不到比它更难看的猫了。

但是，丑丑也有它的好，它虽然从不爬人类的窗户，却经常在果果攀爬时，站在窗台上陪它。每次开饭，丑丑总是先让着果果，它明显有了肚子，一个怀孕的母猫去谦让同类，这是不容易的事情。丑丑其实胆小憨厚。

最初我以为丑丑是果果的妈妈，看它那暮气深重的样子，哪能和天真活泼的果果比？如果不是母女关系，果果怎么会和它整天黏在一起？妹妹告诉我，果果和丑丑属于同龄猫，它们小时候的样子，她都记得清楚。不知道为什么丑丑的眼神这么苍老、惊惧。它曾经遭遇过什么？

妹妹家门口还有一个三花妈妈，长相普通，不久前生了三只小猫，一只不知何故跌出我们放置的猫窝，脑袋出血死亡，另两只莫名失踪，猫妈妈终日凄惨地号叫，寻找失去的孩子。

我和妹妹深深地叹息，生命世界，总是母亲要承受更多的痛苦。

没想到不久，果果的肚子也隆起来了。这下好了，两只大肚猫在妹妹家院子里晃，妹妹紧张万分，说不想看到三花妈妈的悲剧重演，问我能不能帮助它们。我连续地给院猫们绝育，也多次资助他人给流浪猫绝育，多少有些经验。做这类事，是基于理性的考虑，这不仅是控制流浪猫数量的有效办法，也是截断它们下一代重蹈流浪之路的最佳途径，但在本能上，我还是有些心虚，从心底里觉得对不起它们。虽然我的院猫们由此保持了稳定的数量，但我知道无形的伤害还是存在，比如白鸟和黑弟弟，它们由此变得更加胆小，常被其他流浪公猫欺负，而母猫们虽然身体比以前好，但性情中的阴性成分大量丢失，更重要的是它们再也无法体验做母亲的那种幸福。尖头小黑侧躺在柿子树下幸福地给小猫喂奶的情景深入我心。

无论多正直的理由，做违背自然的事情，心里总是不太坦然，在这个问题上，我甚至请教高僧，给流浪猫绝育是不是杀生。在给流浪猫绝育这个问题上我纠结了很久，做，很痛苦，不做，也很痛苦，之所以给果果和丑丑绝育，一大半是看在妹妹的面上。

在准备给它们做绝育的同时，我在网上给果果和丑丑造了下声势。反应在意料之中：果果的美照受到大赞，人们相信它会成为人类宠爱的宝贝，而丑丑得到的只是泛泛而谈的祝福，大家都清楚，丑丑很难领养出去。

正好宠乐道青杉分院在搞慈善活动，每月给数只流浪猫免费绝育，我给果果丑丑报了名，一下通过了。我经手的猫第一次借了慈善事业的光。

没想到医生一检查说手术有风险。用不了几天，丑丑就要生了。我和大妹面面相觑，本来就觉得对不起还未面世的小生命，现在又要承担大猫的安危。考虑了几秒钟，下定决心，做！如果出了事，这个因果由我来背。

果果先下的手术台。按照规定，绝育的流浪猫需做耳标，也就是要在耳朵上剪一个口子，以免好心人再次送它绝育，白吃一刀。我好心疼果果，和年轻的张医生商量，能否不要剪，我准备给它们找一个家庭，剪了破相。张医生说，如果找不到呢？我说找不到也没关系，我把它们养在院子里，何况我家周围没人会给流浪猫绝育，这一剪刀就免了吧。张医生说这是规定，剪还是要剪的，我就少剪点吧。

张医生没有像别人那样剪一个口子，而是沿着果果的耳朵边沿剪了一圈，我尽管心疼得要命，却没吭声。这样剪保持了耳朵完整，最多显得耳朵小了一点，没有耳标造成的残破相。

我高兴得太早了，罗医生送丑丑下来时，发现了果果耳标的不规范，说不行，得重剪，我几乎要给他跪下了，这猫耳朵本来就小，又给你们剪了一圈，现在还要加一剪子?!我的请求还是撼不动他的铁石心肠，他认为猫肚子上都划那么大个口子了，耳朵上一个小三角又算得了什么。就这样，果果又挨了一剪刀。看着它重新流血的耳朵，我只恨自己说不响，过去给院猫们绝育，哪用得着打什么耳标，就因为是自己掏的钱。钱币还是有力量，以后我要多多地挣钱!

医生告诉我们，一共拿掉十只小猫。猫咪的繁殖力果然强啊。但是，十只小生命就这样终止了?!我都不敢看垃圾桶里血淋淋的肉块，不知道它们最后的神识归向了何方?

医生说一周后才能拆线。它们肚子的切口很大，雨淋到容易感染，我决定将它们放在客厅里休养，当家的自然有话要说，他一说话就是高门大嗓。两只猫很快地明白了局势，只要他走过，就会用担心的眼神看他。

它们不像院猫们，对我宠爱习以为常，它们非常克制，从来没听到它们叫疼，晚上都是静悄悄的就像不存在一样。

果果是阳光型的孩子，亲人、懂事，它不断地用脑袋顶我，小呼噜打得震天响。还像人一样抱住我的手，不是舔就是轻咬。吃好罐头，满足得不停地踩奶，让人看了也生起幸福感。果果是我目前为止见过的最亲人的猫咪。对人如此信赖，这样的猫只能遇到好人，不能遇到坏人。我在网上正式发布领养帖子，告诉爱猫人我已给它们做了绝育，并保证在拆线之际，负责打第一针三联。

结果有人看了照片指定要领养果果，我只好遗憾地告诉他，要果果必须带上丑丑，丑丑离不开果果。结果人家不吭声了。

果果失去了一次进人类家庭的机会，虽然我心疼果果，但也怜悯丑丑，如果果果真领养掉，丑丑怎么办？我决定不让领养了，就让它们结伴在一起生活吧。对于它们，头等幸福，进家门；次等生活，做院猫。只要我在，就会照顾好它们。

丑丑不像果果那样亲人，它莫名地紧张，我一走到铁笼旁它就发出粗哑的威胁声，嘴巴咧得很大。我看了忍不住发笑，那样子一点也不凶，反而像种表演。

也不知道丑丑是因为生气绝食还是缺乏食欲，它总是缩着身体不吃东西。果果不是抱着它就是搂着它，我第一次看到猫的动作与人无异，我甚至感到它在劝说丑丑：日本都核泄漏了，鱼全从那里过来的，以后想吃都难了……

埋头在果果腋下的丑丑就露出一只眼睛看我，好像在犹豫是不是要放弃抗拒。

为了使丑丑开胃口，特地给它买了营养膏，它开始伸过鼻子来闻我的手。也许想分辨我的气味吧？只要不咬我，闻就闻吧。

因为没有家养过，它们不会用猫砂，弄得满笼都是，改用剪碎的报纸，仍是到处乱拉，身体还卧在屎堆里。终于丑丑伤口感染了，去医院清创后又不得不把疗养的时间拉长。但它们的卫生习惯终于慢慢养成了。果果拉屎的动作非常幽默，它后腿直立，前肢扒住铁笼，拉在规定的地方，还把我挂在铁笼上的一块手帕扯下来盖住大便。丑丑也学会了用猫砂盆，还习惯了吃药。

当家的不断催促我把它们放出去，我总是明天再明天，为了让它们伤口长结实，能拖一天是一天，就这样住了二十一天，三周内趁机给它们体内体外驱了虫，也让院猫们有了个熟悉果果、丑丑的过程——它们天天隔着玻璃门相看。

毕竟有点距离，又隔着笼子的栅栏条，它们俩又整天团在一起，院猫们便有点雾里看花的感觉。它们穿的手术服是蓝色的帆布制作的，很结实，粗大的结直接打在背上，看上去萌劲十足。但对院猫们来说，却是巨大的杀伤力，当果果、丑丑从客厅里放到院子里时，院猫们像炸窝一样四下逃窜，连黑弟弟也吓趴下了。它们何曾见过长翅膀的蓝猫？

我怕下雨或硬物戳碰到它们还娇嫩的伤口，所以想让它们多穿几天手术服，谁料到竟能把院猫们吓成这样。果果和丑丑却是浑然不觉，丑丑四下里看着这个陌生的院子，果果竟然像公猫一样，站立着，在好几处树根处滋尿留下气味，显然，它已把这个院子视为自己的了。

丑丑还是阴郁，从它一直趴在大花缸旁就可以看出，它不喜欢这个院子，待了不到半个小时就跑掉了，果果对着它的后背叫唤，丑丑也不回头。

果果的脸蛋实在太美丽了，我劳累或者碰到什么不爽的事，看一眼它的脸蛋，马上就愉悦起来。有时我怀疑自己越来越胖，与看多了果果有关，我甚至想为果果去做一个专利申请，专门给郁闷的人顺气。

人类的审美观对猫们并不起作用，果果在院猫们眼里就是一个恐怖的天外来客。它们在外面躲了一阵，熬到吃饭时间，一个个鬼头鬼脑地回来，先是紧张地观察，继而怒目相视，最终啊呜壮起了胆，对着果果发出了威胁声，群猫一起围着它张开了嘴，果果有些紧张，头转来转去轮流着反击群猫。

到了晚上，果果也不见了，我以为它和丑丑一样被吓回老地盘了。

谁知第二天一早，果果和丑丑重新出现在院子里，一看就是果果把丑丑动员回来了。晚上，所有的猫都大摇大摆地进了猫屋，果果看着它们，并不羡慕，它早看准了地方，那就是阳台上的猫爬架，架子的半空中有个毛茸茸的洞孔，里面是个暖乎乎的窝。这个窝并没固定的主，偶尔哪只猫兴致上来进去躺一会。果果先钻进去，对着丑丑叫，丑丑立起身趴着看了一下，也爬了进去，它们挤在一起，互相搂抱着舔毛，那情景真是温暖。

几天后，我拆掉了它们的手术服，它们恢复成正常的猫样。至此，群猫大大地松了口气，它们再也不怕这对新来的入侵者了，它们要按照院规来教训果果和丑丑了。

啊呜的咆哮声进一步升级，几只母猫也变得刁钻促狭。在对峙中，果果一直是个无畏的战士，丑丑却一再地想逃离战场，每当它逃到门口都是果果把它拦了回来。我怀疑是不是有猫嘲笑它了：丑成这样还敢出来混?！人世间以貌取人的陋习很难保证不在猫界发生。一周后，丑丑又一次逃离了院子，果果的阻止没有起到作用，果果也失踪了半天，它一定又去劝说丑丑了，可惜这回丑丑很坚决，宁可和好朋友分离也不肯再回到这个不欢迎它的院子。

之后我再也没见到丑丑，不知多少次走遍小区，也问过其他的爱猫人，都没有它的音讯。作为一只长相难看的成年母猫，被人收回家的可能性极小，它是不是遇到了不幸？它获得自由仅七天啊！

疑是天猫降临 / 姚育明　摄

作为三花猫的果果在院中显得突出，它娇艳活泼，一派天真，在院中奔跑时，就像画笔抹出一道道色彩，虽然不至于把其他猫衬托得枯槁，但也确实将别猫的姿色压下了几分。

果果虽然孤单，却不肯退出院子，只奈寡不敌众，一个性情彪悍的啊呜就够它对付得了，何况几个小性子母猫。它的锐气不知不觉地磨圆了，它开始避让那些母猫。时间也起了作用，母猫们的排外情绪一点点平息下来，果果也能和它们一起吃饭了，虽然它还独自住在猫爬架的猫洞之中。

只是果果和丑丑的感情太深切了，我从没见过一对母猫能这样心心相印、情真意切。丑丑离开后，外面进来的任何一只三花猫都会使果果本能地激动，发现不是丑丑后又明显地失落。它不敢公然与母猫们作对，只好把隐恨发泄在最老实的两只公猫身上，黑弟弟和白鸟成了它的出气筒。

那天所有的猫都跑出去玩了，只有果果在院子里和我发嗲，这时，睡在猫屋中的黑弟弟醒了，懵懵懂懂地跨出门槛，它的视线朝着果果，眼神无力，完全是一副没睡醒的样子。果果突然来了劲，竟然张大嘴发出一串怒吼，情绪之激烈仿佛在说：丑丑不见了！都是你们！还我丑丑来！

黑弟弟蒙掉了，半蹲着不动，眼神一点点醒过来，终于明白了怎么回事，它闷闷不乐地踏上水泥台阶，慢慢地走了两步，打了个大大的哈欠，后腿一蹬，狠狠地向前伸了个懒腰，脚掌如菊花开放一样张开，又像虎掌一样孔武有力地按在地上，仿佛开颜一笑：耶，就这样定了。

从读大学时，一只流浪猫在我脚边缠绕不去开始，不知听到多少声猫叫，也不知看过多少猫的眼神，但几十年来，听到猫的心语这是第一次，而且是这样的明确无误。

它再也不朝果果看，也不看我，轻身向院外跑去。我心莫名一痛，脱口而出，别走！黑弟弟一下停住，虽然没有回头，但它的心神全集中在我的身上，我看到它的耳朵在轻抖，它肯定听懂了我的焦虑和难受，几秒钟后，它又轻跑了几步，腰部拉长，四脚伸展，轻身一跃，跳上栅栏顶。我绝望地大叫，黑弟弟，回来！

这一次，它同样没有回头，但心神却从我身上收了回去。周围的环境刹那间虚化，只剩下黑弟弟高高地站在栅栏柱上。

你伸懒腰都像潜行啊

冥冥中有不吉的预兆，我不敢跨出一步，怕发出的任何声音都会加速它的离去。我的心紧绷到不敢呼吸，黑弟弟还是抓住了自己的决定，它纵身一跳，身影顿时在马路上消失了。

这是黑弟弟最后馈赠给我的一幅图像。它的身影一直停留在我的视网膜上，怎么也剥离不掉。我走到哪里都看到它的离去，它那坚决的纵身一跃，从此遁入另一个空间，直至两年后它将我扶起，让我看到了天上的一轮半月。

黑弟弟平时似乎没有作为，但它的沉稳自有一股强大的气场，它是院猫们的主心骨、顶梁柱，只要它在，整个院子都有着秩序，它一失踪，猫心都散了。猫们东钻西探地找它，它们食欲明显减少，整个院子显出一种冷清清的感觉。与黑弟弟最亲的两只猫更是表现反常：黑妹妹反复地啃咬自己的皮毛，弄得身上东秃一块、西秃一块，白鸟则不停地舔身上的毛，一大片一大片的毛湿湿地贴着皮肤，这些都是有心理压力的典型反应。

我的心也变得空落落的。虽是夏天，却有一股萧瑟的秋风提前吹过。

只有果果若无其事，它甚至有点兴高采烈，这引起了众猫的愤慨，黑花开始暗地里袭击果果，总是趁它不备，扑将过去，张口就咬。

我们对人都不能求全责备，对一只猫就可以吗？果果和黑花都情有可原。只是我没法调解它们的矛盾，只能暗暗担心。眼看着果果又面临了新的危机，一只新出现的小奶猫改变了事件的走向……

义子

半夜三更，传来一阵哭泣：嗯啊……嗯啊……我推开窗户，原来是只小奶猫，它在当初尖头小黑待的阳台上来回地跑，哭声如同婴儿。

小奶猫连续哭了三天，哭声从嘹亮变得嘶哑。白天它躲在下水管中，晚上出来寻找妈妈，这时候，整个夜空布满了奶猫的嫩嘴，嗯啊嗯啊，如泣如诉。第四天是个暴雨天，依然能听到它断断续续的哭声。我很熟悉这种与妈妈走散的小猫叫声，对这种叫声最没免疫力，一开始只是不忍听闻，很快变得心烦意乱，然后是崩溃的感觉。谁受得了一只奶猫整天整夜在你门口哭泣呀！

我在一根长杆顶端绑上一只饭勺，盛着泡软的猫粮，一早一晚伸进对邻的下水道通口，为了把它引过来，晚上还在自家院门口再放一份软猫粮。那只小猫见人就逃，但并不拒绝吃我放的猫粮。一直讨嫌流浪猫的邻居也在下水道口放了一小碗牛奶，她的理由是：不能让它死在管道里呀，会滋长细菌的。

渐渐地，它对这片区域的害怕减轻了，寻找妈妈的范围开始扩大，敢跑到我们这边来了，先进我家西邻的院子叫一阵，再钻到我家院里哭一番，可我没法留住它，一听到开门声它就窜出去。这个小小的身影，闪着黑白两色，是个典型的小奶牛。

终于从小张这里知道了它的故事：有户人家在院里造了座旱桥，他们不常住。猫妈妈在桥洞下生了五只小猫，把那里当成了家。小

吃吧，别害怕

张经常把猫粮扔进去，多少解决了它们一家的饥饿问题。端午节那天，那家人回来了，开始轰猫，猫们受惊吓，四散逃开，一家人就此失散。小张说其中一只小猫躲在她家附近的树丛里一个劲地叫，听着太可怜了，她想把猫妈妈找回去照顾小猫，结果猫妈妈没找到，却在我们这里听到了另一只小猫的哭叫，她说怎么办呢？猫妈妈不见了，小猫要饿死的呀。我说不会饿死，有我呢，现在小猫是心理饥饿，它在寻找妈妈。我们等猫妈妈出现吧，带小猫回家就好了。

小张说，哪有家啊？找到了也没用啊，这么多天过去了，一直看不到猫妈妈，也不知道它躲到哪里去了？

我的心揪紧了，想想猫妈妈的无助吧，五个猫孩子分散在各处，它要一一寻找，找到了也没安身之处……

端午节这天，小区又压死一只小黄猫，头都压扁了。小妹正好来大妹家玩，她们见了就把它埋了。或许它就是五只小猫之一吧？这一天，中国人吃粽子、咸蛋，亲人团聚，可对于猫妈妈家却是悲剧，它们在这一天被驱逐分散、生离死别了！

小张知道我这里不能再进猫口了。就想把这只小奶猫抓回去当院猫养。我们俩翻墙进去，守候在洞口，最终只是喂了蚊子也没法抓到小猫，它就是缩在里面不出来。整整三个小时啊，顽强不信任人类的小猫！

我突然有点想不通了，这一世我与猫究竟是什么缘分啊？让我没法如意地做自己的事情，我的文字创作，我的画画兴趣，我的旅游计划，我的时间被猫们占领，没完没了的猫事……

终于有一天，叫声停止，它一动不动地侧睡在我家的亲水平台上，一时我以为它死了，再一看睡得沉沉的。日日夜夜地寻找妈妈，累过头了。

雨过天晴，云消雾散，清晨柔和的阳光罩在它的身上，也温暖着它开始安定的小心脏。

它是个幸运的小猫，啊呜到它身边闻了闻走开了，这是从来没有过的事情，也许同为奶牛族的毛色赢得了啊呜的认同，也或许它想起了自己早逝的孩子。所有的院猫都接受了它，一点也没费事，或许它多日的哭声早打动了它们，它的嗯啊仿佛是最好的表达，它是个领情感恩的小猫，只要其他猫凑近身，它都会主动伸出鼻子。

它来到了阳台，把藤窝里的垫布勾出来检查了一番，最后决定当成自己的睡床。很快地，它又有了自己的幼猫猫粮，它成了重点照顾的对象。

我给它起名安安。这里是安全的，安心地住下吧。它很快地认同了这个名字，我能从猫的眼睛里看出，有名字和没名字区别很大。

唯一的缺憾是它失去了妈妈。庆幸的是安安很有眼光，它不顾啊呜多次地来闻自己，却认毛色完全不同的果果为娘。我一直奇怪，它是从什么地方看出果果不同于其他猫的呢？果果没有做过母亲，它的五个猫孩子被我们共同截断在另一个空间了。但是，果果天生的爱心远胜于有生育史的啊呜、黑花、黑妹妹、奶油等猫。

安安无限地依赖果果，在果果的深爱下，它心灵上的创伤渐渐抚平了。

果果搂着安安的样子特别动人，它就像过去搂着丑丑一样，是那种全身心的。下雨的时候，果果和安安喜欢待在我家楼梯口的遮雨棚下，而原住民则待在客厅阳台上，它们各有自己的地盘。有一天，它们又在遮雨棚下躲雨，我想趁机给它们喝点酸奶，刚推开门，

左上：找到吃住的地方了；右上：果果妈妈睡哪我就倒在哪；左下：妈妈我帮你理整齐；右下：可是你推反了呀。/姚育明　摄

安安就吓得蹿下了台阶。

院猫中，只有果果爱喝酸奶，但此刻它都顾不上了，只是一个劲对着雨幕大声叫唤，声音充满焦虑，我按住它，不让它冲出去，雨太大了！果果不停地叫着，终于挣脱了我的手，冲进了雨里。我返身取了伞去找它们，发现果果已在冬青树丛旁搂住了安安，安安已经湿透，变得更小了。

我把大伞撑到它们头上，果果将安安的头揽在怀里，不让它看到我。雨从我头发上滑下来，不知道自己流泪了没有，脸上湿湿的，

姚育明作品

我知道，就是流泪也是喜泪，我为安安高兴。

原先果果是个吃货，每次吃猫罐都抢食似的第一个吃光，吃完就守到黑弟弟碗边，一眨不眨地看黑弟弟吃，黑弟弟不习惯被它盯着，只好让一半给它。黑弟弟走后，它蹭不到别的猫的罐头了，只能把自己那份舔得干干净净。自从安安到来，果果再也不吃自己的猫罐了，它耐心地蹲守在碗边，等安安吃好再来吃自己的一份。每当看到这个场景，我心里都会涌上密集温软的字眼，可惜我不是诗人，摆布不了那些文字。

有了安安，果果的日子变得踏实，每天有许多事务要忙，光是一项清洁工作就很重大，它把安安揽在怀里，从头舔到尾，连肛门也清洁到家。安安躺在它怀里，一副安逸的样子。果果还陪着它游戏，攀竹子、玩小石子。也许果果还给安安讲故事，讲各种有趣的见闻，其中也不乏伤感，比如丑丑阿姨的往事。安安玩累了，果果就陪它睡觉。安安成了果果的小跟屁虫，果果走到哪里跟到哪里，果果如果困了，它必定靠着干妈躺倒。女儿给安安送来一小包羊奶粉，我每天调给它喝，它还不满足，每天去叼果果的奶头，让人惊讶的是，有一天它真得吮到了猫奶，果果为它催生出了奶水，这些奶水原本是为那五个未面世的小咪子储备的。

爱能产生奇迹。果果让我见证了无中生有。从本质上说，果果对安安的仁爱与观世音菩萨的大慈大悲没有分别。

就这样，果果为自己赢来了口碑，也巩固了院猫的身份，再也没有猫对它做出敌意的举动了。虽然母猫们依然没有亲近的举动，但果果无所谓，有一个安安足够了。

我在院里放了一个猫隧道玩具。结果除了黑花钻过两次外，其余的猫都不感兴趣，最后成了安安的专用玩具。果果也陪着它在猫隧道中钻进钻出。也许安安吸果果奶时受到过其他猫的嘲笑，因此，它经常央求干妈躲进猫隧道，透过中间那个洞口，我看到安安在里面幸福地拱着果果的乳头。

安安雪白的胸脯正中，有一个浅黑与黑色相连的汤碗图案，那真叫惟妙惟肖，还带盖的。一看到这个图案我就要发笑，这个自带汤碗的猫咪果然长不大，五个月大了，还在干妈这里乞讨奶水。

安安长得很快，转眼它的身体超出了果果，是个大小伙子了，可是，它还是拱在果果怀里，央求果果舔毛，果果依然不嫌脏臭的替它舔净屁眼和脚丫子。

厄运的降临总是那么突然。这个莫名心慌的傍晚，果果一个人待在院子里，它不安地寻找着。我也不安地叫唤着。安安到哪里去了？怎么没来吃晚饭？

我沿着马路边走边叫，突然听到了安安的回应，我更大声地叫起来，希望它像往日一样迎着我跑过来，但是，它始终没有露面，叫声却越发地急切。我听不准它的叫声，好像在东边，又好像在对岸，我心里慌乱得很，预感到安安出了事情。它也许被困住了。

我又跑到河边，打开手电一一照去，显然它没掉到河里。我重新返回马路，又叫，它又回了两声，然后就没声了。我开始敲东边邻居的门，没有回应，邻居不在家。我再移到另一家邻居门口呼喊，没人出来开门。

我只好回到院子里安慰果果，果果六神无主地走来走去，不时地叫上一声，声音悲切。院猫们散在院子各处，它们屏气凝神，仿佛都有了不好的预感。

第二天一早，我推开窗户，一眼就看到了安安，它侧躺在亲水平台上，像过去找妈妈找累了一样。我奔下楼，心跳得要蹦出胸口。

我捧起安安，它皮毛完好无损，但是身体已完全僵硬了。我轻轻地合上它的眼睛，一下明白了原委。昨晚，它竭尽全力回应我时，已经受了伤，这是内伤，一多半是被人踢的（事后我测试了踢猫者，他心虚的道白和他妻子愧疚的表情证实了我的判断）。它舍不得离开这个院子，也眷念着果果，它是拼了命沿着河岸狭隘的小道爬回来的，它在自家院子里吐出了最后一口气，它都没力气爬上最后一级台阶。

唉，天真的小猫啊，你为什么要钻到他家院子里去玩呢？你太小了，看不懂人类厌恶的眼神。你们都应该知道，在人类中，有的人只珍爱自己的财产，他们的一花一草甚至垃圾都比你们的命来得贵重。

果果可能早看到安安了，它没有我想象中的悲痛，它好像变傻了，一直趴在石榴树下，呆呆地看着我埋安安。

乖孩子安安，虽然我们都在轮回的路上，但还是结下了温暖的因缘，你曾绝望疲惫地寻找妈妈，感恩果果妈妈对你的关爱，只是幸福的日子太短暂了，只给了你四个多月的时光。安安啊，去找观世音菩萨吧，认她为娘，她能力强大，有千手千眼，她会把你带到一个永远没有伤害的家园。

十月天，秋高气爽，新坟却湿漉漉的，好像地心里渗出的泪。果果一声不响地听我独自叨唠，它的神思是不是跟着安安走了？

安安生前最爱玩的猫隧道静静地空置在一旁，安安啊，你现在穿过时间隧道去哪里了？

我又一次经受了失去院猫的忧伤，同时还要心疼果果，它的哀痛无法估量。

痛苦的爱

安安的离去又一次改变了果果的命运。仅过一夜，院猫们就像不认识了果果，它们集体采取了驱逐果果的行动，如此突然，如此气势汹汹，哪怕我在院中，它们也没任何顾虑，这是过去从没有过的事情。黑花最凶，完全不是平时跛足走道的形象，它变得像自己的妈妈尖头小黑，敏捷程度超过了所有的猫，那完全是一枚出膛的弹头，嗖地一下就射向了果果，黑妹妹也配合着从另一侧进攻，啊呜则对着果果大声威胁，果果完全陷入了突然爆发的仇恨之中。院猫们第一次不给我面子，我的呵斥和阻挡不起任何作用，它们眼里充满了苦雨凄风式的仇恨，黑弟弟的失踪给所有的院猫都带来了打击，它们对黑弟弟的感情太深了，就像我一样无法忘怀。痛苦的爱啊！

果果早就是它们的公敌了，之所以容忍果果继续在院里住了四个多月，完全是看在它照顾安安的面上，院猫们对小猫一向宽容，安安一死，它们就要来清算这笔旧账了。

可怜的果果刚失去安安，心上的疼痛还未痊愈，又遭受到一场冷静的报复。

果果被逼无奈，只好退回到原地盘，没想到那儿早已被其他猫占领，它又成了那一方驱逐的对象。果果无奈地返回来，想重新进入我家院子，刚一冒头就被院猫们打了出去。

果果两头不着，它失去了栖身之所。压力使果果肩膀微垂，吃

永远只能从高处往下看 / 姚育明　摄

猫粮时满眼的紧张，走到院门口东看西看，不知道该上哪里。

我好心疼果果，如果我未婚，如果此屋我说了算，我一定把果果收进家里。可是，我什么也做不了，除了在院门外单独喂它，眼睁睁地看着它爬到东邻的老柳树上，眼巴巴地看着我家院子，有时又从柳树跳到那家人的阳光房上睡觉。

曾经那样美丽可爱的果果啊，这一场变故使它的圆脸不复存在，它明显消瘦，下巴尖出来，苍老的神态一点点侵蚀了它。可它仍顽强地用眼光守望着我家院子，那棵石榴树下，埋着它心爱的宝贝安安，埋着过去的甜蜜时光。院猫们偶尔也抬头看它一眼，它们的眼神很平静，完全是大事了结般的态度，它们并不再把它放在心上。

可怜的果果，可怜的果果呀！原谅它们吧！你那么有爱心，爱丑丑，爱安安，甚至爱隔窗的珠珠，但你也许没有想到，它们同样爱黑弟弟。情到痛处难自禁啊。

我没有任何办法，只能默默祈祷，希望院猫们早点回心转意，重新接纳果果。

有一天，果果再也没有爬上那棵柳树，玻璃房屋顶上也没了它的身影。与它同时失踪的是西北角的十几只流浪猫，一夜之间，像蒸发了一样。

一想到它们要经历那些恐怖的伤害，我的心就要碎。有好长一段时间，我听见“猫贩子”三字就像听见“杀人犯”一样……

到处都是黑弟弟

用当家的话说，黑弟弟是个老好人，这个向来没有故事的猫咪出走得过于神秘，那句“就这样定了”到底是什么决定？在离开院子这个事相后面，究竟隐藏着它什么样的心思？

据说头三天是找猫的黄金时间，这时猫一般就在家附近，甚至近在咫尺，过了十天，猫在附近找不到吃的，就会去更远的地方。黑弟弟出走的第二天，我找了三次，之后改成一早一晚的寻找，再后来每晚喂猫时兼带着寻找。我还在好几个小区的业主论坛上发布了寻猫启事。

某个傍晚，一个遛狗人对我说了一桩事情，按照平时的习惯，我肯定会向遛狗人提出具体的问题，并且一定会跑向某个地方查看。可是我下意识地往后缩了一缩，仿佛哐当一声，我给自己落下了一道铁门，并加上了一把大大的铁锁。我不想看不想听不想细究。

姚育明作品

曾经黑弟弟也失踪过一次，那时我正住在娘家照顾生病的妈妈，只是每天一早一晚回来看看当家的，同时喂喂院猫，连续五天不见黑弟弟，也没时间顾得上找它。第六天早上回来，看到台阶上一溜血迹，知道黑弟弟晚上来找过我了。第七天早上黑弟弟回来了，脚上撕去一块皮，裸露着红肉和骨头。祈愿黑弟弟能再次突破危险平安回家。

一个中午，我想休息一会，刚躺下就听到黑弟弟一声叫。定了定神，又没声了，这才知道是幻听。睡意全无，干脆起身去找它了。中午的小区很安静，太阳底下是我自己的影子，同样的心神不定。树影在我身边一棵棵延伸着，划动着，有时又挥到我前头，像一条条狰狞的手臂，而树叶间透射出的阳光仿佛被暴力绞杀过了，零零碎碎的光屑痛苦地落了一地，只有走到树与树之间，才会有比较大的光片，好像要把一切淡化。

黑弟弟厚道而又温顺，是所有院猫中最令我省心的一个。平时它很少叫，偶尔叫一下，也是轻而喑哑的“耶”。它几乎称得上半哑巴，这也给我的寻找带来了困难。虽如此，我一直鼓励着自己，相信不懈的努力会有结果，没想到这一寻找，就是整整两年，直到猛然的醒悟，我才明白潜意识是怎样地保护自己。

我甚至从网上学来了剪刀大法，就是在煤气灶台上放一碗清水，再在水碗上平放一把打开的剪刀，剪刀口对着窗外，念着黑弟弟的名字呼唤它回家。据说不少猫友靠这个办法找回了走失的猫。当家的嘲笑道，这种神神鬼鬼的东西你也信？我不和他争，虽然知道它属于江湖术士一类，那又怎么样呢？如果有个魔鬼真能把黑弟弟招回来，让我跪下叩头也没二话。我把剪刀理解成一个在时空中的箭头，好比北斗星，它要给迷途的孩子照亮回家的路。

摆了一周的剪刀大法不起作用，我猜测思路有问题，黑弟弟是院猫，它明明生活在院里，最熟悉的是院子的方向，怎么指示它从厨房窗户跳进家呢？我重新在院外的窗台上摆上剪刀大法，结果剪刀都被雨淋得生锈了，黑弟弟仍未被感召回来。

我这才意识到思路完全不对，不管这个剪刀大法是否真的有用，它只是针对丢失的猫，黑弟弟并不是丢失的，也不是找不到回家的路，它是主动出走的。除非它主动回来，否则斧头、铁锤、钢锭大

曾经，你和黑花一起抬头等妈妈出来 / 姚育明　摄

法也没用。

曾有人告诉我，看到一只身子长长的黑猫，被狗追得急，钻进下水道里，那身架像黑弟弟。听到消息，我马上赶了过去，守在那里又叫又看，没有动静，只好在下水道口放上一把猫粮，希望能引导它退出来。又有人电话我，某个地盘新来了只黑猫，有人给它喂食，赶过去，那人说是有只成年黑猫，但好几天不见了。还有人悄悄告诉我，某租户做烧烤，附近的猫全给他抓光了，冒充烤羊肉出售，晚上经常听到他家传出猫的惨叫，他把猫毛埋在附近的花园里，去看看有没有黑色的猫毛。赶过去察看，甚至直接问租户有没有看到一只黑猫，受到凶狠的反驳，什么黑猫白猫，和我们有什么关系?!

当家的也留心着黑弟弟的踪影，他很肯定地告诉我，在西南角，有一只黑猫，就是黑弟弟，但它一定生气了，躲在树丛里，不理睬他的叫唤。我不相信这是黑弟弟，它不是个小气鬼，碰到家人，不可能这个态度。去那里找了几回，看到一只陌生的黑猫，身材有些像，瞳仁和黑弟弟一样，也是黄绿色，但它看我的眼神就不是黑弟弟。

奇怪的是我弟弟说在他们小区，也发现了一只黑猫，和黑弟弟长得一模一样，他叫黑弟弟时，它还停住脚朝他看。我去转了一圈，也没发现黑弟弟的踪影。我不太相信黑弟弟跑到另一个小区，它跑那么远干吗？自己小区地方够大，即便不愿意待在原先的院子里，找一个栖身之处也不是一件难事。

不断地有人来提供消息，找过去总是另一只黑猫，它们都比黑弟弟矮，也比黑弟弟短，而且它们都比黑弟弟年轻，跑起来灵活敏捷多了。其实黑弟弟也不算老，它只有三岁零九个月大，只是它老成，看上去比实际年龄要大。有意思的是这些大大小小的黑猫很快地都成为“黑弟弟”，不管我走到哪里，只要开口叫一声黑弟弟，它们都会应答着跑过来，到后来，甚至白猫、黄猫、花猫都很乐意做黑弟弟，因为“黑弟弟”的名号一出现，就意味着猫粮和净水。其中有两只猫完全以黑弟弟自居，死心塌地地缠在我的脚边，连猫粮都不要吃了，它们一路跟着我走，一心想进入我家的院门。

猫族的直感太好了，它们竟能从人的声调上知道当事者在寻找一只心爱的猫。既然猫们这样灵气，总应该知道我的焦虑吧？每喂一只猫我都要真心诚意地说道：咪咪，拜托你，看见黑弟弟叫它早点回家哦。

多次的拜托之后，沟通的感觉消失了，猫们仿佛只顾着自己，它们竭尽全力地享受着这一刻，饱食与被爱多么不容易啊，哪顾得上另一只名黑弟弟的同类？我感到微微的失落，即便如此，我仍坚持着这种拜托，指望着终有一天发生奇迹。

几个星期下来，我感到了疲劳，中午小憩一会都有负罪感，总觉得黑弟弟在哪里等着我施救，比如卡在哪个夹缝里了，或者掉进了哪个无盖的窨井里。黑弟弟面临着太多的未知风险，而我却在睡觉！为了排除各种危险因素，我处理了小区所有的窨井盖问题，也把所有不住人家的地下室窗户关严。就这样，我的惶恐心依然不能停息。我总觉得自己疏忽了一个重大的漏洞，是什么呢？

曲指少年

这天晚上，我在人工河旁的小道上喂猫，眼睛余光瞥到一点红光，本能地一侧头，红光像一只苍蝇似的迎面扑来，又迅速地飞走了。我警惕地蹲下，只见一个黑影拿着一支枪般的东西从主干道的路灯下一闪而过。

就在上周，小区里的一户人家受到了惊吓，一颗子弹穿窗而过，玻璃窗与客厅里的花瓶同时遭殃。公安人员一户户调查枪支问题也没查到肇事者。业主们猜测，要么是偷猎飞鸟子弹打偏，要么是仇家所为。我在小区好几年了，没有损害过谁家利益，我总是抱着吃亏是福的想法，但是，我不能保证别人对我不怨恨，曾有人因为我养院猫以及喂食流浪猫，而在我家门口污言秽语，我不得不防。

前不久我家院门上不知被谁挂了两大块三文鱼，足有一公斤重。问了所有认识的人和一些公司以及租户，都没人承认自己给院猫送过如此贵重的礼物。两周后，我从冰箱中取出三文鱼扔进了垃圾箱，我可不想有人借自己手毒死猫咪——小区里猫狗被投毒的事已经发生好几起了。而现在，竟有人用那种红外线般的枪械对准了我！

我猫着腰往主干道潜去，路灯下，不见持枪者，只有两个妇女甩手走着倒步，她们一边锻炼一边议论着小区的种种弊端，其中一个看到我打了招呼，并热切地扯上改选业委会的话题，她希望我能当选，我感谢她的信任并表示没有时间来为大家服务。她们没法理解我的使命，一群猫选我为奴，我已经力不从心，岂能再增加担子？

我不指望小区一夜变平安，但希望保安能细心一点，至少守好大门，为此我多次给他们送去杂志，拜托他们注意可疑的车辆可疑的尼龙大袋，我不想频频发生流浪猫丢失事件。但是，保安的境遇每况愈下，他们的积极性早已荡然无存，多一事不如少一事，大门如同虚设，这当然也给偷猫贼提供了方便。

只有一个物业人员依然像以前一样忠厚老实，他就是脑子有些毛病的保洁员，每次运送垃圾他都唱着听不懂的歌曲。他的工作不分昼夜，没有规律，人们习惯了他的不正常和莫名其妙的快乐。每次我见到他，都会对他打声招呼，他也会扬起右手，脸上挤出一堆皱褶，笑着大声说你好。

我又碰上他，他照样大声问好。我问他，你看到一个拿枪的人吗？他说在那边。他还是笑着，一脸莫名的快乐。

我向右拐去，终于在朦胧的夜色中看到了他，一个坐在水泥桥栏上摆弄着一把枪的人。他竟是个穿滑轮鞋的孩子，路灯下，他的眼睛乌黑而又明亮。

刚才是你拿这把枪对着我吗？我直截了当地问道。

是我，它是假枪。孩子有些不好意思，但又加了句解释，但它会打出真的子弹。他说话时有些气急，随着字音胸脯一起一伏，好像大运动量之后的样子。

小朋友，你几年级啊？这把枪哪来的？子弹呢？

我三年级。枪是爸爸从德国带来的，是玩具枪。子弹在家里，没带出来。我只是用红外线练习瞄准。

小朋友，小区里有人用枪打碎别人的窗子，公安局都来调查了。每家每户都要登记是不是有枪，难道没上你们家吗？

孩子的表情顿时有些紧张：肯定不是我，我安全意识很强的。

我也继续扮演老师的角色：小朋友，不要带子弹出来哦，不小心打着流浪猫就麻烦了。

孩子挺了挺胸脯：我喜欢猫狗，我保护它们，我背着枪到处巡逻，看谁敢害猫狗！上次那个二年级男生活埋小猫就是我抓住的。

我顿时对他充满了好感，于是不抱希望地问了一声，你看到过一只长手长脚的黑猫吗？它是我家院猫，失踪一段日子了。

孩子很认真地问，是只大猫吗？

对，全身黑，上身靠近脖子这儿有一圈淡咖啡的颜色，眼睛黄偏绿，叫起来声音有些低有些哑。耶……这种声音。

孩子想了想，咦，有点像我家的黑猫哎，它是一个月前来的。

我有些意外，真的？你们收进家了？带我去看。

孩子马上说，没有，它住在我家院子里，来挠门我就放它进来，它在我们家住过几夜。我叫它 DD……

我一下感到了自己的心跳：弟弟？黑弟弟?!

孩子纠正：不是弟弟妹妹的弟弟，是 ABCD 的 DD，我们家养着四只猫，AA、BB、CC、DD，它们都是流浪猫，我还给DD起了个小名，叫“咖啡”。

为什么叫咖啡呢？

因为它脖子这里有一圈咖啡色的毛呀。

我进一步追问：DD住院子里，其他猫住你们家？

孩子说：没有，它们全住在外面，它们很自由的，想进家门就进，不想进就在小区里玩，它们就一件事不快乐，它们没有妈妈爸爸，它们好像都是孤儿。

小朋友，我姓姚，你就叫我姚阿姨，你叫什么名字？

我叫东东。我要回去了，妈妈知道我找猫又要生气了。

我有些意外，你也在找猫？什么猫啊？

我的AA、BB也不见一段日子了，我很想它们。

我的激情猛然增长了。太好了，东东，我们互相帮助吧。我现在就去你们院看那只黑猫。

孩子东东很爽气地答应了，我的心里充满了暗暗的激动。在他家院子外，我看到一间小木屋，他告诉我原先是养兔子的，兔子死后一直空着，现在成了猫的房子。我叫了几声，一只猫也不见。

东东说大概它们跑出去玩了。院子太小，不够它们奔跑的。

分手时，我叮嘱他如果黑猫再进家门一定要告诉我。东东点着头，小大人似的说，你放心吧，我会喂它的，我以后也叫它黑弟弟，不叫它DD或者咖啡了。

我说没关系，你还是叫它咖啡吧，还不知道是不是黑弟弟呢，免得它不习惯。

之后我有了憧憬，每天耳旁都仿佛响着东东急促的呼吸声，我希望这种急促声中突然爆出一个好消息。一周过去了，真正的度日如年。

周日这天，我来到他家门口大声叫他，他撩开窗帘看到我，立即挥了挥手开门出来。他说他刚做好功课，正准备出来玩呢。

我开门见山，你说的黑猫 DD 还是没看到吗？

那天我们不是在桥头认识了吗？那天晚上它又来了，家里就我一个人，我看电视，它趴在我脚边。后来我困了睡着了，它就跳到电视那里，用头顶着开关把电视机关掉了。

它这么聪明啊？！

真的，它能听懂我的话呢，它喜欢陪着我。早上我去上学，它还不舍得放我走呢，一下跳到我背的书包上。我就抱抱它，告诉它哥哥读好书就回来和它玩，它很喜欢我抱呢。

我的头有些晕。黑弟弟以一种我所不熟悉的形象浮现出来，内疚与欣慰的感情同时在我心里生起，黑弟弟多么想进入人类的家庭啊，我忍不住摸了摸东东的脑袋。谢谢你东东，可是你为什么不打电话给我呢？

东东有点难为情地看着我，我没有手机，打家里电话怕爸爸妈妈听见。

哦，没关系，只要黑弟弟好好的我就放心了。

放心吧阿姨，黑弟弟好好的呢，它和我在一起睡过好几次呢，有天半夜我醒过来，它正好站在枕头上，弓着背发着抖伸了个懒腰，看上去很大，把我吓了一跳。

你不嫌它脏吗？你爸爸妈妈看见猫上床不说你吗？

我不嫌它脏，黑弟弟身上挺干净的。我爸爸妈妈也很爱小动物的。走，阿姨，我们一起去找它。

一路上东东的嘴巴没有停，他告诉我四只猫的来历，AA 是搬家时从原先那个小区带过来的，也是只流浪猫，BB 是一只被断掉的电线打伤后救下的，CC 则是在高架上，妈妈帮着一起救回来的。至于 DD，也就是咖啡，阿姨你看到就知道了，它好聪明啊。

每到草深处，或可能藏猫的地方，我就大叫一声，黑弟弟！东东则跟着喊一声，咖啡！

我们一起喊喊停停，耳听四方声响，闻着空气中的树木草叶味道，好像秋游一般。*CATS* 中的歌就在这时候响在了耳旁："杰利柯是而杰利柯会，杰利柯会而杰利柯能，杰利柯能而杰利柯行，当你头朝下跌入，你是脚着地的吗？当你感觉空气中有风暴时，你紧张吗？当你迷失在街道时，你能盲目中找出路吗？你知道怎样直达云霄吗？"猫之影总在我们身旁舞蹈、出入。东东嘴里的黑弟弟以崭新的形象在我心中歌舞："黑弟弟是而黑弟弟会，黑弟弟会而黑弟弟能，黑弟弟能而黑弟弟行，当你头朝下跌入，你是脚着地的吗……"黑弟弟，你快降下来吧！

东东一边喊猫，一边和关在每家每户院中的狗打招呼，他叫着它们的名字，那么多的狗名！就是那只凶狠地追咬流浪猫和咬伤数人的黑背也温顺地由他摸着脑袋。他说认识小区里所有的狗，所有的狗也认识他，他还说认识不少猫，和猫交朋友不容易，你必须趴下来，和猫一样高，好让猫看到你的真心。

我说你这么喜欢猫狗啊？他说所有的动物我都喜欢。他指着前面的木桥说，我还在那里看到一只死去的大鸟呢，这么大！

我不相信，我们小区哪来这样大的鸟？你看花眼了吧？

东东有些不高兴，你不相信我？就是一只大鸟，五彩缤纷的，美丽极了……他在桥头停住了脚步，眼神仿佛凝住了，那是一只白色的头骨，他痛心疾首地说，就是它！它的身体到哪里去了？你看，它的头还在，大概是生病死的吧？真可怜。

一路上我们喂了十几只流浪猫，要找的猫却一只也没遇到。我随身带的猫粮喂光了。正要与东东分手，他突然大叫一声，咦？我的影子到哪里去了?!

我低头一看，果然，我有影子他没影子，我的心顿时狂跳起来，民间的鬼故事顿时浮上心头。我下意识地往后退了几步，他跟着走过来，又大惊小怪地说，咦？又回来了。我定定神，拉他再返回去，在原先的地方站定，这才恍然大悟，原来他刚才站在人家凉亭的阴影之中。倘若天光强烈，这种对比一下就能分辨得出，恰巧小太阳天，影子本来就淡，误会就这样产生了。

临分手时，东东郑重其事地和我约定，明天一放学他就过来和我一起找猫。

东东走后，我重新回到桥头，弯腰看那只白色的头骨，像研究古生物一样看了好一会儿，然后用一张树叶托住它拿回了家，我问当家的能不能认出是什么鸟，当家的很不以为然，明明是只煮过的鸡头壳嘛，你捡回来干什么？

我有些不相信，鸡头？不会吧?！人家小朋友亲眼看到是一只彩色的大鸟。

当家的很蔑视，还彩色的大鸟呢，要么他看到的是只大公鸡，应该还有个尖尖的长嘴，弄掉了吧？鸟的头壳要比它轻比它薄，一比较就知道了。

我扔了鸡头骨，坐在沙发上不语。当家的挨着我坐下，你不觉得这个小孩有些不对劲吗？你这样年纪的人竟然能相信他，对他来说，也是受宠若惊的事。

第二天下午，我直接找到东东家，敲了敲门，一个老年男人开了门，我自报家门，并说是东东的朋友。他满脸疑惑，说自己是东东的外公，你找他有什么事吗？

你们家不是养了四只猫吗？我想送你们一点猫粮。

哦哦，不要客气。我们家不养猫，他妈妈也不让他玩猫，读书紧张。

他妈妈不让他玩猫，怎么还帮他在高架上救下一只猫？

这是去年的事了。当时很危险啊，车来车往的，他看到那只小猫趴在高架路上，非要他妈妈去救，他妈妈不想停车也不能停车，他就像小姑娘一样地哭，你没看到那个哭劲！现在还一碰两碰掉眼泪。

三年级小学生呀，还是小孩子呢。

没有，他现在四年级了。

哦？哦！我有些意外，不明白他为什么要把自己说低一级？

他妈妈被逼得没办法，只好停车过去，那猫也怪，竟然一动不动，他妈妈就把它抱到了车里。

猫是很有灵性的，知道救它呀。现在这只猫好吗？

听说养得蛮好。

听说？不在你们家吗？

我女儿整天忙得顾不上家，和东东在一起的时间都少，哪有时间养猫？猫被我女儿的同事领回家了。那个同事心眼好。还给它起了个名字叫蛋糕，呵呵。

那么 AA、BB 也不在吗？就是你们老家带过来的猫，还有那只被电击过的猫？

没的事，老家那只也是流浪猫，我们随便喂喂的，哪能都听小孩子的？我们没把它带过来。电击伤的猫不知道是不是真的，听东东讲过，但我没有看到过。

哦?！最近有没有一只全黑的大猫来你们家门口？东东有时叫它 DD 有时叫它咖啡。

没有啊。哦，想起来了，是有一只黑猫，前一阵来我们院子，我们在院子里放了水和狗粮，它都吃的。有一段时间没看见它了，大概到哪里生小猫去了。

是只母猫吗？

是的，来的时候有点肚子了。

哦，它们一定很可爱吧？所以东东让它们进家玩。

没的事，我们从不让猫进家门的，小孩子太喜欢猫了，喜欢了就瞎说……

告别东东的外公，心情失落地往家走。我再也不会找东东了，真不知道这个少年是撒谎成性还是善意地编故事安慰我。

当天傍晚，东东又来了，这次他竟翻栅栏而进，一来就按我家门铃，他得意地对我笑着，你锁了院门我也能进来。告诉你，黑弟弟又来了，不过它好像有些害怕，不敢进我家门，大概是怕那只鸟吧？

鸟？什么鸟？

我家新进了一只八哥，天天学人咳嗽，我有时也会吓一跳。放心吧，黑弟弟没有瘦，它吃好猫粮就跑了。

我不说话，盯着他的眼睛，那眼睛一片坦然。

然后他弃下我，半跳半跑地往前院跑，一边跑一边叫，白鸟！白鸟！结果黑妹妹跑过来，站住，猜测地看着他，他一下跪在地上，用头去顶黑妹妹。黑妹妹后退了几步，表情有些奇怪，它可是第一次看到人类下跪，东东曲着食指伸到黑妹妹鼻前：不要害怕，我是你的朋友，不会虐待你的。

东东的话极其老练，而真正打动我的是这种手势，多么谦和诚恳的姿势。普天之下皆师也。从此，我看到需要帮助的流浪猫，也像他一样曲着食指送过去，果然，猫们都识得这种指法，几乎每一只都会凑过来闻这只曲折的食指。

为什么我们人类从来不运用这种指法呢？我们很习惯伸直食指点来点去，和人吵架的话，更是像刀剑一样，直直地点戳着对方，是潜意识强调自己的力道吧？

那天，东东撒着手追着院猫和它们亲热，我发了一会呆，突然意识到他已不在院子里了，怎么会？刚才还看他往前院跑呢，难道掉河里了？是不是刚才自己走神没有发现？我紧张地走到河边，探头望去，只听到脚边传来哧哧的笑声，一看猫屋的门洞里伸出一个人头，原来他钻进了猫屋。

我有些急：快出来，你不嫌脏吗？

东东毫不在意：不脏，里面真宽敞啊。如果妈妈找我，躲在这里准找不到。

我敲着木屋，出来出来！你又不是猫！

“喵呜！”东东一边叫一边爬出猫屋，刚站起身又热情洋溢地提议，阿姨，我们再去找黑弟弟吧？

我看着他的眼睛：你不是说黑弟弟又来你家门口了吗？

东东依然天真的：那是昨晚，今天又没见，黑弟弟其实很顽皮的，它跑起来像匹马，这样的。他在原地做了个奔跑的动作，看上去倒像袋鼠跳。

我进屋拿了几块巧克力：给你，东东，今天我有事，不找了，你也回家做功课吧。

谢谢阿姨，我就喜欢吃奶油巧克力。我走了哦。他开开心心地

你好，我是东东 / 姚育明　摄

走了。

一进家里，当家的就问我：你刚才没问他，明明是四年级为什么说三年级？

我说：我不忍心戳穿他，他可能有什么心理需求。

当家的摇摇头：如果是个瘦弱苍白的倒能理解，比我们都壮实，活蹦乱跳的，奇怪的孩子，可能有幻想症。

你们家的猫屋真大呀 / 姚育明　摄

勇敢的心

中午收到须一瓜的短信，很长，讲的是一导盲犬身患癌症，晚期，坚持引导主人到家，然后一头栽倒死去。我给她回复，说：真巧，昨晚梦见她和一小狗、一黑猫在一起。猫狗埋着头说，妈妈找找我。

她回复：它们很痛，你自己也保重。

看到“它们很痛”这几个字，心头一震，暗示已成明示，我不得不承认，自己永失黑弟弟了。此刻我正穿过小区一条干枯的人工河，欲去对面的小树林。我头脑空空地站在硌脚的鹅卵石上，像一个迷路很久的人，身上仅有的一点力气被一句话抽空。阳光很亮，却是破碎的，突然我看到群石中有一只眼睛在盯着我，是一块有着眼睛图案的黑石头。啊?！黑弟弟，你在哪里偷偷地望我?

好像同时显现，不远处，有一块小一点的石头，上面显示着一块斑驳的黄色，像丑丑对着我的背影。

我一一捡起来，擦去上面的污迹，一手握着一块，沉闷地往家的方向走。

围墙外传来很响的突突声，马路又开膛破肚了，总是有管子要埋要挖，搬到这里后，没有消停过，挖开填上，填上又挖开，整天听这种震裂声，肺腑和听觉一起痛……须一瓜说，它们很痛。她如果再多说一句，应该是我们都很痛。我是黑弟弟最终痛苦的一部分，我带着它最终的痛苦反过身来，我必须恢复那个在脑海中删除的一刻，那个最痛的听闻——

在那两个并列的垃圾桶旁，在充满腥臭味的一方空气中，这个正在遛狗的业主和我打了声招呼，因为见我喂猫，说起了猫的话题，说昨天她家楼下一只大狼狗又咬死了两只流浪猫。她的眼睛因为惊悚而瞪大了，露出了很多眼白，她的语气像炸弹：恶人养恶狗啊！猫的肚子都撕裂了，肚肠全流出来，太惨了！我实在不忍心看，一只三花，看上去还不大呢，那只黑猫特别的健康，身上的毛色亮亮的，是个大猫，一看就是有人喂的……

那一刻，就像头上突然聚拢了一团超级雷暴的单体气旋，独独罩住了我一个，刹那无形的暴雨和冰雹把我吞没了，我只看到自己一张模糊的脸，那脸发怔发痴，像在费解地听一个普通的故事："一个小孩，把两只洋娃娃扯碎了，扯得稀巴烂……"

是的，那时我自动关闭了所有的感情系统，我的每一颗细胞都在逃避，就像当年在殡仪馆，灵车载父亲去焚烧炉，工作人员问我要不要同行，我拒绝了，我没勇气见那一刻。可在梦里，我一次次地抱着刹那僵化的父亲，深入到骨髓的孤独无助。骨子里我是个软弱的人，受不了残酷的刺激。

我很自然地采用了鸵鸟埋首的做法，好像不接纳这事就与自己无关。我把自己骗得够狠，以至于不去出事地点勘察，也不了解具体细节。我不但不追究，反而加强了寻找，直到两年以后，才彻底放弃了妄念。

当初之所以逃避现实，是因为我的胸腔里躲着怯懦的心，我不忍想象的一刻，于黑弟弟和丑丑却是现实，没有一颗勇敢的心，它们是怎么承受这一刻的?!

当我能观察并思维那一刻时，我的心也变勇敢了，虽然它来得太迟太迟，面对的只是早已成为过去的现实。

但是，它们怎么会在一起呢？这是我一直搞不清楚的地方。两年后的一天，我和道临法师谈起这样一只黑猫，说它的失踪与所有的猫不同，显得过于神秘。他好像看得很清楚似的说，这是只肯牺牲自己的猫，像人一样，也在修行，它已经往生了。

我恍然大悟，原来我低估黑弟弟了，我以为它赌气而走，其实它去找丑丑了，它要说服丑丑回来，只有这样才能平息果果的怨气。丑丑脾气倔，忠厚老实的黑弟弟就一直伴着它，还没等它改变主意，就灾厄降临双双遇难。

我同时深深地感到内疚，因为顽强地不相信它们落难，以至于没有及时地给它们一些相应的帮助。

晚上，我站在黑弟弟无数次亲近过我的院子里，被一股清净的力量攫住了，我抬头望天，心不由得一荡，浅黑而又澄明的夜空中，悬着的半轮清月竟是黑弟弟的眼睛！单纯明亮的青黄色眼瞳，沉静而神秘的光芒。那么遥远，又近在咫尺。

这一刻我才清晰地意识到，自己曾经是喂养黑弟弟的主人，却从来不是它思想的主人，它一直生活在自己完整的理想中。我几近呆怔地看着，整个世界，只有我和它的互相凝望，黑弟弟啊，只有这一刻，你才来顾念我吗？心微微地疼，留不住的爱啊，终以这种抽象的形式记取。

我的心渐渐沉静下来，温暖慢慢升上来，一如黑弟弟轻轻地把脸颊搁在我的膝上。黑弟弟，今夜，你秘密托付苍天，露一只眼睛在上界看我。谢谢你的善解人意与无声安慰，我们所感受到的苦难在这一铺清辉中正慢慢地滤清。

苦吟诗人

才才比打工诗人的地位还低。它屈就于一只流浪猫的皮毛之下，让我深感遗憾，只是它自己浑然不觉，不是低吟就是高诵，没有一天不开颂诗会，也不管有没有听众。

用未谋其面先闻其声来形容我们的初识再恰当没有，那阵苍凉而低沉的嗓音从树丛后传来，我的汗毛竖了起来，多么有震撼力的声波啊：天——地——玄——黄——宇——宙——洪——荒——

当然，这是我模拟出的气势，它不可能发出这么具体的字音，否则成猫精了。

但如此郑重其事地登场，不加以赞赏显得人类吝啬，只是我无论如何都没有想到，这磁性十足的声调竟出自一躯消瘦露骨的身子。这是一只奶牛猫，黑白搭配得随意，然而它的气质却有设计感，像在艺术学校训练过一样。通常这样的体型只能配一对无神的眼睛，而此刻看着我的是一对眸光闪闪的绿眼，想到刚才的朗诵，使我有一种错觉，它是从一个深邃的世界里跑出来的。

我把它招呼到院门口，拿出猫粮喂它。它吃了一会儿，探头朝院子里看，这一看它的眉梢吊了起来，院里花红草青，三两只猫懒散地卧着，举目皆是院猫用品，黑妹妹正款款走向珠珠花，抬头隔空闻着花香。

作为一个艺术工作者，自然比一般的猫要敏感，它不用进院子就能感受到我家院子的强大气场，它轻轻地叫起来，与先前的豪迈不同，这回是抒情，充满了浪漫的情调，一定是“纤软小腰身，明秀天真面”之类，不用我邀请，它就钻进了院子，朝着黑妹妹走去，黑妹妹又摇摆开了腰身，凌波虚步地迎上去，诗人在路牙上，黑妹妹在路牙下，一高一低，面对面地站住，然后同时伸出了鼻子，它们轻轻闻着，两眼亮闪闪的，当白鸟发现赶过来时，它们已经在亲昵地互蹭身子了。

这只猫真有眼光啊，心思最细密、最聪明的女猫当然要属黑妹妹，向来不喜欢外猫的黑妹妹对它也是一见倾心。可是白鸟不管，它像发了疯一样地大叫着冲过来，才才（我当即给它起了这个名字，意为才气十足）吓了一跳，往后退了一步，然后钻出院子溜之大吉，黑妹妹望着它逃跑的方向，好像无所谓的样子。

这时离黑弟弟出走尚有一些日子。院猫们的生活比较稳定，才才想进来做我家院猫情有可原，流浪诗人也需要一个避风雨的住所，何况还能和心爱的黑妹妹在一起。无奈白鸟死命抗争，天天与它相骂。也是奇怪，白鸟害怕所有的外来猫，怎么偏对才才一个横眉竖眼？或许白鸟也有欺软怕硬的陋习，至少可以在文弱书生、无用诗人面前充充汉子。

才才一见黑妹妹就喜欢上了，三天两头来，一来就追着它叽里咕噜说情话。它献给黑妹妹的诗歌也是缠绵缱绻的，只是黑妹妹慑于众怒，只敢远远和才才相对，偶尔趁众猫不注意，迅速地跑上去吻一下才才鼻子，一旦白鸟出现，黑妹妹马上给才才一掌，表示自己的立场。

才才每次被迫离开院子，行色顿感苍凉，但还是壮着胆扯几句俗词充充门面：无所谓，谁会爱上谁，无所谓，谁让谁憔悴……

人说雁过留声，在我们小区，却是猫过留声。才才走到哪里念到哪里，它的诗兴永不衰竭，小区里之所以有不少业主记住它，就是因为它的口才，它实在太有激情太能说了。这已经不像流浪猫了，流浪猫大多谨慎，比较疏离人，哪像才才，山河大地，全是它倾诉的对象。我怀疑它前世为诗人，而且是不得志的诗人，遗憾千百年，就是做了一只猫，习气使然，不吟诵就会苦闷死。

可是我妹妹却认为才才够不上诗人，她说这只猫就是话多，真正的话唠，走过任何一家院子一户门洞都不肯住嘴，惹得一些人烦得要死，打它成了顺理成章的事情。

它喜欢来我这里，除了有特供外，我能欣赏它的诗情也是重要原因。我算得上它的知音。不像那些嫌它啰嗦的人，本想封住它的口，结果眼光不准，不是砸到它背上就是伤到它脚上。

它的腿脚不止一次地被打伤打折，不是左脚就是右脚，不是前肢就是后肢，一打伤它就躲起来疗伤，等到腿伤养得差不多了，它一跷一跷地出来，肮脏而又瘦弱，但诗情不减。它不像一般的猫，仅在一定的范围内活动，它的空间很大，踪迹几乎遍及整个小区，哪怕拖着伤腿，它的声音依然在小区各个地方回响。

才才脑子里的多巴胺一定充足，诵诗、追求美女、观赏美景离不开好心情。而这些活动又产生了更多的多巴胺，能够安抚甚至抵消肉体的疼痛，它是一个讲究精神生活的猫咪。

黑弟弟出走后，白鸟显得落寂。我想，也许才才可以弥补这个空缺。偏偏这是我的一厢情愿，白鸟看不上才才这个色鬼，它要维护黑妹妹的贞洁。

它们第一次的争吵发生在一个阴雨天，一开始只飘着轻微的雨丝，背景还有些浪漫。应该承认，白鸟和才才是天造地设的一对，到哪去找这样一对男高音与男低音的组合？它们一见面就互相逼近，却不斯打，它们眼睛瞪着眼睛，八只小手小脚规规矩矩地贴着地面，绝对看不到你踹我一腿，我踢你一屁股的粗相。它们的头脑正在发热，喉头震颤着声浪，手脚们却在默默地示好，好像局部肢体脱离了头脑。这种互不示弱的咆哮体中没有隐藏着亲密的同道之感吗？它们就是一对领导着自己声音的将军。

很快的毛毛雨密集起来，再对峙下去它们会变成落汤鸡，我大声地拍了拍手掌，它们马上散伙，在刚才站立的地方，留下了八朵可爱的梅花印记，一会儿，雨水漫延过去，就像先前的争雄了无痕迹。

有了第一次就有第二次、第三次，它们好像一天不玩声音就过不下去。最可笑的是它们的声音战争总是程式化，一开始彼此还礼貌一番，像拳师拱手示意，它们甚至会裹一些缠绵缱绻的余音——如果边上有女猫的话，随着音阶的拔高，它们的怨气才激发出来，并且扶摇直上。

当它们的声浪将我的耳根蹂躏到要崩溃时，我不得不现身了。

只要我出现在院子里，白鸟就浑身舒坦，它很自然地把我当成援军，但我知道，才才不会这样想，它先让步是不想伤我的心，也是给白鸟面子。才才的诗心善于化解相持不下的局面，它会去空旷处消耗自己的愤怒。它能在自己的诗情中感受到美好满足与安全。然现实中的诱惑力依然存在，猫乐园散发的气息对才才是个永远的召唤，它忍不住一次次过来，来激发满腔情义，同时承受羞辱，又携带无穷烦恼而去。才才很纠结，猫生太不完美。

妹妹说才才是个情种，它播过种的地方，几个月后就是一群小奶牛，最近它又发情，和另两只公猫一天到晚追逐母猫，在竞争中，别的公猫默默地干，只有才才大声地叫唤，山盟海誓个不停，我外甥和妹妹的邻居都光火得不行。我只好让妹妹停止喂食才才，也许饥饿可以逼它重新回到我家院子。

小冯听了它的故事，特地在院里增放了一只猫窝，表示愿意接收它做院猫。她的院子只有猫咪黄花花一个，比起我家院子显得宽敞。才才领略了人的好意，可是很少住在那里，偶尔在那里吃几口猫粮，就忙不迭地钻到我家院子里来，它心心念念地牵挂着我家院子。

每次才才进来，我总要守护着它，尽量让它多待一会。才才感受到我的庇护，也会酬谢我一首短诗，谢啦谢啦谢啦，短得不能再短，却简洁精练，充满感情。它和黑妹妹的恋情很快见光死，它移情别恋，恋上了一只造型很像绵羊的小鼠玩具，我在竹篮里放了好几样猫玩具，它独独钟情这只小鼠，每次来都要叼出小鼠，像吸了大麻一样的陶醉，它搂着鼠，舔着鼠，口水嘀嘀嗒嗒地流下来。黑妹妹睥睨着眼睛，很瞧不起它的失态。我也非常纳闷，一般来说，馋涎欲滴只是一种形容，可在才才这里却是不争的事实，鼠娃在它怀里像洗了澡，就这样，地上都能积一摊口水，口腔炎猫的口水都没它多。它一走我就得拖地，并清洗鼠娃娃，要不那些黏糊糊的口水，绝对能泡馊布鼠，污染其他的猫足。

只要我在院子里，才才就理直气壮，它不顾白鸟漫骂，在院子里勤奋地滋尿画地盘。每当这时候我就抓紧时间给它伤口喷药。院猫们都害怕这种喷药声，只一下就会没命逃窜，才才不会，它一门心思地往敞开着的猫屋里滋尿，全然不顾我的动作，也因此它的伤口总是很快得到治愈。

才才的放肆惹恼了白鸟。自从黑弟弟离去，白鸟就像脱胎换骨一样，开始挺身维护院子的领地权，外猫，尤其是公猫，甭想过白鸟这一关，虽然它的勇敢方式仅仅是号叫。

才才一直不愿放弃我家院子，一而再，再而三地光临，它更像来找白鸟挑战，寻黑妹妹叙旧倒是其次。当家的曾给白鸟封了个自由战士的称号，而才才，面对白鸟时，也露出了狂狷桀骜的一面，它们是一个层面上势均力敌的对手。白鸟和才才按部就班，凭天生的嗓子一决高低。白鸟嗓音宽厚清畅，它一亮嗓，我就看到帕瓦罗蒂登了台：“啊，多么辉煌、灿烂的阳光……”才才则有着魔鬼般的男低音，低沉沙哑，然而音色像被圈在一个大铜壁中，放射出去，又反弹回来。念诗与歌唱对垒，在声响上显然要吃亏一些，然而才才那个共鸣声啊，如同天助，令白鸟不得不一次次地把音量拔高。

这对几乎天天对峙的猫，文明程度很高，从没发生过流血事件，它们总是脚尖对着脚尖，鼻子贴着鼻子，耳朵全部后倾，胡须也一根根竖起来，一个高腔大调，节奏分明；一个反复吟咏，抑扬顿挫，我听得乐不可支。当家的却煞风景，哇的一声喝了倒彩：号什么号?!

它们吓了一跳，刹住声，齐齐移步到离我家窗户远一点的地方，然后吸口气继续放声，当声浪如海上掀起的波涛，当狂飙掀至高峰时，双方不约而同地闭上了眼睛，只剩下一张尽心尽力的嘴，两个善乐者以各自的魔音穿脑技术，彼此折磨对方的神经。它们再次殃及我家那位，他推开门，恼怒地站到阳台上，眼见要成三合唱的趋势，我拍了拍手，才才领悟，立即撤到隔壁院子里，白鸟马上在才才站立的地方飙一泡尿，作为收场标志。

院猫们很讲规则，当白鸟和才才对战时，它们大多在一旁观战，个别的视而不见，只顾忙活自己的事情，没有谁站到白鸟一边帮腔，更没有发生群殴单猫的事件，它们信奉的是一对一的公平。

这样的诗赋歌咏之战一直没有停止，而且有了越来越升级的趋势，才才似乎意识到时间拖得越久越会被黑妹妹之流看不起，它有些急切，但习性使然，声调仍是沉着坚韧。而白鸟呢，也有些耐不住性了，它不但跑到隔壁院子里挑衅，连才才待在隔壁院子再过去的隔壁院子里，它也蛮不讲理地骂将过去。看上去好像它略胜一筹，但声音里已经有了点强弩之末的味道，那种撕心裂肺的高唱就像面临着灭顶之灾一样，过去的澄澈荡然无存。这时候的男低音就有些吃亏，它的悲壮只能在白鸟喘气的间隙中突现出来，它的声音一次又一次地被白鸟压倒。白鸟这时候特别像农村的娃，认定爹娘会来撑腰，在它嘹亮的声腔里总是带着一丝撒娇和撒赖，它在高亢响亮地发嗲时，还能想到我，指望我出手相救。而憨厚的才才根本没有想到我，只是一心一意地紧盯着对手，它不想轻易败下阵来。白鸟若见我不帮腔，就会拼上老命地号，它一定要把我号出来。最后时刻，它的叫声称得上铿锵的金石，铁锤铜锣，大力摔打钢板，不闹个惊天动地它绝不罢休。在每次号到我心快崩裂、耳将成聋时，它得胜了，我会跑过去，使劲拍巴掌，或大声叫它名，才才很知趣，带着一脸的不屑跑开了。白鸟很得意，妈妈来了，哼哼，我有妈妈。白鸟是如此天真单纯。

看着白鸟的得意样，我总觉得对不起才才，明明院子是我家的，可决定权仍在原住民们手里。

它们之间的博弈持续了整整一年，一个邻居说，这两只猫老有劲的，整天拉着喉咙对唱。她说的是唱，而不像其他人说的吵，在我看来，这种持续的热情确实染上了表演的性质，它们的嗓门就是乐器，既竞争又协作，好像是宇宙协奏曲中的一部分，虽然经常走调。

在又一次声嘶力竭悲愤激越的声战中，我狠狠地扔过去石子。石子蹦在它们身边，白鸟仍不管不顾，才才朝我一看，像突然断了弦，它啉声发呆，数秒钟后返身就走，白鸟一时没有明白过来，怔在了那里。

我知道，作为一个诗人，它终于厌倦了这场无休止的互相折磨，欲望带来的痛苦令它不堪忍受。它要寻回名士风范，它要守住精神家园，和只知道吃吃喝喝、睡睡玩玩的院猫们相比，它毕竟要归隐静壤，而非热闹的某院子，管它叫猫乐园也好，猫天堂也好，猫俱乐部也好，所有的好都是别猫的，与它无关，与其说是妥协不如说是宽容，它不想和白鸟一般见识了。

才才从此不再露面，那只布老鼠静静地躺在竹篮里显得有些寂寞。小冯问道，才才还活着吗？怎么不来了？我说一定在云游呢。这是过去的印象，一只脏兮兮的猫怀着自己的诗兴，在小区里漫不经心地游走。

一天傍晚，天下着小雨，听到有人吵架，越吵越凶，女方好像还在呜咽。刚想出去管管闲事劝劝架，就听到有人先我去做好事了。吵架声低下来，间隙响起女人的抽泣。

继续做自己的事情，一会争执声又起了，听听又有些不像，异响来自院子。我开门出去，只见院猫们全紧张地看着一个方向，尤其白鸟，紧张得双耳朝后，标准的飞机耳。我朝那个方向一看，一团黑影发出了既熟悉又陌生的叫声。

销声匿迹的才才又露面了？我叫着它的名字，它发着大声走向我，天哪天哪！它感慨无穷。我愣了一下，多日不见，才才面貌大变，一个大大的项圈戴在它的脖上，看上去像个外星猫。

才才找到新主人了？我不由得有些激动了，好懂事的猫，还知道来向我报喜，只是……只是这新主人的审美眼光有些粗俗啊，竟给它佩戴这样宽大笨重的项圈。

才才也显得激动，一边叫着，一边把湿漉漉的身子在我腿上蹭，那个项圈便在我腿上滚磨着。我这才觉出它的焦虑不安，它急着要告诉我什么。

马路上的灯凑巧坏了，院内光线黯淡，看不清楚那个项圈的颜色，伸手摸了一下，很硬，很厚实，圈上还有个奇怪的把手。我突然明白了什么，内心受到深深的震动，新主人给才才绝育了?！激动转为感动，又变成欣喜，原来小区里也有猫痴猫奴啊。

才才开始在我腿上动作，想蹭下那个项圈，我拍拍它脑袋，不急不急，我知道你为什么找我了。但我有些犹豫，如果真有人给它绝育了，我取下项圈岂不是让它舔到了伤口？只是我很不明白，新主人为什么要选择雨天给猫做手术呢？公猫绝育虽然没母猫麻烦，但关几天是起码的，雨天在外面太容易感染了。

我大声喊当家的，叫他出来看一看。他正沉浸在自己喜欢的军事节目中，草草一听就下了结论：小区里不是有好几个外国人吗？没准是他们做的，他们用的是外国的猫用品。

第二天我正好带一猫去宠物医院看病，顺便向医生求教，医生说中国有三种伊丽沙白项圈，但没有一种是我所形容的。又打电话向资深猫友王妹妹请教，她说没听见过这么奇怪的术后猫用项圈。

当天傍晚，才才又来了，照样是那身装备，白鸟矮着身子上前闻了又闻，一副迷惑不解的样子。它们第一次没有吵架。

我往猫碗中放罐头拌猫粮，才才看见吃食，激动得不得了，可是头一低，项圈重心就移下去，最宽的把手处正好挡住它的嘴脸，根本没法进食。

我大吃一惊，这到底是好心人缺乏常识还是什么人的恶作剧？这不是让才才活活饿死吗?!

仔细观察，看出些端倪，它像半截水壶。没有扣，没有合缝的开关，是硬生生套上去的。而且，才才不像手术后的样子，耳朵也不像果果、丑丑那样做了标识。

我决定取走这个怪物。才才很默契，我抓住把手使劲往外拉，它拼命往后挣，我们合力脱下了这个圈套。

取下都这么费力，它又是怎么套上去的呢？我把照片发到网上，所有的人都一致认为，这是半截水壶，是猫过于好奇自己戴上的。

永远忘不了才才当时的急迫，它一头扑到碗里，狠命吃了起来。哦，起码饿了两天了，以前不是这样。院猫们顿发怜悯心，全体退下，

姚育明作品

由着它吃。才才实在饿狠了，风卷残云一气吃了五份猫餐。然后心满意足地对着院猫们唱了声喏，得罪得罪，各位多多担当。院猫们才发慈悲，又生气恼，原来这位把客气当福气的愚顽诗人又习惯性地往阳台门滋了一泡尿。它跳下阳台，兴冲冲地开路了，连和黑妹妹打招呼都忘了。

送礼物的猫

有一天，小冯的院猫花花带了一只小猫来到院子里，我们一看都忍不住笑，那完全是它小时候的翻版，淡黄的底子，一道道橙黄的条形，好像全身缠满了金条。天生的富贵相，不差一丝一毫，一看就是它的私生子。小冯说，花花心疼自己的孩子，带它来这里过好日子。她称小猫为“黄蓉”，小猫看上去机智灵活，而且有股娇憨劲。

奇怪的是小黄蓉偏偏不喜欢待在黄老邪身边，一天到晚钻我家院子，这个众猫待的地方更吸引它。它是个自来熟，也不管大猫是不是愿意和自己游戏，不是追这个，就是扑那个，还理所当然地住进猫屋。

自从黑弟弟离开，少年猫接二连三地去世，院子沉寂很久了，它的到来一下把院子搅活了。很快地它与老猫、大猫打成一片，这真是水到渠成。

两个月后它的性别特征显山露水，作为公猫，怎能继续采用“黄蓉”之名？取其谐音，我为它正名为“龙龙”。

龙龙健康活泼，没几天就表现出它强烈的兴趣爱好，那就是喜欢叼东西回来。它是个知恩图报、勤俭持家的好猫崽。

鞋带、钢丝球、鞋擦、海绵块、窗框条、铁丝、抹布、砂纸、纸团、枯树叶、背包带、手套、脏手帕等，不是搁在阳台上就是直接放进碗里，它捡来的全是劳动人民的日常用品，深深展现了非宠物猫的下里巴人眼界。我问资深猫友它为什么把礼品放在碗里，猫友答，你不是要喂猫粮吗？它想让你第一时间看到。

龙龙不辞辛劳地捡取人类扔掉的垃圾，每天都捡，也就是说，每天都在给我送垃圾礼物。它尤其钟爱手套，前后送来不同样式的手套四只，其中一只红色的尼龙手套被我扔掉数次，都被它重复地叼回。我怀疑它前世为清洁工，习气使然，或者认为我用得着。

龙龙承包了周围好几家人家的垃圾清理工作，很辛苦。为了避免它无谓的劳动，也为了免去我扔垃圾所花的时间成本，我从家里拿出细羊毛手套、棉手套、帆布手套、粗纱手套以及橡皮手套，一一展示给它看：看到了吗？龙龙，我不缺手套，我的手套比你叼来的要好几百倍，你不要再捡垃圾了。

它的圆眼睛看着那些手套，然后盯住我脸看，仿佛我的脸也是一只手套。

也许它听懂了一些，不捡手套了，却开发了食品系列，它把一块肉皮、一根风干的鸡腿以及半个包子等垃圾食品叼回来。它知道我不喜欢这些礼物，便藏在猫窝里，送给猫姨、猫哥、猫姐们吃。

它送给我的东西都是不能吃不能用的，大猫们也不吃它那些臭烘烘、硬邦邦的过期食品。我不知道其他猫会怎么想，我只知道自己是领情的，谁会拒绝这样一份纯粹的情谊呢？

在它送的所有礼品中，最具时代特色的是上海世博会的吉祥物海宝，这只海蓝色的布偶有着欢笑的脸面，赢得了院猫一致的欢迎，几乎每天有猫在和海宝玩耍。这是我为龙龙保留下来的礼物，对院猫来说，是具有实用价值的。

龙龙送的最惊人的礼物是我做梦也想不到的，那天推开阳台门，一面布帛佛旗赫然在目，它摊在地上，淋浴着阳光，让我想起了藏地的晒佛节。

之前，我没听闻过这部《拔济苦难陀罗尼经》，光知道《心经》是最短的佛经，不知道这部经也那么短，而且它还是我所崇敬的唐玄奘翻译的。

我很仔细很认真地读了一遍，原来这是释迦佛为利益众生而传的不动如来的修持法。龙龙此举深藏密意啊！但我能想到的就是两点，首先，不动如来的救护中，也包括了其他道的生命，比如猫狗；其次，它或许是对我和它们关系上的一个指引。至于其他的密意，还待哪天因缘成熟才能有所悟。

当我在惊叹龙龙的这份珍贵的礼物时，它正在边上追着黑妹妹玩，因为疯跑，身体几乎成了虚影。它并不关心我看到这份礼物后会是什么表情，它从来不向我邀宠。

我把这面佛旗挂在两棵玫瑰花之间。小冯从楼上看到了，她非常惊讶，这小子是怎样取到这面佛经的呢？我说是不是风吹落了，它就叼来了？她说才挂出来一天呀，我系得很牢的。

我听了哈哈大笑，很为龙龙骄傲。小冯讪讪的，说胳膊肘往外拐啊，偷主人的东西讨好别人。

我可清楚到底谁充当了龙龙的主人。而且我对龙龙的做派从来没有一个偷的概念，它完全是兴趣爱好，是玩兴所至，其实院猫们都有这个特点，只是龙龙更典型些。我开始明白自己为什么喜欢看它们游戏，因为从骨子里、从本质上、从客观上，它们的游戏就是一门艺术，在我眼里，真正的艺术就是自由自在、愉悦忘情的。

转眼间，龙龙半岁了。它那黄灿灿的毛发越发油润，身子也矫健有力。像一棵正结籽的向日葵，让人看着振奋。没想到阳光下的阴影总是藏着不堪……

这天晚上喂好小区猫已经很晚了，我还看了下手机，八点三十五分。只见龙龙团着身趴在院子里一动不动，这是从来没见过的姿势，一看就很痛苦。

心头一震，赶紧唤它，听不到回应。蹲下来摸它，不逃也不亲昵。摸摸它的鼻子，还好，湿湿的、凉凉的，没有发烧的迹象。我按摩着它的背脊，轻轻为它念着准提咒，祈盼它好起来。龙龙不时发出“嗯嗯”的声音，好像用力回应我。

奔回家拿出它喜欢吃的猫点心，放到它嘴边，闻都不闻，又端水碗到它面前，同样不看。怕是狼狗咬伤，反复地察看，没看到伤口，难道遇到什么事受惊了？也不像。突然我意识到什么，龙龙，你是不是吃了什么毒东西?!

听说生绿豆汤解毒，但是，现在去泡来得及吗？还是带它去医院看一下？附近哪个医院有夜急诊呢？当家的肯出车吗？或者先抱回家叫当家的判断一下？正拿不定主意，它站立起来，走了几步，又趴下了。如此反复了几次，最后终于走向（而不是像往常那样奔、蹿、跳）那个栅栏洞，钻了出去。

我急忙打开院门跟出去，龙龙，龙龙，我急切地叫它，它并不回头，竟从东邻铁门缝隙里钻进去了。

东邻很少住在这里，这个院子狭长阴冷，往日猫都不愿过去。为什么它要进入这样一块地方呢？

东邻的大铁门锁着，我只能眼睁睁看着它的身影消失在阴影里。猫是独立而固执的动物，它们打定的主意，你再怎么用计都不行。过了两个小时，我再次来到铁门处呼唤，里面静悄悄的，了无声息。

姚育明作品

连续几天，在家四周寻找，无果。龙龙，你这一次捡来了忧伤放在我的心上。这个礼物我不接受。

几天以后，临安天龙寺传来一个消息，那里正在修造一座水晶舍利塔。我决定代龙龙去做一份供养，龙龙曾经送我这么多礼物，我终于有了回赠的机会，我要代它与舍利塔结缘。

临去天龙寺，我走到玫瑰花间，把这部《拔济苦难陀罗尼经》读了三遍，我感到龙龙卧在我的身旁，静心凝听。龙龙，你听到了吗？“……彼不动佛与诸菩萨来现其前。赞叹慰喻令其欢喜。复告之言。今来迎汝应随我往所从佛国。彼命终已。决定往生不动如来清净佛土……”

放心吧龙龙，我会代你，也代缘缘、欢欢、黑弟弟、安安、果果、丑丑等礼拜大悲观世音菩萨。也或许，你们已经先于我拜见过他老人家了。那么，随喜了！

啊啊

去小张家送猫粮，她告诉我，前几天在东河边见一只极瘦的猫，不忍让它继续流浪，诱捕到院子里喂养，结果被一群原住民驱赶，那猫领情，虽然没地方住，到吃饭的点就会过来。

说曹操曹操到，曹操是只黄白猫。不老，也不小，瘦得看不出年龄，身上只见几根大条，难怪小张怜悯。我以为它看到陌生人会有戒心，谁知它一见我就啊啊啊地叫着奔来，头一歪就在我腿上蹭了起来。小张笑言：这只猫和你有缘，一见你就那么开心。

它的叫声太响亮太欢快了，听上去不是从嘴巴里发出来的，而是直接从胸腔里蹦出来的，这一连串如洗的清亮喜悦！我当即为它赐名啊啊。

蹲下给啊啊喂了几把猫粮，又揉了揉它的脑袋和背脊，因为瘦，手感并不舒服，但它却舒服得要命，马上陶醉得呼噜上了。

真舒展啊 / 姚育明　摄

告别小张往回走，啊啊马上跟在我的后头，连猫粮也不要吃了。就这样一直跟到了我家院门口，院猫们闻风而动，集体守在门口，那架势就是整一队守门员，别说来一只猫，就是来十只猫它们也会踢将出去。我知道它做不成我家院猫了。

即便这样，也挡不住啊啊跟着我的热情，不论在哪里见到我，它都会欢天喜地地叫着，步履欢快，亦步亦趋地跟在我的后面。有时候，它在马路对面看见我，就与我平行着跑，边跑边看着我，到我家院门口它就主动止了步。它知道我片刻之后会返回来，我从来不辜负它的等待，会特别款待它好吃的猫粮和猫罐。它是只感恩的知趣的猫儿。

啊啊在我眼里，永远快乐。它在路沿眯着眼睛晒太阳；在树丛里钻来钻去；仰头闻花或蹭狗尾巴草，它似乎从不担心下一顿餐食在什么地方。我总是感慨，只有猫才能过我们小时候的无忧生活。

啊啊很快见肉了，我也看出了它的年龄，一岁多。它对我的喜欢与日俱增。它喜欢我的原因不仅仅是那些香喷喷的猫粮，还有我对它的呼唤，它喜欢啊啊这个名字，它知道这单音节属于自己，它那单纯的眼睛里永远是满足快乐的表情。

过去我在黑龙江插队时，常在广阔的田野里听到头上一连串的啊啊声，一只或几只乌鸦喊叫着在空中自由地飞过。我从来不觉得这种黑鸟有什么不吉利，相反，我看到听到的是一种全然的自由开放。现在，一只猫的啊啊声比乌鸦叫更使我敏感，因为这叫声与我有着关联。

我虽然从没把啊啊抱到过怀里，但我和它都懂得什么叫作亲密的关系，那就是，无论在何时何地，只要相见，我们都能使对方欢愉。

啊啊的毛色也开始润滑了，泛着细腻的光，用不了多长时间，它就会成为一个欢乐而健康的大猫。不料却接到小张一个电话，她在那里失声痛哭，哭得喘不上气来。她说啊啊的尾巴被人整个切断了，还拍死在桥头了。

头皮一阵发麻，全身的汗毛竖起了，我的脑子混乱成一团，无数语言在胸口涌动着，却说不出话来。

我差点又要封闭自己了，但是，小张的哭声揪着我的头发，不让我逃避。她说我求你一件事，请你在桥边竖块大牌子，诅咒害死啊啊的人。

我总算挣出了声音，问那人为什么要这样歹毒。她说也怪自己，啊啊来院门口等吃猫粮，家里正有客人她没顾上出去，啊啊可能饿狠了，就去了桥头。那家人家正在装修，门窗开着，它进去叼了装修队的鱼，被人按住用菜刀跺了尾巴，啊啊疼得逃出来，那人还不放过它，举着铁锹追上了它……

痛啊！如果它能成为我家的院猫，一切就不成问题，如果遇到我，也会饱食一餐，如果小张能及时地喂它猫粮，如果它逃得足够快……没有如果，命就一条！我意识到自己在微微地发抖，牙齿嗑得太阳穴疼。灯亮着，光明却不够，把走廊上的灯也打开了，还是暗。今天的电力也出问题了吗?!

是的，虽同为爱猫人，碰到这样的事，也许别人会燃起强烈的愤恨，而我悲痛更多一点。如果诅咒可以使啊啊起死回生，那么，大家一起冲上去打口水仗吧！但如果一只猫落难或正被人伤害，我会毫不犹豫地挺身而出，因为我不容活生生的生命在我面前毁灭。我已多次为阻止他人伤害流浪猫而撕破脸皮了，但是，为一只已死的猫去大动干戈，我却踌躇了。

当我说出我不能时，我从她的声调中听出怨气了。小张啊，当你号啕大哭时，你知道我那苦津津的泪水倒流吗？它能淹没我自己。你过去不是还批评我吗？说我对猫太好，你多次强调，应该以人为本而不是以猫为本。或许那时你比我多了几分理智，而我一直本能行事。而现在，我们俩换了个位置，你能退回到原先的理智上吗？

感恩啊啊一直以生的可爱呈现在我面前，它没让我看到残酷的一幕，它的死只是一个噩梦的传说。

我与啊啊一向保持着光明温暖的关系，诅咒并不能起死回生，我也不想因嗔恨而扩大事态，那结果只会让自己的心再受一次伤害。仇恨是阴暗的、负面的，我的肺部有结节阴影，我不想让更多的阴影来影响我的身心了。

当家的问我发生了什么事情，我对他说了。他皱着眉不响，过了一会儿说，前两天新闻里一件判案你知道吗？一个女人被一只流浪猫攻击了，告到法庭，法官判喂猫的人负责，喂猫人不服，继续上诉。你也当心点，别辛辛苦苦地把自己赔进去了。

压抑的悲痛腾地变成了火，我提高了声音：那件事我知道，是女人纵容自己的狗扑咬猫，猫反抗时她还帮着踢打猫，那只猫不能等死吧？挠伤她也是活该。那叫先有因后有果，法官对动物的习性太缺乏常识了，如果真这样判下来影响太恶劣了，这个社会还有道德底线吗?!

当家的一副不想和我争的样子：反正猫咬伤人了，总要划分权属吧？难道把猫拉上法庭吗?!

咦？奇了怪了！我们喂不喂流浪猫它们都在那，它们没主，权属就是整个社会，它们被人类遗弃，应该整个社会负责，我们喂是在替社会分忧，是义务的，凭什么就让我们赔呀！如果法院一定要把流浪猫算在喂养人的名下，那也行啊，权利和义务是对等的，既然喂养人对流浪猫要担当所有的责任，那么，喂养人也有权利保护喂养的流浪猫不受到侵害，那么多流浪猫被虐待被杀害，怎么就没人过问了？如果法律不能用同一个标杆，不就是愚蠢人类的随心所欲吗?!

当家的走开，去做自己的事，我不依不饶地放大声音，就算不懂事的猫真伤了懂事的人，猫的喂养人需要赔偿。那懂事的成人，有意伤了不懂事的猫，是不是更需要赔偿?！大欺小，强凌弱，天理法理都难容……

呔！你有完没完，有本事你去找法院呀。

气死我了！气死我了！！气死我了！！！我一连吼了好几声，胸口的气总算顺了一些。

天黑下来了，遛狗的人都回家了。路上空空的。不知道啊啊过去走在这条路上时怎么想？两旁的房子都一样，一间又一间，啊啊在这两排房子中间跑来跑去，满怀天真地叫着。它能想到住在这些砖瓦中的一种东西突然要了它的命吗？那东西既不完全是人，也不完全是兽，而是我和啊啊都无法完全理解的含混组合，我不信上帝，可这时候我觉得他就是一件被上帝捏坏的次品。可怜这样的次品还有呼吸，过着瑕疵的生活。

在桥头我停下了脚步，怎么想得到呢？这座过去走惯的透气的桥，突然成了谋杀的场所。身边不时有车子开过，这些或昂贵或价廉的私家车正把它们的主人送往各个门洞，这些轮子毫无感觉地辗过啊啊的血渍，我觉出了一种莫名的冷漠与刻板。空气厚重而沉郁，痛苦而绝望的气息还未散去，已变黑的血迹里凝固着啊啊最后的信息。昨天，这些血液还在温暖地流动，啊啊之音还响亮地飞着，当那罪恶的铁锹拍击下去的刹那，它一定发出了最后的啊声，然后永远地止息了。

……我深为敬重的长者胡建宁先生曾经对我说过：啊这个音是生命最初的一个发声，一切音都是从啊字上开化演变出来的。这个诗意的说法一直记在我的心中。一只猫仿佛从远古而来，带着启蒙的啊啊声，又带着啊啊悲声而灭，短暂的生命，凋谢于六道轮回之中。

桥头的桂花树在喷撒着最后的香气，空气中弥漫着好闻的味道。桂花树毫无保留地把自己的香送出来，桂花树的爱是这样的彻底这样的纯粹，为什么人类的爱就这样吝啬呢?!

啊啊，对不起，你曾是这样的亲近人，是人辜负了你！是人欠了你一条命。但是，这条猫命不要也罢，做流浪猫太苦了，请你不要再投猫胎。

我竭力控制着悲痛的心情，镇定地朝这幢住宅看去。我想象这个民工的样子，脸上、手上、衣服上全是涂料、水泥灰，他们家里的老人或许生了癌症，老婆或许与他人有染，工头还常常扣压他们工钱，或者他本身就是工头，和东家发生冲突气没处出，他们心情恶劣，一触即怒，野猫偷吃他们的美食，无疑火上浇油，他们觉得自己经常吃亏，哪肯再白白损失，他们用刀用铁锹代替了猛兽的牙齿！

这样的人有时为一句话都可以要别人的命，何况一只无足轻重的没有户籍的野猫！他们的想法是自然的、真实的，甚至是难以驳斥的。我的愤怒转为悲哀，他们没有品尝到我们这样的情感享受，他们内心缺乏爱的体验，他们需要从欺负弱小中释放自己的痛苦。他们也是很可怜的人哪。

虽如此，我还是更同情啊啊，因为同为弱势群体，流浪猫比他们更加悲苦，他们还能挣钱，啊啊就是捡到一张一百元钱，也不能为自己换来一粒猫粮，它们的生存太有局限性了。

啊啊，虽然有人对你如此狠毒，虽然你离世时疼痛万分，但我还是要说，放过他们吧，不要将仇恨萦绕于心，阴性力量会加重负担，使你解脱不得，要相信，这个世上还有爱，总有爱，你要带着爱和温暖上路。

请你在冥冥之中安慰张妈妈，感恩她对你深重的情义，帮助她早日走出痛苦的境地。

我会永远记着你给我带来的欢乐，也不会忘记你痛苦的刹那，我们都要努力走出黑暗。

怀揣着一只猫的欢乐过去，看高远苍穹，千万年的岑寂里，那些夜色中的光亮，难道真是那么微弱吗？生命之光不论何时何地，总带着不变的活泼泼的力量，它超越了生死。

乱乱

院里突然出现了一只新猫，我第一次看到颜色这么杂乱的猫，黑色、黄色、咖啡色，毫无规律地组合在一起，如果不经意地远远一看，会以为是谁扔进来一大团抹布。

这只看上去脏乱的猫不像其他流浪猫会尝试住下。它只是把这里当免费餐馆，吃了就走，毫不留恋。

我曾问过它一句：你的颜色怎么这样乱？叫你乱乱好不好？

它不正面回答，只是发出一串喑哑苍凉的叫："卖……"它有什么好卖的呢？和所有的猫一样，只有一件皮衣，卖了就只剩血肉了，它的毛色连卖萌的资格也没有。

当家的问：这只猫被火燎过了吗？丑得这么惊心动魄。

这个……我支吾着，一时想不出什么反驳的话来。幸亏当家的又看了它一眼，难能可贵地追加了一句，倒有点像迷彩服。

这一说我开心了。岂止像迷彩服？也像百衲衣，我曾见一个云游僧，就穿着这样一件袈裟，补丁叠补丁，太好看了……

当家的转身向屋里走去，他不给我得寸进尺的快乐。

其实古人早就有过俏皮的比喻，称这类猫为“滚地锦”，因为它们皮色和海龟玳瑁相似，猫友们就直呼玳瑁，并夸其招财能力超强。

平心而论，乱乱的毛色在玳瑁猫中也是极普通的，不像有些玳瑁猫，乱得有个性，有喜感，让人过目不忘。但乱乱脸相还算漂亮，它高鼻深目，五官鲜明，一张脸就像线条画一样。

有一段日子乱乱不来了。一个下雨天，突然听到门外猫叫：“卖……卖……”声音嘶哑难听，我一下听出来了，乱乱！它那与皮色配套的声音我从来不会搞错。

开门一看，它浑身湿透，大肚子顿时露山显水。一段日子没见，它做准妈妈啦？

不知前一段日子它到哪里去打食了，现在大概没着落了，才冒着这么大的雨过来求助吧？自此，它像服药一样准时，每天一早一晚乞食，雷打不动，再大的雨也不会缺席。

有一次经过小张家，发现乱乱伏在她家开放式的车库间，它的安然神态让我感觉滑稽，咦，你怎么在这里？

小张说，这是住在她家院子中时间最长的一只猫，现在不流浪了。

天下真小。

更好玩的是我想起另一句俗话：不是一家人不进一家门。乱乱的面相那么像小张，小张也是五官分明，眉目俊美，刚认识她时我还以为她是哪个剧团的演员呢。

我对小张说了乱乱来吃食的情况。她说，哎呀，我经常要去女儿家帮忙，照顾她坐月子，带孩子，还要去外地看妈妈，走之前托了老公，男人家心粗，不一定喂得到它。它真聪明，知道自己找食。乱乱，姚妈妈多好，还给你起了名字。

小张向我介绍她的院猫，这是乱乱的老公，这是乱乱的大女儿，这是乱乱的小儿子……隔一段时间，乱乱就增加数个眷属，它的辈分够高的，都有第四代了它还在生，我永远搞不清它究竟有多

姚育明作品

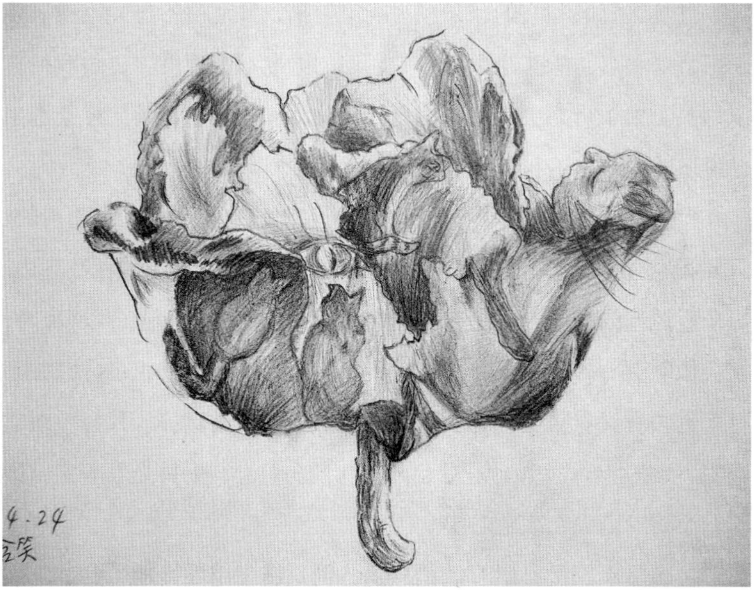

少后代。

我说得给乱乱绝育呀，老生下去不是事情，你吃力，乱乱也伤身体，小猫们生活质量也不高，还危险。

小张说，乱乱有岁数了，上麻药容易出事，就顺其自然吧。

有一天，我家院子多了一只黑猫妈妈和两只小猫。这只黑猫似乎通晓我家院猫情况，一来就知道怎样回避啊呜，怎样讨好黑妹妹、黑花，怎样冷淡其他小猫，当然，也知道怎样尽情欺负老实的白鸟。经小张证实，这正是乱乱的孙女和它的孩子。

我怀疑这一切都缘起于乱乱，它长期在我家院子用餐，深谙猫际关系，对它们的习性了如指掌。当它的孙女被其他猫驱逐时，乱乱对它点拨了一番，否则这位猫妈妈怎么就会找到我家？并且一来就处于不败之地？

自从黑妈妈和它的孩子成为我家院猫，乱乱就不再光临我家院子了，这一点与尖头小黑很像，它们的索取都有限度。过去我一直以为孩子大了母亲会赶它出去自寻出路，却不知，母亲同样会退出已谋下的地盘让给自己的孩子。

但乱乱依然不能忘怀于我，天知道它怎么分辨出我的脚步声的？只要我经过小张家附近，哪怕我不开口，它也会突然出现在我脚边，影子般地缠绕在左右。它喜欢跟着我去喂附近的流浪猫，我回家时，它会像啊啊一样跟着我走，一直走到我家院子门口才止步，它并不打算进去看一看自己的孙女和后来只活下一只的重孙。我挥手叫它回家，它三步一回头地慢慢走，我一直看着它，用目光陪着它，终于它小跑着消失在夜色之中。

再也听不到乱乱生育的消息了，倒是越来越频繁地听到乱乱病了老了的消息。在小张外出的时间里，我会顺带喂食一下她的院猫，这是我和乱乱再次亲近的机会。其他的猫只表现出对猫粮的热爱，只有它贪恋着我这个人，它那老山羊一样的叫声总是牵住我的肚肠。

终于乱乱不见了，再也听不到苍老的“卖”声了。希望它是躲在僻静处寿终正寝了。但愿天上真有一颗喵星球，在那里又降生了一个喵星婴儿。

小踏雪

它是本小区和隔壁小区之间的界河，河岸边是灌木丛和柳树，岸边小路窄而幽静，不远处是没卖完的四期房子。白天这里空无人影，傍晚时分，才有兜大圈的遛狗人走过，因此，这里作为一个喂猫点很是安全。

不知为什么，这儿的猫不多，最多时我只见过四只，少时就一只。这一只永远是小踏雪，不见不散是我们之间的默契。

小踏雪半岁左右，圆圆的大眼睛，一身乌黑的短毛，四爪雪白，标准得像穿戴了白手套、白靴子，脖下长着一片白色的倒三角软毛，好像挂着一个洁净的白色肚兜。真是猫界小明星啊！

傍晚喂猫时分，总是光线最好的时段，夕阳将沉未沉，光线依然明亮，然而温柔不少，小区的树木花草也展现出一天里最动人的浅笑。通常，到了河边小道这个区域，时间就有了明显的转折形象，朦胧的夜色从四周罩下来，或者说升起，与小踏雪一日一会的欢喜也是轻柔而曼妙的。

小踏雪警戒心很高，每天钻在凉亭附近的灌木丛里等待，当我快走到凉亭时它才钻出来，跳跳蹦蹦地迎上来，它的脚步和身姿是欢欣的。只是在快靠近我时，又会突然踅身往回逃开几步，然后停住等你。两个多月来，天天这样，不近不远，永远保持着一段距离。我为这段距离感到欣慰，可以防止心生歹念的捕猫人。

凉亭不远处是一道下河的台阶，我总是把食物放在第三级台阶上。这样，即使有人、狗跑过，也不容易看见低处的猫咪。放好猫粮和水我会退后几米，让小踏雪安心进食。估计它吃去一半了，我才会离开。

这个地方鸟儿颇多，它们有各自临时栖息的枝头，就像小踏雪，这儿也是它停留的一个点，我一直不知道它的窝在什么地方。我不能久留，观察、跟踪是需要花费时间的，我的时间还是太少。

我也从来没有听到过小踏雪的叫声，但我相信它不是哑巴，它对响声的反应就说明了这一点。不像那些鸳鸯眼的白猫，因为基因缺陷天生耳聋，以至于也不会发声。小踏雪只是觉得没必要发声罢了。

有一回还没到河边呢，天突然暗了下来，感觉不妙，加快了脚步，但还是比不上雨的速度，它说下就下，雨滴稀而大，砸在身上都有些疼。怎么一下就这么气势？都没个过度？

我开始向凉亭狂奔而去，那里可以避雨，最要紧的是小踏雪还在等着呢。果然远远地看到亭子下一团黑影，微微的几点白。心里一阵欢喜，它先出来了呀。

小踏雪没能履行以前的见面仪式，外面的雨太大了。

管它四肢踏雪还是乌云盖雪都是可爱族 / 姚育明　摄

我们俩第一次同时处身于凉亭之下。我小心翼翼地在凉亭一侧的地砖上放下一捧猫粮，然后退到另一侧。小踏雪踌躇了一下，终于吃了起来。它和尖头小黑属于一路子的，吃起来不带嚼，动作迅猛。

雨下得大，散步的人、遛狗的人全绝迹了，附近几家租户的灯光也显得朦胧。搬到这个小区六年多了，第一次有闲心来欣赏凉亭，原来这是一座八角凉亭呀。五六米高，八只壁灯，坏了五只，只有三只亮着。凉亭四周没有遮拦，亭顶是层层木板叠加起来的，有很大的缝隙，可以看到一条条割裂的夜空。凉亭虽然遮住了大雨，雨屑仍不可避免地纷飞进来，地面潮乎乎的，但比起外面的倾盆大雨和满地流水，这仍是一块有效的庇护之地。

七点半了，雨还没停的迹象，虽然其间弱过一阵，但很快地又加强了。雨落在凉亭上、树上、小路上、河面上、变电箱上，远远近近，粗粗细细，让人想起嘈嘈如急雨、切切如私语的诗句。

小踏雪并不赏雨，它只是埋头于猫粮之中，我先后给它续了四次，直到最后一次，它才不慌不忙起来，露出些悠然的吃相。

这才发现，平时我放的是多么不够啊，可我一直以为自己放的猫粮足够多。

雨声自始至终包围着我们，很安静，又很热闹。小踏雪终于吃够了，地上留了几粒，它伏下来看着我，眼神显得安定。雨势小了。我对它说，我要走了，你就睡在凳子上吧，没有谁会来打扰你。

小踏雪突然叫了一声，非常普通："喵……"我听成了"妙……"若不是赞成我的妙主意，这位金口难开的猫还不知道什么时候发声呢！

小踏雪出过一次大大的洋相。那次它没有出来迎我，我有些奇怪，使劲摇了摇猫粮盒，它从灌木丛里露出一只眼睛，我又唤它，它不吭声，只是把身子移动了一下，倒是几声尖锐而嘹亮的鸟叫引起了我的注意。

两只灰色的斑鸠盘旋在天上，它们的叫声和平时不同，过去，它们咕嘟嘟的叫声平和而又纯净，总让人想起天真的儿歌："斑鸠斑鸠你说什么？说呀说什么？斑鸠说咕嘟咕嘟真幸福……"可今天的叫声是痛苦，是想不通。我家过去养过一只母鸡，母鸡抱窝时，我们偷偷拿走它最后一只蛋，它找不到就发出这种急躁而愤怒的叫声。我朝斑鸠挥了挥手，它们飞停到西边一棵稍大的树上。那棵树少有横生枝杈，周围也没什么鸟窝，看来它们也只是路过。

小踏雪钻出灌木丛向我跑过来，谁知两只鸟一先一后地俯冲下来。它们完全改变了平日里沉稳而宁静的样子。小踏雪吓得又逃了回去。这一回它钻得更深了，连眼睛也不露了。

有人说，踏雪猫非常厉害，它走过的地方老鼠都不敢靠近，我猜测，可能小斑鸠学飞时掉下来被小踏雪祸害了，这是失去孩子的父母来报仇了。

唉，小踏雪，你真是没有诗意，人家踏雪寻梅，你踏雪捕鸟，这下可好，人家爸爸妈妈肯放过你吗？

我一边叫着它的名字，一边把猫粮放到凉亭下，鸟总不可能冲进这里吧？小踏雪完全领悟了我的意思，迅速地向凉亭冲去，谁知斑鸠的速度比它更快，其中一只飞掠过来，在拉升的一刹那啄了小踏雪一下，小踏雪狼狈地又逃回灌木丛。这回任我怎么叫也不出来了。

这对斑鸠一直不肯离开，它们不是停在凉亭上就是飞在灌木丛顶空，报仇雪耻愿望十分强烈。

我只好把猫粮和水推进灌木丛中，至于它什么时候得以安全出来，我也没有办法了。自己闯的祸自己承担吧。

第二天晚上去，斑鸠父母仍在，看来小踏雪已没法回那个我所不知的窝了。也或许，这片灌木丛就是它的家？

一连几天，小踏雪和鸟夫妻相持着，它以自己的畏惧向对方示了弱。至此，我的猫粮放得更多了一些。希望这个天真的小杀手是出于饥饿而犯的过错，而非杀戮的本能。

终于，斑鸠父母放过了它，小踏雪重新走出了灌木丛。但这时我发现，来这儿遛狗的人似乎多了起来，在小踏雪吃食的过程中，差不多就有两拨人遛狗经过。

公共场地喂猫，想要安全长久，放置粮水必要天知，地知，我知，它知。鸟事件启发了我，我把它前段时间躲鸟的那片灌木丛内部整理了一番，把地上的腐叶清除干净，用手掌把泥土按得结实，这样，猫粮和水不至于打翻，从外面看，也看不到它的进食情况。“妙……”小踏雪表示很满意。

相互惦念彼此记挂的日子就这样一天天地过去，小踏雪又恢复了寡言少语的状态，但快活依旧。

可是终于出了点状况，我的身体不争气，疼痛了两天一夜的阑尾炎终于穿孔了。最后一次喂小踏雪我还是捂着胃部去的，我以为是发胃病，只是吃了点止疼药，结果扛不过住进了医院，因为转为腹膜炎又延长了住院的时间。

住院期间，我很牵挂小踏雪。它总是孤单单的一个，待在这个没人投食的地方，生存会变得困难，也许它又会去抓小鸟、老鼠充饥了吧？

等我两周后出院，小区的流浪猫失踪了不少，小踏雪是其中的一个。听说，最近捕猫贼活动猖獗，他们骑电动车来，在草丛中下套子，还用上了长杆网罩，一罩一个准。我没生病的时候，每晚的散步喂猫等同于巡视，对流浪猫的安全多少有点作用。

我扔掉灌木丛中积满雨水的一次性空碗，重新放置猫粮、净水，一连几天，猫粮没有动过，最后被蚂蚁和小虫子蚕食了。

我想象自己住院的最初几天，小踏雪怎样望眼欲穿地在老地方等我，之后又是怎样的失望，然后它迁移其他地方寻食，再之后……我不忍往下想了。除了祝福我还能做什么呢？

咪子与小白

当这只黄猫初次来到院子里时我还有些奇怪，它似乎与其他的新进猫不同，它很自信，也很自然，好像已经在我家院子里生活一段时间了。

几天后，有人寻过来，这位名姝瑜的小姑娘说这是她家散养的母猫，名叫咪子。

奇怪的是主人唤它回家，它装没听见，理也不理。原住民和它对峙也不害怕，它的哈声比原住民更理直气壮。主人说了原委我才知道，她家新进了一只白猫，咪子醋劲大发，离家出走，再也不肯回去。

咪子单方面决定聘我做它的猫奴，吃院里的猫粮心安理得，在院里睡觉也是理所当然的样子。它不像黄虎斑会使蛮力，它使魅功，每当我说咪子回家吧，它都会原地跳起，倒下去时呈仰面状，前肢缩在胸前勾啊勾的，还飞闪着媚眼，活脱一温柔娘子。

我得做做表面文章，院猫们吃起醋来我也挡不住。我当着它们的面伸脚扫咪子出院，它像没有感觉的垃圾，侧躺在砖地上任你着力，我扫不了几下就收回了脚，它可不是长毛猫，皮肉磨损了怎么办？

咪子的主人吴海燕终于忍不住了，放下身段向它道歉，直至强行抱它回家，每次它都哼哼唧唧，眼神里却流露出得意。原来猫也会耍大牌作风，要人一请再请。

几天后的一个清晨，我随意地把脚伸进当家的皮鞋，欲去院子，门一打开吓了一跳，一只从没见过的大脸碧眼白猫团在门口。我还没反应过来呢，它就往里钻，我忙用脚挡它，鞋子太大，我和它两下里用力，鞋子一下歪了，我的脚脱出来，它趁机雪球一样滚进了我家。

这只猫太漂亮了，一看就有纯种猫的血缘。我蹲下来，咪咪，你从哪里来？

喵呜，喵呜，我要做你们家猫……

当家的在楼上叫，你是不是又把猫引进家门了?!

听这架势，他要冲下来了。我马上用手赶它，白猫东躲西藏就是不肯往门口跑。当家的脚步声响到楼梯口了，白猫迅速躲到饭桌底下，缩成一团。饭桌下端有围档，要抓它很难，当家的板着脸，走进厨房间，操着擀面杖出来。我吓坏了，他手重，捅捅没关系，就怕他抡下去。我从桌上拿了筷子，弯腰戳进去，白猫这才跳了出来，一下逃出门去，下台阶时还一个劲地叫着，下到最后一级，回头朝我看，我挥挥手，它突然扑通倒地，各种打滚。

海燕又找了来。这才知道，它就是新来的小白，咪子就是吃它的醋才赖到我家院子的。它们怎么都会认我为新主人呢？也许我身上真有它们喜欢的气味，再远也会被它们闻到？

国庆节，娘家人在我家聚餐，弟弟到院子里抽烟，他随意地朝河里张了一眼，发现有一只猫在河里游泳，他告诉了我，我一看原来是小白，它正从东面游过来，一定是失足摔下去的。

我立即奔到海燕家报讯，海燕的妈妈抓了杆拖把气喘吁吁地跟我往西边跑，按它游泳的速度，早过我家院子了。果然，在桥头发现它正在桥脚那里挣扎。

她一边唤它一边伸出拖把，差几十厘米，小白在水里急叫，声音都变了调，这位大姐声音都发颤了，你个小东西，作死啊?!

我到底经历过这样的场面，告诉她怎样和我配合。最终我们合力救上了小白。

第二天，姝瑜来我家，说小白洗干净了，她们家决定把小白送给我作为礼物。

我知道这是她们的心意，她们本是爱猫人家，非常喜欢小白，赠送它就是割爱。但我谢绝了。当家的早说过，我们家不再养猫。

海燕后来告诉我，她家又有一只猫失踪了，估计被偷猫贼逮走了。她说小区风气不好，不想住这里了。果然没多久他们把房卖了，搬到了泗泾，买了幢二手独立别墅，有个敞开式的大院子，可以让猫自由地玩耍。

她家搬过去时间不长，有一天突然开车来到我家，问我见没见咪子。我很奇怪，你们不是把咪子带走了吗？

她说是带走了，而且继续散养。他们在客厅旁开了一扇小门，

姚育明作品

猫随时可以进出。可是咪子只住了三天，就消失了。她们找了好几天，因为找不到，就猜测它是不是又跑回我这里了。

我感到深深的遗憾，如果咪子真来找我多好啊！

海燕又邀请我去她新家玩，说几天后是她女儿生日。姝瑜读小学时，就视我为好朋友了，常来我这里谈猫，小大人似的。鹿鹿在世时，唯一洗过的那次澡，就是我和她共同完成的。那天我赴约，去的第一件事就是和姝瑜一起去找咪子，我们不但在小区内找了一圈，还跑到马路对面的小区找了一圈。我没有看到咪子，只听到自己的声音一遍遍响着：咪子！咪子！去的前一天，我就在睡梦中找它，也是这么叫着，咪子！咪子！

那天小白从外面走进客厅，我叫它，它有点紧张地看着我，两只眼睛像农村的娃，有点新鲜，又有点拘谨，它不认识我了。

小白不像初次闯进我家那么白了，这个小区很大，住的人家很少，有很多草地，还有小溪，环境空阔而又幽静，走在里面像入梦一样，想来小白在这样的地方玩得也很尽兴。这家人对猫非常宽容，也不在乎它是否变脏，小白由此把自己变成了一只灰猫。

我很想对海燕说，不要散养了，你们家已经丢了三只猫，小白那么胖，太容易被偷猫贼惦记了。但是，最终我还是说不出口。我知道，对于如何养猫，每人有不同的理念。

好长时间过去了，我还是会想到咪子，它那任性而亲热的眼神历历在目。希望它的失踪仍是出于吃醋，它要为自己找到一户称心的人家，独宠它一个，希望它能如愿。

至于小白，它现在很自由，很快活，这就够了。

亲爱的垃圾桶

世贸商城附近有一小区，名虹景别墅，每次看艺博会，都会经过它。有一次参观好回家，远远地就看到了一只黑狸花，在小区门口舔着什么，一直走到跟前，它仍在用力地舔，看了心酸，水泥地上什么也没有呀！这只猫舔得太专注了，水泥地被舔得湿湿的，好像它下决心要舔穿路面一样。我忍不住叫了一声咪咪，它立即躲进边上的灌木丛，还伸出脑袋看我，原来它还有一张大脸，淡绿色的眼睛，长得非常好看，但毛有些干涩蓬松，一看就是营养不足。

一个保安听到声音，走出来看，我问他有没有废弃的容器，好给猫倒点水喝。他说你自己去后面翻垃圾桶。我第一次真切地体会了流浪猫的艰辛，那么高深的大桶，乱七八糟的东西，全是潮湿腐烂的，一股熏人的酸臭气，我用力抖开一只塑料袋，翻出一只酸奶盒，保安从自己的茶杯里倒出些水冲了冲脏盒，我又问他讨了点白开水放在门口，猫出来闻闻，并不吃，也许它不渴，或者没有在容器中喝水的习惯。

很自责，早上走得急忘了拿猫粮。眼前这只猫的饥饿状让我过不去，我在包里翻找，希望能找到几粒过去遗落的猫粮，却失望了。因为翻找，突然想起来，刚才在世贸商城看到慈济人摆摊，为了表示支持他们的善行，我买了五包素食，可是付了钱忘了拿了。我真糊涂，否则，也可以试着喂喂猫呀。

我问保安哪里能买到肉肠，他指着马路对面给我看，又说算了，你下次来喂吧。我去小店买了根肉肠。剥去皮伸过去，猫一口咬住，使劲往回拖，结果拖断了，我把手上的一截拆碎了扔过去，却发现它已经把那小段吞下去了。

保安又出来和我聊天，说这只猫永远不走，总是等在小区门口。我说肯定有人喂猫，否则不会守在这里。保安说我来这里三个多月了，就没见谁喂过它，它守在这里是因为门后有垃圾桶。

啊？这么高深的垃圾桶，这样缺乏食物的猫还要耗费力气跳上跳下，刚才我翻找时根本没看到什么残余食物呀！

我走时，猫突然叫了一声，声音低而嘶哑，好像正犯咽炎，我听到的是孤寂苍凉的心声。它的注视也有杀伤力，仿佛在判断我究竟是个怎样的人，要拿它怎么办。

回家后，我在一个猫咪论坛上发了帖子，详细描述了这个地段位置，并呼吁：上海的朋友，如果哪天你路过这个地方，请千万喂天天（舔舔的谐音）一把，也许我们喂的是它一天里唯一吃饱的一顿。此帖得到了许多人的同情，大多数人表示，如果有可能，会喂它。只有一个人来谴责我，说你既然看着心疼，为什么不把它接到家里？

到处流浪 / 姚育明　摄

至少可以洗干净找领养呀，难道你忍心看着小猫再过连垃圾都吃不饱的生活？你站着说话不腰疼，光会呼吁别人去帮助，自己为什么不尽所能救助一下呢？

我忍住不快回复：请原谅，你对天天如此同情都不能将它收进家门，我又怎样保证能送养出去呢？我当然会继续努力，如果捕捉成功，就送附近的丁丁宠物医院检查，是年轻猫就给它绝育，到时候请大家一起帮着找领养，我愿意承担它每年的免疫费用。

姚美美马上表示支持，她说，绝育后没人领养，可以把天天放到植物园的群护点，她保证能每天喂到它。另一个名娜娜的则为我鸣不平：看见苦难的流浪猫，心里虽然难过，但不能抱回来管，如果这样就有罪的话，我的罪孽太深重了。说嘴的朋友，天下苦难太多了，你们都带回家吧，我给你们捐钱捐物。

女人说话总容易携带情绪，倒是一个男猫友的帖子务实，他的网名为“高抛低吸”，他问我，你说的天天是不是绿眼黑狸？它的头蛮大的，四只脚是白的，发着我从来没听到过的猫叫声。

我惊喜了，正是正是，它的叫声有些奇怪。它怎么样？

他说原本想去桃浦看望喂猫的张阿姨。骑车出门不久，猛然想起我说的这只猫，正好离得不远，就去了那里，结果兜了好几圈，以虹景两字打头的小区有好几个，搞不清究竟是哪一个，问了两个小区的保安，都说不知道猫的事。正准备离开，就看到这只猫高高地蹲在马路边的垃圾箱上，好像在专门等他似的。他冲它喵喵叫，它一边发出奇怪的叫声一边逃到小区旁的灌木丛里。他先撒了一把猫粮，后退数米，猫几口就吃掉了，一看就是饿坏了。他想，不管是不是那只名天天的猫，让它吃饱再说。他把带在身边的半斤大妙，全放在了地上，猫不顾一切地把脑袋伸进塑料袋里，埋头狂吃……

唉，它还这样饥饿！我决定早点转移天天，那个地方实在不适合猫咪居住。下个星期妈妈要住院，我必须在这几天解决这个问题，先把它收进院里再说。

为了迎接它的到来，我请工人在南阳台东侧安装了一个遮阳棚。在安装的时候，当家的在一边说，我知道你的心思，还不是为了你的猫，别告诉我是为了不让雨溅进家里，雨本来就进不来。那安装的小伙子听了我们的对话，竟然改变了主意，本来说好四百五十元的，我也准备还价到四百的，结果只收了我二百五。很开心，虽然听上去像骂人似的。

王汇玲给我来了电话，她是个稳重的、有见识的资深流浪动物救助者。我们讨论了诸多具体问题，最坏的打算是，万一天天做不成我家院猫，就放在她小区散养，我负责猫粮，她负责喂养，她们小区业主素质高，民风不错，比较安全。

万事俱备，只欠东风，就等这只黑花狸配合了。临行前的一晚，我对当家的说起这件事，还检讨自己那天热昏了，怎么没想到多买些肉肠放在保安那里，好让他帮忙喂猫。当家的说，不行的，他会自己吃掉，如果真有善心他为什么不喂剩饭？当家的还说放猫粮也不行，会卖了的。他对这个社会似乎很不信任了。

不过他的话倒提醒了我，万一没有捕捉到天天呢？还得带上一箱猫粮，请保安帮忙。第二天一早，王妹妹拎了一只很有点分量的专用捕猫笼和我碰了头，她说医生也联系好了，一捕到就送医检查。

我们八点半就赶到了那里，时间不算太晚，但天天不在小区门口。王妹妹打开一只猫罐放进诱捕笼，又把铁笼子放进门口的灌木丛里。时间一分一秒地过去，连影都没见一个。一个扫地的阿姨说，前一天还看到这只猫在呢。

保安不是上次那个，我在岗位窗前和这个表情比较呆板的保安商量，让我们进小区寻找一下，他死活不答应，我递上去的小礼物也不肯收。他说你们要搞搞清楚，这里住的人，身价全是上千万上亿万的，出了事谁负责?!

我一眼瞥到桌子上有几封信件，最上面的是一大信封，落款是我们单位。我指着信封说，巧了，这就是我们单位寄过来的杂志，你打电话给这位先生，让他问一下就可以为我做证了，省得你认为我们是无业游民，有作案嫌疑。

没想到他不但不听，话说得更加难听，谁能保证你进去不少东西？我饭碗头掉了你赔啊?！我急了眼，你也不是小孩子了，这么没有社会经验啊，小偷肯自己出钱喂流浪猫吗?！保安也涨红了脸，你今天说破天我也不让你进去，我只认里委，你让里委开张证明来。眼看吵架升级，王妹妹马上出言调和，她的巧言善辩起了作用，他这才缓了口气，就算我相信你，也保不住别人不相信你，里面的业主很刁，喜欢投诉。要不你们来传达室等着吧，十一点左右两只猫会出来翻垃圾。两只都是绿眼睛，一只狸花猫，哑板……

我说会叫的，就是叫声奇怪而已。

他有些不高兴，会不会叫我不知道？我从来没听它叫过，和它在一起的一只小黑猫，就会叫，叫声老响的……

好像是应对，小区内传出一声奇怪的叫声，王妹妹激动极了，说一只小黑猫，结果一看，是一只大大的黑鸟落在了垃圾桶附近。

又好笑又失落，继续在传达室和保安聊，他说这个小区统共六户人家，都是上等级的，忙得没时间养猫养狗。两只流浪猫在这里很安全，小区业主虽然不喂它们，也不虐待它们。他说他是看着那只哑巴黑狸花长大的。我有些奇怪，我和“高抛低吸”都听见过它那奇特的低哑叫声，怎么保安就从来没听见过呢？想必它有慢性咽炎，认出了猫奴才用力打招呼吧？

十一点半了，天天还没出现，王妹妹说，如果是小黑猫钻进去，我们也带走。我说对，顺从缘分。可过了十二点，它们都没出现，好像商量好要躲避我们。看着王妹妹瘦弱而疲劳的样子，我很过意不去，她比我路上时间更长，单趟就要两个多小时。决定撤了，临走我要留下一饼干箱猫粮，保安又死活不肯。

他说又不是我一个，有四个保安呢。我说不勉强，随便谁，你们想起来就喂，忘了也没关系，猫粮吃光了我会继续供应。他坚决地说，没人喂它们！你把猫粮拿走！王妹妹又好声好气地说，那你们吃剩的饭喂喂它们好吗？他还是那句话，没空，不喂。

完全没有商量余地了，但我们仍不想和他搞僵关系，坚持把小礼物给他留下，他有点难堪，推来挡去中漏出一句，现在人都没有脱贫呢，还顾得上猫?！唉，为什么都喜欢用这个理由来反对喂猫呢？有哪一个文明程度高的国家是等到全体国民都脱贫了才提倡保护动物的呢？

不知道他每天进出这个小区，是否看到对面墙上一句广告语？那么大的字：仁心一片吉祥天！

我的脸色肯定难看。王妹妹拉拉我的手臂，示意我不要再争辩了。她脾气很好地说，请你们不要盖上垃圾箱盖，多少让它们翻到点吃的。他放松下来，说这没问题。其实这个大垃圾桶本来就不盖，虽然里面没多少人类的残余食渣，但对于流浪猫来说，仍是一处宝地。只是我不放心它们的喝水问题，保安说有洗车的地方，水池里能喝到水。又说有个公司到时候会扔过来吃剩的盒饭。

但愿吧，但愿吧。临走前我们在垃圾桶边上放了点猫粮和猫罐，只能祝福天天和小黑猫自求多福了。

时间过得真快，世贸商城又举办了三届艺博会了，我一直不能忘怀于它，每次经过，我都要放两摊猫粮在垃圾桶旁。也许在它眼里，我们这些偶尔喂一把猫粮的人类，还比不上这些垃圾桶，这几个垃圾桶对它的利益更是持久。

我不得不承认，对于它们，垃圾桶比我们更加可靠。

听说，现在那里已经不是两只猫而是一群猫了，对于天天来说，垃圾资源更紧缺了……

今夜跟我回家

一天傍晚，正弯腰在东邻小区隔界处喂猫，突然噗的一声，天上降下一只大猫。

这不是形容也不是夸张，因为它是直线掉下来的，像掉一只沙包，准准地摊在我的面前。当时我只顾着惊讶了，也没想到观察一下，它究竟是从哪里来的。这段路经常非法停着几辆私家车，有时甚至停着卡车，很可能它是从在车上跳下来的。

通常这里有九只猫，我早已熟悉了它们的样子，这只突然出现的是只新猫，虽然光线暗淡，它一身的灰色还是显眼，这不是蓝猫吗？我们小区也有人扔纯种猫了?!

熟悉猫的人都知道，纯种猫中蓝猫胆子最小，除了被遗弃，自己逃出来的情况极其罕见，就是被遗弃，也不敢跑远，只会躲在附近的隐蔽处，直到饿得实在挺不下去才会壮胆出来觅食。不知道这只大块头蓝猫是出于什么原因被遗弃的。

我招呼它，它不吭声，一直以跌下来的姿势趴着。它毛发粗糙凌乱，有些地方开始打结了。我试着摸摸它头，没有反应，又摸摸它的背，还是没反应，我快速地掀起它的尾巴，结果它猛然回头了，我忙缩回手，光线太暗，它动作也快，没看清性别。

我在它面前放下猫粮，它不吃，等我在栅栏矮墙上放好一堆堆猫粮，所有的猫开始进食后，它才低下头去，还没开吃呢，一只很小的玳瑁冲过来，对它哈了一声，它马上把头一缩，又恢复了那种规规矩矩的趴姿。我把小玳瑁赶开，它才把头伸过来，它的吃法也很奇怪，像推土机一样，边吃边往前拱，显得有些笨拙。

猫界向来以块头论威风，这么大的一只猫，竟然怕一只比它小好几倍的小猫，只能解释为职场新人受欺的规律，但从它肮脏的被毛上又可以看出，它不是流浪一两天了，也许它一直躲在隔壁小区的杂草丛中？隔壁小区不大，仅几排复式房子，这个小区的东邻就是那个宠物医院。

第二天，我提前来到这个喂猫点。猫们总是提前等我，我一去都欢快地迎上来，蓝猫也在，远远地趴在十米开外的矮墙上。我一一放好猫粮，朝它走去。

这回看清楚了，这是只五岁左右的成年蓝猫，奇怪的是它的脸鼓鼓的，不像英国蓝猫，英国蓝猫全是大饼脸。我把照片发到网上，有人便说，它的绿眼、小圆脚趾像俄罗斯蓝猫；又有人反驳，说它的身材是典型的英国蓝猫，俄罗斯蓝猫没这么胖，何况纯种的俄国蓝猫极贵，在我国售价十几万一只，怎么会有人轻易扔掉？于是有人猜测它极可能是俄罗斯蓝猫和英国蓝猫配出来的，因此难以归类。

姚育明作品

我女儿则认为，作为蓝猫，它的品相不算好，可能是某国的蓝猫和中国土猫配出来的。虽然众人结论纷纷，有一点却达成了共识：即使是一个杂种，相比土猫，价格也是不菲。

可是于这只蓝猫又有什么关系？俄国也好，英国也好，中国也好，事实上它现在只是个乞丐，一文不名。

我掏出梳子，给它轻轻梳毛，一边梳一边对它说话：灰灰，没关系，我会天天来喂你，你再也不会饿肚子了。它不吭声，表情呆滞，眼睛无神，我这样抚摸它都不敢站起身来，连吃猫粮都是矮着身子。

这是我第一次抚摸蓝猫，虽然这身粗糙的被毛已经肮脏，仍可看出优雅的本色，深银灰，接近于黑。曾经绘画时，为了寻找这种颜色，我挤了无数的丙烯颜料，才得到过类似的深银灰，蓝加黑再添点白，可是不稳定，比例上难以掌握。现在，活生生的色块在我眼前，在光线的作用下，它还不是全然的一色，而是有深有浅，密集的毛端还有茸茸的光晕。

我不知道过去，落在它身上的，除了阳光，还有什么温暖的东西？伸手摸着它这身略嫌粗糙的毛，好像摸到了自己做过的一些噩梦，你总会醒来，并感谢白天的来临，就像灰灰遇到我，如同遇到梦醒后的自己。

这天喂好它后，我对它说：灰灰，还有两个月天要冷了，我不会让你在外面过冬的，我去给你找个好人家，你耐心地等着吧。

猫真有灵性，从来不吭不哈没表示的它眼神有了变化，当我往回走时，它竟然跟在了我身后，我终于看到了一只猫的正常身姿。走了一段路，我停了下来，对它说，回去吧，这段日子你要保护好自己，除了我叫你，不要随便出来。

我的领养条件是：爱猫，全家同意接受，家里无猫或仅有一猫，不喂劣质猫粮，至少美产妙多乐，家住上海，有稳定的经济来源，无十岁以下淘气孩子，头两年接受我不定期的回访，优先考虑大房子人家。

我的承诺是：负责体检，视接手时间，打第一针免疫或全套免疫，清洗干净，附送一袋皇家猫粮。家庭发生变故不能续养可以退还给我。

没想到信息一发布后，我的手机就差点打爆，大多是上海的，还有南京、扬州甚至山东的，从反馈的信息看都符合条件。我曾经为土猫上过领养，难得要命，纯种猫到底有身价，哪怕是一只成年猫。既然不缺领养人了，我也不着急了，慢慢挑。

有意思的是，我发现小区的一位先生总在树丛里东翻西找，过去我喂猫时经常碰到他遛狗，他们一家也可怜流浪动物，时不时拿狗粮喂门口的流浪猫。我问他找什么，他说那只漂亮的灰猫怎么不见了？我想试试看，能不能把它养在家里？

我当然没有告诉他实情，如果猫狗从小一起养大，那没问题，否则会闹矛盾，到那时候再遗弃，会对灰灰造成又一次心理伤害。

好事要么不来，要来连连，当年矮脚黄虎斑的主人也来问我，说她早注意到这只蓝猫了，为什么这几天看不到了？我开心坏了，她对土猫都这样宠爱，何论纯种猫呢？何况是同一个小区，她收回家我最放心。谁知她说，咪咪死后她太伤心了，发誓不再养猫。她说是为一位朋友留心的，朋友家刚装修好别墅，房子大，光院子就有三四百平方米，无论养在家里还是院子里，这只猫都是享福去了。

我答应她什么时候跟过去看看环境，院子是不是隔离得好，以免跑出去再发生意外。

谁知小张听说后极力反对，她说：不行，我知道这户人家，很小气，很自私，别看富有，工人干好活还要赖掉一部分钱，这种人有什么爱心?！不如先到我这里过渡一下，如果我老公喜欢它，就和我家地地做伴，如果有更好的人家，再从我这里拿走也不迟。

这倒是个万全之策。于是我用一只猫罐头轻而易举地把灰灰哄进了铁笼。小张把它接到家时，激动地声调都变了，她大概怕丈夫反对，一个劲地强调，英国蓝猫呀！

她家已经收养了两条狗一只猫，听说不久又要接收一个癌症病人准备弃养的狗，再加上灰灰的话，就是五个小动物了，也太热闹了。

小张的先生悄悄对我说，不想再收流浪猫狗进门了，毕竟夫妻俩的年纪在往上走，精力搭不够。我很能理解他的心情，比起我们那位当家的，他真是太好说话了。

小张先生还告诉我，他已经向懂猫的人询过价了，说这只蓝猫值 6000 元（我女儿则认为它不是小猫，只值 3000 元）。他建议我卖掉这只猫，理由是愿意出钱的人肯定会对猫好，我也可以把这笔钱用在更多的流浪猫身上。我不卖的理由也很简单，不把钱当钱的人也大有人在，要不流浪队伍里会出现品种猫?！再说我感情上也无法接受，好像卖孩子似的，拿卖身钱去救助别的流浪猫，我同样不忍。

几天后我去小张家，惊讶地发现，它和黄猫挤在一起，在小张膝前蹭来蹭去争宠，当放好风小张重新把它关进铁笼子时，它很不情愿，进去后还眼巴巴地看着人“吾啊……吾啊”地叫。这是我第一次听到它发声，发声还这么好玩，这是沪语“是我”的谐音呀。

小张管它叫阿蓝。我一听就很喜欢，多么家常亲切的名字啊。小张也有些疑惑，说人家纯种猫都是大脸、扁脸，它怎么不但不扁还往前突起？眼睛还那么小？我说早发现了，它的脸不太像猫倒有点像熊，性格也有点像熊，憨憨的，是个小熊宝。

小张准备关它几天，让它和地地多熟悉一段日子，以免打架。虽然小张很喜欢阿蓝，我仍不想他们家为一只猫产生不快，我决定把它送到年轻的、有条件的人家去。就这样，我选定了一位施姓小姐，她把家庭地址告诉了我，欢迎我去考察一百四十多平方米的住宅，她还说原先养过一只蓝猫，吃的是希尔斯猫粮，因为不小心从阳台上掉下去摔死了，一直内疚，她想领养阿蓝，来弥补自己过去的粗心。只是她现在正在参加职考，不能马上接阿蓝过去，但她保证，一考完就封阳台，一封好阳台就来接走阿蓝。

眼看阿蓝要过上好日子了，谁知小张那里传来了不快的消息，她说，阿蓝好凶哦，力气又大，把猫和狗都咬了！

我愣了，这只原先在我眼里可怜巴巴的胆小鬼一进入人类家庭就变成了獠牙王?!

我知道小张家的那只黄猫也是公猫，最初也是个小流浪，快冻死时被他们救回了家，小张的先生用电吹风给它吹了整整一个小时才让它缓过来。他们给它起名大地，意思是生命像大地一样稳固，后来简称为地地，不知道的人以为叫弟弟。估计原住民地地和阿蓝争宠时闹出的矛盾吧？

一问果然如此，阿蓝放出铁笼后，想和女主人亲热，地地守在楼梯口不让它过去，嘴里还发出威胁的声音。地地其实胆小，因为紧张先发制人，阿蓝恼了，扑将过去，它们打了好几回架，终于阿蓝有效地咬了地地一口。两只狗见阿蓝咬伤它们的朋友，便出手相助，没料到阿蓝比它们更凶，先后将它们咬伤。

我很过意不去，也不明白为什么它在外面时那么胆小，连一只很小的猫都害怕。小张说，这更证明它是只养在屋里的猫。

只是小张不明白阿蓝为什么不肯用猫砂盆？说它大小便直接拉在浴缸里、水池里，两只狗还把它的屎当美食争，她头疼死了。我听了特地买来猫用训练喷剂，是专门纠正猫的用厕问题的，结果一点也不管用。我便亲自去小张家教育它，阿蓝对我很亲，每次去都会站立起来，左前肢搭在我腿上，右前肢朝上伸，像小孩一样请求我抱，我如果坐下来，它一定跳到我的膝盖上伏下来，所以我一点也不担心它会咬我。但我把它抱到猫砂盆上时，它却抗拒得厉害，我从来没看到一只猫会怕成这样，它用脚拼命撑住盆沿不肯进去，且浑身大抖。一只纯种猫竟然怕猫砂盆?！说出去猫友们都不相信。

为了安慰小张，我告诉她，已有人看中了阿蓝，过不了几天就可以把它接走了。小张一听舍不得了，说准备在前院搭个阳光房，分成两个区域，把它们隔离开来。

没想到第二天我又接到小张电话，说她先生掰开阿蓝嘴巴，往里塞驱虫药时，阿蓝一口咬了下去。我赶到小张家时，她先生已经去打狂犬针了，小张也外出遛狗了。她家小阿姨说起阿蓝时表情也有点嫌弃，我顿时觉得自己矮人几分。不管怎么说，对小阿姨来说，阿蓝的到来除了给她增加了劳动量并没带来什么利益，我能够理解。

事不宜迟，我通知施小姐早点把这个熊宝接走。施小姐一听到阿蓝咬人竟犹豫了，她说一应猫用品都已买好，但现在她需要重新考虑。我愣住了，看来我过于乐观了，并不见得所有的人都会谅解阿蓝的行为。我开始联系第二个候选人。谁知第三天施小姐又打来电话，她说心里很纠结，还是放不下阿蓝，请允许她来看望一次阿蓝。我谢绝了，任何的勉强都是不稳定的因素。

美丽的高小姐来了，她是健身教练，非常开朗，家里已有两只土猫。她的先生从家里迎出来，一看到阿蓝就噘起了嘴巴，啧啧！真像小熊宝宝，一看就是个棒小伙子！那样子恨不得亲吻阿蓝一口。

我考察了他们家环境，非常满意。可是阿蓝一出猫包就紧伏到地上，扭着屁股，以一种蛇似的怪异姿态扭到人家床底下不出来了。

当晚我做了个梦，看到一堆垃圾，上面扔着报废的家用电器和破旧家具，在它们之间，还躺着一只脏乎乎的布玩具，猫脸人身体。我走过去，布玩具的眼睛突然转动起来。我惊讶地站住，问它，你是谁？猫，还是人？

它回答：我是人，不是猫，他们都不要我了。

醒来一想，这不是阿蓝吗？明明去了个好人家，怎么又说都不要了呢？

没想到这真是阿蓝的一个预言呀，没几天，它又一次以咬猫咬人的凶悍行为退养了。

接到它的那一刻，它还一个劲地冲我叫，好像很冤枉。我说熊样！你还叫?！不修理你一番你个熊宝要咬遍全世界啊？说干就干，先送它去店里洗了澡，然后去宠物医院给它咔嚓，顺便请医生检查一下它腹部的异常现象，结果那位很有经验的吴医生说，这里曾被尖锐物捅伤过，外面皮肤长好了，里面伤口没封住，因此形成了疝气，必须开刀，里层外层都缝补，否则随时会发生嵌顿，那就危险了。我听了心头一紧，都这个样了，还像一头蛮熊那样到处闯祸?！我还请吴医生在麻醉情况下给阿蓝洗一下牙，它那又尖又长的獠牙太黄了。吴医生说，牙齿黄有两种可能，一种是消炎药吃出来的，但更可能是老猫了。

就这样，绝育术和腹部手术同时进行，完事后我把它转移到离家最近的宠物医院寄养，寄养期间，又一任好心人上门了。范小姐和她的男朋友来医院看望阿蓝，一看之下，动了怜悯心，决定把它接回家里，与原住民黄猫弟弟相伴。

范小姐看上去特别柔弱，脸色也略苍白，然而精神强健，她宽容、有耐心，不怕吃苦，自己家居简单，为猫咪买的日用品与猫粮却是顶级的。黄猫也是被人退养的流浪猫，这次看到阿蓝可怜，又一次伸出了手。

结果，没几天我又接到要求退养的电话，阿蓝在她家到处乱拉，经常把屎尿拉在水斗里，虽然范小姐能谅解它，但家庭其他成员受不了那种臭气，处于崩溃的状态，偏偏阿蓝得寸进尺，又显露熊性，它不但咬了黄猫还咬了真心疼爱它的范小姐。

小张知道后说，不要再找领养了，阿蓝的情况，很难有家庭能够承受，她的搭建工程还有几天就完成了，到时候放一只豪华型两层大铁笼，也算不亏待阿蓝了。范小姐善解人意，答应等小张搭建好再送回阿蓝，没料到仅延迟两天，阿蓝又一次和原住民黄猫打起来了，这次阿蓝干脆把对方的一只脚趾骨咬断了，还把黄猫脖子咬出三只窟窿。偏偏这时候小张这里又出了问题，她被人举报违章搭建，工程停了下来……

我把阿蓝领养的变故告诉了关心阿蓝的网友们，结果有人提议去某个民间组织登记，外国人常上那儿领养流浪猫狗。也有几个猫友还是不愿放弃对阿蓝的领养，这些好心人全是同一个态度：阿蓝有严重的心理创伤。估计是我们所不知的受虐行为或者流浪生活所致。加上短时间内一次次地迁移，就是人也会有压力，何况一只流浪过的敏感的猫？让它重新流浪太可怜了。请给我试试，再给它一次机会。

先前领养的人家都信佛，心善，连他们都不能跨过被咬的坎，我怎敢再让人试试呢？无论谁接手过去，它的熊性子和坏习惯还在，嘴毒，喜欢咬人，屎臭，到处乱拉。这样的恶习估计一百个人一百个不能容忍了。就是给善于救助的外国人也一样，外国人也是人，人的忍耐性都有限度。我决定放养阿蓝了。

通过多方打听，了解到浦东一个小区，住户多为白领，素质高，冬天流浪猫都会到地下车库避寒，没人驱赶它们，小区里多人喂猫，连保安都喂。我和这个小区的猫友讲好了，定期供应猫粮，她也帮着喂它。谁知小张听到这个消息流了眼泪，她说，好不容易救下了它，怎么又让它重新流浪呢？

她这一说弄得我心里也难受起来。我心一横，好吧，我留下阿蓝。说实在的，我也不想再让它一次又一次去艰难地适应另一个家庭、另一个环境，它喜欢我，这就够了。

这个辗转了五个住处，先后咬伤三猫、两狗、四人的熊宝，这个拉屎不讲规矩的臭猫，终于以它的重磅武器尖獠牙和熏臭弹的方式绑定了我。尘埃落定。

阿蓝领养如此之难，整整耗了我两个月的时间和精力，但我不悔，它出现在我的生命旅途中，自有道理，它一定是来磨炼我的心性的。我要用自己的耐心和智能来驯伏它的野性，治疗它受伤的心，我要它和我一起安度晚年。

其实最难通过的一关是我家那位，他大光其火，脸色铁青，两颊僵硬得像死肉，我说了无数的对不起也没用，在我们的婚史上，他创造了整整两周不和我讲一句话的奇迹。这回他真生气了。

没办法，我只好把阿蓝关在自己朝北的书房。为了安全，我请工人给玻璃窗装上铁栅栏，还把小阳台封了，除了增加阿蓝的活动区域，最重要的是，小阳台的光照时间最长。封阳台的师傅干活认真，我问他尊姓，他说免尊姓熊。我不由哑然失笑，真是幽默啊。

虽然我的书房不大，只有十平方米左右，可对于阿蓝来说，它已极度满足，在这里用不着和其他的猫争宠，我属于它一个人。每天，它都有些变化，不知是我看过去的角度不同还是它的神态不同，它的脸忽大忽小，忽高忽平，有时一副纯种猫的傻相，有时变为一头标准的小熊，有时又是调皮的土猫脸，有时完全是一张人类老太太的沧桑之脸……看着这个变化无穷的猫头，我想猫族这个物种实在是太神秘了。

不要以为动物不会说话，一旦流浪猫进了家门，它的身体语言就能表达，它的眼神也会沟通。许多猫友都说自家的猫喜欢待在电脑桌上，有的直接躺在键盘上。说穿了，是猫喜欢待在主人的视线之中，阿蓝也是这样，只要我坐到电脑前，它立即跳上来，用庞大的身体挡住我的显示器，我如果硬性赶它，它一准闭着眼睛用劲固定下盘，那样子就像个不讲理的女子，我只有低下头去，和它互顶额头玩上一阵，它才放过我。有时它又成了冷峻孤傲男，蹲在窗台上，表情淡漠地朝外面看，看行人，看院猫。有时什么也不看，好像沉浸在自己了不起的思绪里，其实就是老猫打盹。

阿蓝酷爱各种纸箱，这是它领地中的领地。有时碰到纸箱小，只能容半个身体，它就把头搁在纸箱边沿，有时纸箱实在太小了，蹲也蹲不下去，它也不肯放过，在里面站几秒钟也是好的。也许这和猫天生好奇的习性有关，它们喜欢藏在容器之中。对于阿蓝来说，曾经的流浪生活更使它珍爱能容身的空间，无论是纸箱还是猫窝，任谁也不能窥伺。有好几次，我用毛刷清洁猫窝，它急吼吼地冲过来，或者从高处跳下来，龇牙咧嘴地要攻击我，如果它正卧在猫窝中，我想伸手进去和它亲热，当即就受到五齿钉耙的招呼。

我开始由着它，随它独占领地，随它神采飞扬眼睛发光，随它发各种神经。小张来看了一次阿蓝，说，哎哟喂，阿蓝变了，最明显的是眼神，没那么凶了，还是在你这里最合适。

可是有一种眼神，是别人看不到的。就是它用一种迷迷糊糊的眼神看着我，好像无力，又好像深情。后来我知道了，这是猫喜欢我。猫脸上的肌肉不像人那样动得明显，猫的表情全在眼睛里，阿蓝的眼神很丰富，它的迷迷糊糊就是睡了一个黑甜香觉后的满足，或者爱我爱到不知道怎么办好的半傻状态。

一天我做一梦，梦里我是古人，和另几个古人行走在荒野上，我们相约一起去看一座古佛石雕，快到时，得知那里有只猛兽守着雕像，不让人靠近。听到这个消息，所有的人都很害怕，我虽然紧张，还是壮着胆走到最外面，我说别害怕，它如果来，让它先咬我。正说着，一条影子呼啸而来，一只模糊的黑熊身影扑到跟前，众人皆逃，我被它撞倒，一下跌坐在地上，正以为自己完了时，黑熊的前肢搭上我的膝盖，对我又扑又舔。汗水淋漓地惊醒过来，忽然想到阿蓝，这是不是它的前世啊？

我说，阿蓝，你是不是真的保卫过佛像？你真的做过佛教的护法神吗？你从久远前就开始纠缠我了？

它一如既往地“吾啊吾啊”，无视你的任何疑惑，它只沉浸在捕捉到一个猫奴的快乐之中，这还不算，它继续那种胜利的感觉。比如经常捕捉住我的胳膊，理所当然地当作枕头，我不敢随意撤走它的寝具，否则它就用利齿和爪子说话。我有化敌为友的习惯，对付一只猫还是绰绰有余，每当这时候，我趁机抚摸它的脊背，这时它就会伸出红红的舌尖，颤抖着发出一串“咩哎”。有时，它还会发出咕咕咕的声音，好像在学鸽子的自言自语。

看到阿蓝总在我面前学羊叫，学鸽子嘀咕，以为阿蓝改邪归正了，至少对我网开一面了，谁知我提溜起它后腿想擦擦那脏屁股，它闷声不响，却迅猛地反转身抱住我的小腿，稳准狠地就是一口，这一口咬出了我的鲜血，也破解了我家的寒冰，当家的终于理睬我了！他开车带我去打狂犬针，半途中开了尊口，说的却是狠话：三天之内必须把它送走！否则别怪我不客气。

我说放心吧，阿蓝是最后一只，我永远不会再收其他猫进来了。他说我还不知道你是怎样的人，永远是最后一只，走了大黄，又来小黑，去了小黑，又来阿蓝，以后再来个阿白你照样有话说！就三天，没有商量的余地！

两个月时间我都没给它找到合适的人家，三天怎么可能?！我想不出除了我，还有谁更能善待阿蓝？

阿蓝一定感受到我家的气氛和我的紧张，它缩在书柜后面朝我看。我这才发现在它警戒惊惧的神态中，还藏有压抑的隐隐怒气，这种眼神我很熟悉，那些囚禁的种猫不都是这种眼神吗？我开始怀疑阿蓝之前就生活在那个宠物繁殖所，那些作为生育机器的种猫，不停地繁殖，终年不见阳光，不见外面的世界，性情自然变得古怪，一旦上了年纪，或者有病，就被当成废品扔了出来。我不是已经发现阿蓝的诸多毛病吗？除了那个疝气，它还有哮喘、耳螨、皮肤病、嘴臭、便秘，以及诸多不良习气。这样的猫，在一些人眼里确实是个负担、累赘。如果三天之后我也把它扔掉，我和那些遗弃者又有什么两样？

硬着头皮挨着日子，三天过去了，三星期过去了，三个月过去了，阿蓝留住了，无非增加了家人对我的冷淡。但是，坚冰也有融化的一天，这天当家的突然说，放它出来吧。阿蓝终于从我的书房走了出来，像我们一样，拥有了家里所有的空间。

从此我走到哪里，它就跟到哪里，不是跳到我怀里，就是在我边上找个位置蹲坐着陪我。如果我蹲下去擦地，它就跳到我背上、肩上，甚至试图跳到我的头上。每当它跳到我背上，我就不敢大动，还要尽量把背调整得平坦，让它蹲得更加稳妥。

我习惯了阿蓝在我身上作威作福，偶尔做了个相反的梦就如获嘉奖：我梦见骑坐在阿蓝身上，去寻找什么东西，它驮着我走到一扇门前，我滑落下来，又翻身上去，我对它说，再走一扇门好吗？还没走到第二扇门，我就醒过来了，也不知它到底愿不愿意继续驮我？

不是阿蓝变大了，梦中的它和现实中的块头差不多，既然这样，我怎么可能骑得住它呢？也许是我的形体变小了吧？

侄女听说我的梦后，脱口而出：哈哈，拇指姑娘。

我也笑了起来，难怪当家的一直说我的部分心智没有长大，没

看什么看，没见过人肉凳吗

想到老了老了还在梦中充当了一回童话人物。我很得意地对侄女说，这很公平，白天它骑我，晚上我骑它，我们都是奴呀。

侄女是个爱读书的，她很快反应过来：哈哈，娘娘是猫奴，阿蓝是狸奴呀。

对呀，互为坐骑、互为奴嘛。难怪阿蓝在梦中对我说，它不是猫，是人。它就是个披着毛皮的小型人。

虽然当家的接受了阿蓝，却很少对它好声好气地说话，高兴了对它一声虎啸，不高兴了一声狼吼，每次都能把阿蓝吓趴下了。他安静的时候，阿蓝就把他当隐形人，不闻不理。当家的总算有了点柔情，有时会把它抱起来团在怀里，每当这时候它大气都不敢出一声，而且一动不动，并且紧紧闭上眼睛，意思是豁出去了。它最初看到他就没安全感，后来见他一会热一会冷的，可能搞不清他是个什么生物，不像我抱它入怀，任何时候，它都会回头仰起下巴看我，像缘缘，永远地看不够。

阿蓝一直提防着当家的，哪怕他心血来潮地按住它的脑袋，它也只是低眉垂眼地僵住，等他放了手就迅速地矮着身子逃开，然后在暗处偷偷地瞄他一眼。它喜欢我们的床，只要有可能，就迅速地跳上去打滚或者睡觉。但它清楚的知道，男主人不愿意它上床，只要听到他的脚步声，就跳下来逃走。我睡午觉的时候，往往是当家的在沙发上看电视顺便睡着的时候，这时候是阿蓝最幸福的时候，它会趁机跳上床，第一个动作就是闻闻我的手，然后把头顶心放进我的掌心，使劲辗来辗去，好像表示，我把脑袋交给你了。

表完忠心，它又跳上我的身体，一高一低地踩来踩去，踩点完毕，它才找一个地方下手，无论是我的手臂还是脚踝，它的爪子一定要搭住，或者直接枕在上面。这个程序很完整，没有一次落空。

它还有其他的招牌动作，比如突然站立，身体直挺，这时我必得及时地伸出手掌，掌心朝下，它会仰头用鼻尖一顶，像海狮顶球一样，准确地顶到我的掌心，然后伸出右爪碰一碰我的手，就像人类施握手礼一样。如果我的动作慢了一拍，它就会因为顶空而翻倒在地，我也享受不到那凉飕飕的一触。一旦它顶翻，下一次再顶，它就变得有些犹豫，好像对我缺乏信心一样。

如此的亲密，却仍学不会温柔，它一点也不接受上次咬伤我差点被赶出家门的教训，大多数时间仍喜欢用牙齿说话，它对我的手腕有一种莫名的爱好，经常会突然袭击，哪怕还好好地枕在上面也会侧脸下嘴狠咬，起因无法说清，伸个懒腰、打个哈欠都好像能刺激到它自己的肾上腺，咬住还磨一会牙，把快感延长。有时我发现了它的企图，便用青睐的眼神直视着它，它假装领情，侧过脸做出感动的样子，其实是偏头睥睨，趁我不备，一口下来。如果惹它不高兴，比如给它剪指甲或者擦洗四脚、下身，那下口更是正大光明、言必有据。虽然这屡屡的下口只见牙印并不见血，但那疼痛也算不上轻微，每次我疼得哇一声大叫，它就带着大功告成的满足感撒腿就跑。一旦我逮住它，拍它一下脑袋，或者硬把手塞到它嘴里逼其继续，它就紧紧闭起双眼，无论你用怎样严厉的声调，它也不肯把眼睛睁开。

看到别的猫友说起自家的猫有这个兴趣那个兴趣，我都感到惭愧，说起阿蓝的最大兴趣，第一是咬人，第二是咬人，第三还是咬人，而且只盯住我一个人咬，家里其他人就没受到过它的毒口。真正欺软怕硬的货。我怀疑它上一世的上一世是狗，而且是条势利的癞皮狗。

当家的说我生病住在医院的日子里，阿蓝像丢了魂，天天从早叫到晚。总算盼到我出院了，它哀怨地叫着，紧跟在我的脚后，我因身体虚弱，铲好猫砂站立起来，一阵晕眩，身子后仰，右脚本能地向后撑去，不料一下踩在阿蓝脚上，它毫不犹豫地就是一口……

阿蓝很快意识到自己做错了，它试探着走上来，眼神里满是心虚。我原谅了它，它是本能反应，条件反射，你不能要求它像一个修士一样具有忍辱功夫。

结果，我的新伤还未痊愈，又因关房门时没有注意，一下挤压到阿蓝，它惊叫一声，又亮开了又尖又长的黄獠牙，我来不及躲，脚上又添了两只血洞。

我接触喂养过的猫，无论是室内的、院里的、流浪的，除了小猫欢欢，都没有对我下过嘴、抓挠过，唯有界内公认最亲人的蓝猫咬伤了我三次。

后两次我没声张，自己悄悄处理了。既然它没狂犬病，没弓形虫病，那就无大碍。如果让当家的知道，阿蓝肯定再次沦落为流浪猫了。

随着时间的推移，它渐渐增加了对人的信任度，性子也明显平和了。由于它总是跟在我的身后，或者缠绕在我的左右，非常容易踩到它。有一次我擦玻璃窗，从椅子上跳下来时，一下踩到它的前脚，这一脚踩得够狠，我都担心把它踩骨折了，没想到它跳到一边，疼得直甩手，嘴里发出咝咝的声音，就这样都没想起狠咬我一口。

这只有性子的猫已能分辨人的善意和恶意，也搞得清人有意与无意的区别，它已经学会控制自己了。虽然它仍玩猫科动物的游戏，经常下口咬我，但分寸感明显比以前掌握得好了。

我女儿外出把工作室的猫毛毛寄养到家里，阿蓝面临了处理同类关系的新问题。初次相见，习惯了称大的毛毛仍摆出权威的样子，我怕阿蓝咬它，一直用严厉的口吻警告阿蓝，阿蓝有些困惑，也有些缩头缩脑，但在毛毛三番五次的挑衅后，它的熊性又一次被激起了，它一声不响地向毛毛逼去，全身的毛炸起，眼神凶狠。毛毛吓住了，本能地往后退，然后开始往楼下逃，阿蓝紧追不舍，毛毛逃到角落里，阿蓝扑上去就是一口，毛毛发出凄厉的惨叫声，我追过去抱起毛毛，阿蓝嘴里沾着毛毛一撮棕色的软毛，仰着头，急躁地在我腿旁走来走去，一副随时要扑上来的样子。

我们暂住女儿工作室时，阿蓝又当起了警察，看到毛毛在蛋蛋和小虎面前耍威风，它就要出头管事，毛毛那副天赋异秉的大爪，在阿蓝面前全成了摆设，根本没一点实际用处。毛毛唯一还能发挥作用的就是大嗓门，它的策略是不等阿蓝咬上来就大放哀声，它的惨叫惊心动魄，每次都能把我吓得半死。

后来阿蓝厌倦了追逐毛毛，换了一种形式，每天一早跑到楼下咆哮，这完全不是猫的声音，低沉、辽阔、有力，声震整幢房子，震撼力远超白鸟和才才的嗓门。最初我不知道发生了什么事情，以为它犯了癔病，当家的说，没听出来吗？它在学老虎叫。我想起来了，西郊公园老虎馆传出的就是这种声音。虎啸是阿蓝的早功课，谁都阻止不了，它要足足咆哮一分钟左右才肯罢休，它的气势不但慑住了所有的室内猫，也吓住了外面的猫，有一群经常到门口来乞食的流浪猫听到阿蓝的叫声，也会紧张地后退。阿蓝明明是外来户，却占据了楼上楼下所有的空间，可怜的毛毛再也不敢跨出我女儿的房间，阿蓝将毛毛的地盘限制在这个小小的空间，就这样它还要跑进这间屋，晃着膀子走来走去，把毛毛吓得缩在床底下不肯露面。

阿蓝就是这样霸气，侄女每次带狗来也会惹出一场虚惊，它只要一听到狗的欢声，马上就会竖着全身的毛从楼上冲下来，这时候，它的叫声会变调，短促、尖锐，听上去就像狗叫。吓得侄女大叫救命，把宝贝贵宾抱在怀里。这么惊吓了几次后，她再也不敢带狗来我们家了。

奇怪的是阿蓝害怕带翅膀的东西，有一次我救回一只撞昏的鸟，放在小房间让它慢慢恢复，阿蓝矮着身子走到玻璃门那里朝鸟偷看，鸟动了一下，它虚张声势地弓起了后背，鸟又动了一下，它吓得横跳了出去。鸟恢复健康后，我放飞了。阿蓝仍在鸟趴过的地方矮着身子闻来闻去，一连闻了几天，眼里满是疑惑和敬畏。

看到鸡也一样，阿蓝鬼头鬼脑地凑到门口朝院子里看，被我取名为精神的母鸡可能也是第一次看见猫这种怪物，它们俩第一次看清对方时同时吓了一跳，精神一阵惊叫，直跳起一米多高，它翅膀炸开，体形刹那大了一倍，阿蓝也惊叫一声，全身毛发竖起，矮着身子往后猛退。

阿蓝咬过猫、咬过狗、咬过人，可能没有咬过鸡和鸟吧？对于有翅膀的生命，不管它会不会飞，阿蓝连切磋拳脚的念头都不敢生起。

屁屁的事就免了吧

我不是因为嗅觉麻木闻不出阿蓝的屎尿臭，而是经历得多了——我妈妈常年肠功能紊乱，不是拉不出，就是便稀来不及跑到厕所，拉床上、裤子上是常事。作为子女，就是一种还债，我们小时候也用屎尿折腾过母亲。医生说我妈妈的病属于肠易激综合征。除了我妈妈免疫力低外，还可能和她的心理承受能力差有关。看阿蓝的表现，和我妈妈那么相像，估计也是环境变化或过度焦虑引起的。我妈妈信耶稣，我们只能以孝行和世俗道理使她放松。阿蓝没关系，它不知道何为宗教，它随我，这就好办了，我坚持给它听佛曲梵呗，通过安顿抚慰，它的不适症状渐渐缓解。

曾向一位猫科专家咨询，他说阿蓝害怕猫砂一定有原因，某些品种的猫特别爱干净，自己尿过的地方都不会去大便，有的从小用猫垫，没有猫砂的概念。

奇怪，不是说猫都有沙漠祖先的基因吗？怎么轮到它就吓成了那样？如果原主人给它用猫垫，说明舍得花时间花精力花金钱，如此宠爱又怎么会遗弃它呢？

看到阿蓝经常叼干花玩，我就用了个渐进的办法，在猫砂盆里放上干花和猫薄荷。果然阿蓝中计，它跳进猫砂盆，用脸腮摩擦着盆底，打了一个短促的喷嚏后就开始咬嚼碎花，咬了几下就开始摇头晃脑，最后干脆扑通倒下，在盆里打起滚来，四肢做出许多古怪的动作。我笑了起来，它似乎突然警醒，坐着愣了几秒钟，好像为自己刚才的失态感到羞耻，然后向外纵身一跳，装作若无其事的样子走开了。

第一步成功后，我开始往盆里倒少量猫砂，和干花们掺在一起，然后捡起它拉在外面的几粒干屎球，扔进猫砂盆。就像人们在鸡窝里放个引蛋诱鸡生蛋一样。

它犹犹豫豫地进去了，终于在猫砂盆里尿了第一泡处女尿。只是它很作秀，尿过后就不肯在里面拉屎了。它相中了我放在窗台上的一只空木盒，那原本是我洗了准备装手珠的。它拉得那么有创造性，不偏不倚，正当中，花纹罗旋式上升，精致得像裱蛋糕。喂喂！你拉得再好看，屎还是屎！它委屈地看着我，我又一次原谅了它，好吧，就奢侈一回，下不为例！

我再次请教资深猫友。有人说，蓝猫太爱干净，要及时清理猫砂盆，否则有洁癖的猫会另找干净的地方解决。于是，我高度紧张，一有空就瞅猫砂盆，几乎成强迫症了。很快地我摸到了阿蓝如厕的规律，大大提高了干活效率。我不再让猫砂盆里存有第二泡屎尿，它的抛弃物一面世我就立即铲掉，终于解决了它奢侈的布局。没想到它把客气当福气，每次上好猫厕就拼命叫，勒令我马上清理。如果我正好在边上，它干脆都不埋，朝外一跳，意思是你铲吧。

自从它学会了使用猫砂盆，热情逐日高涨，盖屎尿的动作极其豪放，每次都是大力地刨，砂子见底都不停爪，塑料盆被它的利爪抓得嚓嚓响，有时用力过猛，竟然弓背把盆子上半部顶开，苦力一样扛着半截猫砂盆继续刨砂。每次我都要喊，行了行了，它这才跳出来，带出一地的猫砂。

阿蓝似乎一直生猛，直到有一天，我看到它昂头看着电脑桌，

大力地刨才是爷们 / 姚育明　摄

身子耸了几耸，却没能像过去那样轻易地跳上桌子。在它又一次跳跃失败后，我知道它老了。为了避免它沮丧，我特意把主机靠在电脑桌外侧，好让它借力。

后来电脑总出问题，不是自动关机就是系统损坏，频频地修理换零件。直到主机彻底罢工，电脑师傅终于发现了一个原因，说主机受不得震动，你的猫老往主机上蹦当然要出问题。

在电脑师傅的建议下，我买了一台主机和显示屏合体的电脑，给阿蓝则放了一把椅子。这样，就两下里方便了。

之所以从它的拉屎问题转到电脑问题上，是有关联的。有天我正吃早饭，听见了它的急叫，它要我立即履行铲屎官的职责。我也喊了一嗓子，号什么号？等我吃完饭不行吗?!

它不听，继续号。我也来了劲，今天偏不宠你。它号了一阵，停息了，仅几秒钟，楼上就传来惊心动魄的声音，整个楼板都震动了。

我还是吃不成一顿囫囵饭。奔到楼上，看到我的新电脑连同键盘一起躺在地上，而且在一米开外！只有电脑砸到地上又弹跳着出去才会造成这样的距离。它要用多大的力气才能把这台电脑掀翻下去?! 回过头，只见它藏头露尾地缩在角落里。我大吼一声，冲过去揍它。它尖叫一声逃开。

抱起电脑重新放置在桌上，开机察看。还好，电脑很坚强。但是，地板不坚强，露出三只深深的坑洞。

我在试电脑时，阿蓝探头探脑地过来，嘴里一个劲地哎哎，我余怒未消，不理睬它。

它矮着身子走到门口，又尖叫一声，这种声音很怪，过去没听到过，或许它想解释自己脾性不好的缘由？不外乎要及时铲屎保持

你又在写我坏话了吗?

猫砂盆清洁之类的辩词吧?

一只猫爱干净爱到如此极端的程度真是少见，它忘了过去的流浪生涯啦?现在的它除了挑剔猫砂盆的卫生程度外，还整天把头伸向自己的屁屁舔个不停。有一次它正舔得起劲，突然意识到我在看它，一下停了下来，用奇怪的眼光看着我，意思是怎么啦?有什么不对吗?

嗯嗯，当然没什么不对，只是这张嘴舔好屁屁再舔全身，不是等于扩大污染源吗?再说，这张乱舔的嘴还要进食，不等于同时吃屎吗？更腻心的是这张嘴还时不时地咬我、舔我……我的皮肤啊！

最可怕的是阿蓝恢复自由身后对卫生间的强烈爱好，第一次看到它津津有味地舔吃肥皂，我感到了迷惑，难道它需要清洗肠胃?!虽然我屡藏肥皂，总有疏忽的时候，稍不注意，它就翻找出来了。后来又看到它吃塑料袋、纸板箱。它可不是像某些猫那样，只是舔着玩玩，它是真正的异食癖，嚼着嚼着就吞下了。这些还没什么，断掉来源就行，防不胜防的是它对浴缸的强烈兴趣。每当我们忘了关门，它就跳进去，打滚、刨抓、拉屎拉尿。

白瓷浴缸中永远有着它的黑爪印、毛发以及一摊摊黄色的污秽物。最可笑的是，大多数时间它还知道把屁股对准下水口。它还继续着所谓的洁癖，楼上楼下两只浴缸轮流着用，一旦两只都用过了，它就到地下室洗衣房下水口方便。

我猜想它曾经被人关闭在卫生间，才会熟识下水口并吞食肥皂。我终于看见了它过去生活的阴影，已经形成了它的影子，成为它黑暗的一部分了。

当家的早崩溃了，他不愿意和我一起分析它的前史，却把话讲得极端：你这么理解猫为什么不让它跳到床上来拉?!

我知道阿蓝做得太过分了，但是有什么办法呢？它是猫不是人，没法给它讲道理。当家的说，本来就不用和猫讲道理，让它出去！为什么其他猫可以做院猫，它就不行?!

为了留住阿蓝，我一次次地消毒清洗，卫生间充满了漂白粉的味道。当家的变得过敏，嗓子痒了，被蚊子咬个块了，胃不舒服了，都要归罪于阿蓝。最后他说，不和你们烦了，臭烘烘的浴缸留给你和猫用吧，我出去洗。公共澡堂再脏也比你的猫干净。

我总算想出一个办法，在浴缸里放上水。它第一次不知道，看到我站在门口还有些奇怪，以为我宠它呢，还发嗲地叫了一声，跑了几步，单腿起跳，双脚落地，啪的一声，激出一串水花。它发出变调的叫声，伸爪搭上缸沿往上爬，结果还打滑了一下，落下去后又浸湿了一次，奋力逃出后，湿漉漉的身体徒然缩小了三分之一。为了避免它继续尴尬，我暗笑着避开了。

从此，它进入卫生间，不再跳了，而是小心翼翼地搭上前肢，探头朝里查看，抽动鼻子闻闻是否飘上水汽，当然大多数情况它是失望的，偶然也有成功的时候，那就是我忘了及时放水。

阿蓝日子实在太好过了，它的肚子日益增长，吨位持续上升，越来越有爷们气势。当家的对我说，你没发现它下半身肥得有些不对劲吗?

我也发现它那块肥肉一点点接近地面。有一天，它蹲在我面前，那块肉完全铺在了地上，看上去就是它自带的一块坐垫。

肯定是肿瘤，当家的判断道。带阿蓝去宠物医院检查。吴医生一摸，瞪起了眼睛，什么肿瘤?！是一团脂肪，太胖了！

因为胖，阿蓝做清洁卫生就有些困难，虽然它努力在我面前做各种瑜伽动作，有些就是隔空抓痒。对它来说，舔屁屁是最大的一项工程，整个身体弯成了问号，费尽心机才舔到那个点。

为了帮它减肥，换了油性小的天然猫粮，可依然无效。当家的说，像人一样，老了就容易长肚子，和你一样，没心没肺，痴肥。

当家的同时打击了我和猫。事实也是如此，我和阿蓝的肥胖都顺着既定的轨道在缓缓前进。我看不见本身，就算照镜子也能接受自己。但看着阿蓝每天甩着腹下的那团肥肉，一副既腐败又志得意

没办法，咱俩都肥

满的模样，我悲哀得都想替它哭上几声。为了帮助它清洁，夏天我给它洗澡，冬天改用湿巾，每次它都超级不爽，有时还企图回头咬我。一旦接触到阿蓝的屁事，它都会跳进空纸箱或猫砂盆，一阵乒乒乓乓地发泄。这种拉锯战一点也不好玩，它的屁眼总有黑污，有时，垂挂着的屎块像惊叹号，仿佛强调着猫格的不容侵犯。

当我踢腿转腰企图甩掉一些肥脂时，阿蓝也在一边操练。它练的是坐地功，就是像人那样一坐，两只后腿趴开，两只前腿放在当中，然后前掌扒地拖着屁股往前蹭，有时直行，有时打圈。

终于有一天我觉得不对，地毯上怎么有几道深深浅浅的咖啡线条？

阿蓝略带鄙视地看着我，好像在说：这么久才明白？不愧是愚蠢的蓝星人。

幸好这么多年来，当家的一次也没发现这个秘密，否则后果不堪设想。我想也许它是为了蹭掉屁眼上的屎迹，也许是肛门腺发炎了，也许是需要吃化毛膏了，结果各种办法都试了，都不能阻止它这个莫名其妙的爱好。没办法，权当它在留气味划地盘吧。

夏季比较爽，可以给它洗澡，虽然它也喊冤叫屈。我先用热水冲洗它的下巴，并进行按摩，它的叫会从惊恐变得哼哼叽叽，眼神里有了享受的意思。趁它不注意，我迅速地把沐浴露挤上它屁股，每次它都尿失禁。看到黄色的尿液顺着热水一起流淌，我就知道吓得屁滚尿流的形容是千真万确的了。有一次，它的屁股突然在我手里发生了变化，竟然鼓起来、尖起来、硬起来。那突现的东西是一橛冒了头的硬屎，没想到阿蓝吓得屎也挣出来了。作为猫奴，我理所当然地将此物体完整地拽了出来。

应该承认，阿蓝这几年性子已经磨掉了不少，但对于清洗它的屁股，它总是深恶痛绝。在洗澡间，它湿漉漉的抱怨声非常强烈：告诉过你 N 次了，屁屁的事就免了吧。

它的情绪总是离不开屎。有两种情况可以引起它的亢奋，一个是我出去久一点，终于回到家了；还有就是它刚拉了一泡，体轻心安。总之，不疯对不起自己。在这两个时间段里，它突然两眼发光，急速地奔来奔去，每次四肢都要打滑，像溜冰一样，有时来不及刹车，就撞到墙上，爬起来继续模仿风速、网速，一路跌跌撞撞、疯头疯脑。最奇怪的是每次奔跑前它都会急促地咦一声，好像自己也不明白为什么会这样快乐。有时情绪过于饱满，满溢的幸福感还会带出没拉尽的屎粒。这时我变得鬼头鬼脑了，赶紧收拾干净，免得当家的雷霆万钧。

有一回我听到厕所间传来冲水声，吓了一跳，当家的出差了，家里就我一个，谁在用马桶？我蹑手蹑脚地过去一看，竟是阿蓝所为，它站在抽水马桶盖上，用爪踩住冲水按键，表情很是得意。我举起手做出打它的样子，你管好自己的猫厕就行，还来管我的卫生?!

它不满地嘀咕了一声，跳下来窜走了。估计此行径不是第一次，它一定觉得有趣，踩着听听水声。

在秋爽的日子里，我辛辛苦苦地收集院里的桂花，准备晾干后用蜂蜜腌制起来。纸箱里桂花的颜色一天天变化，从黄澄澄变成暗褐色，估计再过两天我就可以装瓶了。

结果我看到了一幅惨不忍睹的场景，阿蓝幸福地坐在桂花盒里，一副昏昏欲睡的表情。我大叫一声，差点哭出来。

阿蓝睁开眯缝眼向我看来，虚晃的眼神定在一处。它打了个大大的哈欠，伸出红红的小舌头，发出一声发嗲的颤音，吾啊。它的表情甜蜜而又骄傲，好像在说：我终于寻找到保养香屁屁的秘方了。

最是那一低头的温柔 / 姚育明　摄

我不吃人

春季和冬季是阿蓝哮喘发作的高峰期，有时夏天也发作，发作的样子很吓人：先是怪叫，一副难受得不知怎么办好的样子，然后像被人拽了脖子，往前伸长，抽筋般地左伸一下，右伸一下，喉咙连续作响，好像透不过气来，长则几分钟，短则数秒钟，往往在一声干呕后收场。发作频繁时，几乎每天都有症状，一天数次，有时隔一两个小时就发作一次，甚至发作后停顿几十秒再重复一次。

阿蓝哮喘发作时，我的心会一抽一抽地紧，会本能地跟着它一起难受，这是一种不自觉的参与。我婆婆就有哮喘病，她对花粉过敏，甚至对西瓜也过敏，因为过敏，不但不能享用许多美好的事物，还要刻意地回避。做人是如此可怜，做猫亦如是。我不知道阿蓝的过敏源是什么，相信除了它本身的原因，比如和人一样的免疫缺陷，空气差肯定也是诱因，还有家里不可知的潜在的过敏源。

为此，我变得空前地勤劳，成了个标标准准的清洁工，就是请了钟点工，我也觉得她打扫得不够干净。我是连床底下角角落落的浮灰都要一遍又一遍抹去的。

我还清理了洗手间的一切化学用品，留下的一瓶洁厕精也是尽量少用，至于家人用的香水之类，也一律请出去。连阿蓝用的猫砂也换成了豆腐渣和绿茶末做的天然猫砂，虽然比膨润土猫砂要贵出不少，但毕竟粉尘减少。

长是长的煎熬，短是短的受惊。我想尽一切办法，冬季给它饮用温开水，夏季天天净化水，还要加上手法按摩。为强壮它的体格还时不时补充氨基酸。最奢侈的是，在它一次连续地发作以后，我一狠心，给它专门买了台空气净化器，不是说这玩意儿能消除空气中的细菌、真菌、有害颗粒吗？至少我买个安心。

今年春天的时候，阿蓝又一次犯病，我又一次上网寻找药方。这一次我换了个思路，搜索民间偏方，没想到跳出来的方子是：哮喘病偏方，吃猫可治……

啼笑皆非。想想也没错，所有的字眼都对应了，只是顺序、主次颠倒。在我这里，猫是主角；在网络上，猫是配角，被吃的角色。

人吃的药那么多，还要吃猫?！真是贪心！

黑妹妹得泌尿系统疾病时，我多次给它服用人吃的中成药，用五分之一的量，非常有效。但是，给阿蓝用人的哮喘药，到底不敢，并不是所有的植物成分对猫有用，有的还相当危险。

终于给我找到一味药了，那就是紫河车胶囊，说对治儿童咳嗽特别有效。我太高兴了，在我眼里，猫等同于儿童，更重要的是，所谓的紫河车不就是人胎盘吗？

我太熟悉这种东西了，虽然自己不敢吃，却给妈妈买过。过去也常见它们的形象，在徐家汇百货商店的玻璃柜里，就放着一盘盘紫河车，它们有着各种颜色各种大小。那时我走过那里，总会停下脚步仔细观摩，想到一个极小的婴儿睡在这样一个胞衣之中，突围后竟能长得高高大大，总是有些不可思议。

这下可好了，猫是吃荤的家伙，这种天然的肉质药膳不正好对其胃口吗?

北京同仁堂出的紫河车胶囊让我觉出权威性，我倒出胶囊中的药粉拌在猫罐里，阿蓝闻闻就走开了。也许有苦味？我再添了些罐头肉招呼它，它在远处看着，不过来。没胃口？我把药罐放下，拿起纯粹的猫肉罐，它走了过来，闻都不闻就伸出了舌头，我弯腰前行，它跟着我手中的猫肉罐走。我再次从里面舀出一点肉放进先前的药碗中，用甜蜜的声调说，小阿蓝，好乖乖，吃肉肉了。

它勉强走过来，伸头闻了闻，又抽身离开了。

我终于火了，一下抱起它，走到猫碗前，按下它的脑袋，吃！吃！吃！吃一口也好！

阿蓝挣扎着，挣扎不开，恼怒地急叫道：我——不——吃——人！

有时猫语并不神秘，也不需要臆断，直感便是。虽然它曾在我梦中宣说自己是人，但它毕竟是只标标准准的猫咪。人可以吃猫，猫不可以吃人。这是谁都知道的现实，是我错了。

问题是它一天不消去那粗重艰涩的罗湿音，我就一天得不到安稳，它生病就是对我的折磨呀。好几回，它僵着身子，脖子一阵剧烈抽动后，露出一副欲吐的模样，然而在一声高昂的“呕”音后，我以为它要吐出来了，谁知相反，它咕咚咽下去了，还咂巴咂巴地清理嗓门，把滞留物吞吞干净，然后像做错事一样，眼里蓄满了紧张。如果我叫它，它不但不过来，反而会找个地方躲藏起来。

我终于明白了。它过去在呕吐时一定受过呵斥或打骂，才会下意识地害怕。想起一位老编辑，有一个奇怪的习惯，一辈子不会吐痰，她说不知道怎么吐出来,每次都是咽下去了事。后来她得肺癌去世了，这种不会清理的习惯也是得病的重要因素吧？不会呕吐真可怜呀。

当阿蓝再出现这种情况时，我就从下到上地捋它脖子，一边捋一边鼓励它呕吐出来。终于有一天，它吐出了蚕豆大的一小块痰，它吓得几乎瘫痪了，我却高兴极了，马上奖励了它喜欢吃的猫点心。

阿蓝终于会吐痰了，它越吐越多，有时能吐一大摊，它似乎要把多年的积存清理干净。一开始当家的恶心坏了，说地板上全是细菌。我当然会清理干净，他不知道我看到那些黏稠的痰块有多么兴奋。事实证明，这是一条行之有效的保健方法，阿蓝发作的次数越来越少了。

我亲爱的老猫阿蓝，你变得越来越像猫了。按照猫与人的年龄对照数据来看，你相当人类六十岁了，我和你是同龄人了，沟通容易了。过去，你害怕所有的男人，哪怕出家人念着佛号向你走来，你都会吓得从楼上跌下去。现在，你开始接受人类，哪怕警察来摸摸你的头顶，你都如温顺的兔子。只有我知道你，你依然有着自己的性子、自己的逻辑、自己的好恶。

我知道，你越来越离不开我了，一会儿看不见我就惊恐地号叫，你是怕自己要离开我，还是我离开你？我完全了解老去的状况，和你一样，也感受到身体上的热能不如以前足了。

多晒太阳多补钙 / 姚育明　摄

我们不能缺少阳光，阿蓝，我不忍你晒不到太阳。尤其是冬天，你需要温暖，需要补钙。我不敢待在北面的书房里，因为我在哪里，你就在哪里。虽然可以开空调，但那毕竟是人造温暖。我宁可放弃创作，少写文字，也要陪你处在南面的阳光中，只要我坐在阳光里，你也一定会陪伴在阳光里，这样，我们便一起笼罩在温暖中了。

精灵一族

黑花突然之间不见了，离我们搬家只有三个星期。这只精灵古怪的黑狸花猫是那个家族活得最长的一个。

默算一下，尖头小黑活了七个月左右，黑弟弟活了三年零九个月，黑妹妹活了六年零三个月，黑花活了六年零六个月。

自此，尖头小黑一家走完了它们的生命历程，我与它们的缘分就此打住，剩下的就是无尽的忆念。

我总觉得尖头小黑一家是精灵一族，它们有自己的智能、自己的逻辑。它们来此世间，早有自己的任务，其中一项就是来打开我的心量，赐予我清明无畏的。完成任务后，它们隐身跨界归去了。不像其他离世的院猫，我总能好好地埋葬它们，使自己做得有始有终。尖头小黑一家偏偏不给我圆满，它们个个走得了无痕迹。它们是不是想把痛苦带走，只给我留下欢快的回忆？

现在，那个旧宅已属于别人。尖头小黑一家比我们先一步离开那个院子，那些曾给它们欢喜的杏树、石榴、玉兰、柿子树以及盛开的蔷薇、玫瑰、含笑、蜡梅、四季珠珠花，都被下家砍去，现在那个院子的水泥地上趴着一只沉默的狼狗。时光就这样删去了所有的旧日痕迹。

我相信，这个世界哪怕变迁得认不出原样，也隐藏着过去的信息，只是我们无法再提取出来，如果执着不放，只能得到无穷的幻灭感。尖头小黑一家虽然坚强了我的心，却也多少给我留下遗憾。好长一段时间，我反复地做着寻找黑花的梦。有一次我梦见自己喊着黑花下了河，但我没看到它的踪影，却看到一群小猫在浅水处寻找着它们的妈妈。

做梦也没想到，2016年盛夏，我竟然在北印度见着了黑花，但它已非它。在这之前我还奇怪呢，到印度二十天了，只看到满大街的牛、狗以及猴子，猫却没见一只。哪像在上海，到处是流浪猫的身影。终于在莲花生大师曾经修行的山洞前，看到了一只躺在塑料篮子里晒太阳的黑狸花猫。

它是一只健康而略瘦的狸花公猫。我伸出手去逗它，它亲热地伸出左前肢搭在我的手上。我又挠它下巴，它惬意地闭起了眼睛，轻微的呼噜声响了起来。我还笑呢，说全世界的猫都是一样的。

我问小殿里的女尼，这只猫是不是三岁了。她们说不知道它来自哪里，只知道它喜欢这里，经常来山洞前转悠，她们有时候喂它酥油或素食，至于它住在哪里，她们并不知道。

我跟着它转到山崖旁，问它，黑花，你住在哪里？带我去看。它像听懂了似的，突然跳上一堆高高的柴火。柴火紧挨着一间山石

北印度的流浪猫 / 姚育明　摄

垒起的小屋，小屋很简陋，屋顶与梁之间有很大的空隙，它就从这个空隙钻了进去，动作还是那样轻灵！我推开木门，光线有些暗，只见里面堆满了杂物，有柴火，有扫帚等工具，还有一只空纸箱。我闻到了熟悉的猫气味。我一下明白了，它就住在这里。可是女尼不知道，她们大概不熟悉猫的气味。

相见仍要别离，就像生死总会来到一样，我不能为它再做什么，除了留下身上仅有的三百卢比给殿堂的女尼，嘱托如果猫生病可买些药外，只能脱下身上的薄外套，铺在纸箱子里给它取暖，山上冷。

我的家在这儿/姚育明　摄

我离开那里的前一晚，在旅店阳台上望过去，整座山沉浸在夜色中，黑黝黝的，只有那个依山洞而建的小殿堂一片光明。那是人们日日夜夜点的大酥油灯，几百盏一起亮着，像这片山岭的心脏，鲜活地律动着。我亲爱的黑花就在那里，那里很清静，也很清贫，但是，再也不会有人伤害它了。

这一见，使我放下了对黑花的担忧，但是，新的牵挂又生起了。愿莲花生大师的神通帮助它早日解脱，愿那颗小小的心能够听取梵音，去往更好的国土。

逃命猫奴

猫们真通灵，连一直守诺不再找白鸟吵架的才才，也有了非正常的举动。它一连数日地住在我家院内，有时干脆就挨着白鸟，白鸟竟然没有吼它，它们都预感到这个院子要易主人了。它们都知道这是暂住，再也不用也用不着为了领地之争而激情磅礴地对吼了。

买下我家房子的杨家不养猫，却做了一件令我欣慰的事情——他们在岸边做了台阶，一级级通向河里。日后再有猫摔下去，也可以顺着台阶爬上来了。

我把院里的猫别墅拍了照片，发到网上，准备送给救助流浪猫狗的人。想要的人不少，但一看尺寸都吓退了，搬动起来太麻烦了。这座庞大的猫舍花了我多少的心血，我也舍不得扔掉，就花钱请人运到我妹妹院子里，讲好新房子弄好再搬过去。

没想到装修新房很不顺利，其间我们在外租房子住，两年中搬了两回。在两个出租房小区，我们又结识了新的流浪猫，猫碗、水碗一如过去那样放在门口。猫们可爱至极，其中一只公猫很凶，却对自己的女友非常温柔，每次都是等它吃好才上去进餐。而那些玳瑁，几乎个个瘦。自从乱乱去世，我尤其可怜这种毛色的猫，它们都是母猫，流浪的母猫特别让人心疼。所以，尽管分不清它们谁是谁，总要多放点猫粮，供它们轮流来吃。

两年间，我仍经常回去看望余下的院猫，白鸟和啊呜居无定所，大多数时间躲在河边的冬青树丛里，这也是我和它们每次相见的地方。才才仍过着名士般的生活，到处逍遥地走。有一次，我走过几近干涸的人工河，看到它像人一样坐在河道中的大石块上，面对着低洼处的浅水，好像在聆听前几年潺潺的水音。那精神状态分明不是猫，而是人——不，比人更高一层，那是仙，是仙倚在升向半空的凉亭阁楼。它和白鸟各自为阵，过着更加清苦的生活。唉，其实流浪猫怎么可能拥有真正的自由？才才只是徒长一颗诗心而已。

我叫了它一声，它回过头来，看着我不动。我在岸边放下一捧猫粮，它竟然别过头去，不再看我。

那次和它照面后，再也没有看到它。小区里每天都在失踪猫。才才是我唯一想起来还有些振作的猫，我相信即便灾难吞噬了它，所有听过它唱诵的好心人，都会有一点诗意的回忆。无限的诗意终将挣脱一张猫皮，也挣脱我们所有的苦难。

此时马航失联，天天看电视，为 239 条生命揪心。世界那么大，这些生命隐匿其中遍寻不见。世界又那么小，那么多国家那么多人寻找他们，爱心并不能挽回他们的生命。唉，人类这么先进的科技和手段都找不到自己的同胞，何论一只猫？

白鸟的眼神里有了悲凉。从一开始，命运就和它开了个玩笑。在我们搬家之前，玩伴们一个个离开了它，最后只剩了它和啊呜、黑妈妈、小咪子。它和啊呜是院猫元老，但关系疏离，啊呜经常扇它耳光，黑妈妈虽然是后来的，看见白鸟也是不爽，时不时低头撞击过去。现在，偏偏留下它和两个母夜叉，还有一只小公猫。小咪子是黑妈妈的儿子，自然站在娘一边，白鸟很孤独很弱势。

庆幸的是啊呜性情大变，它对白鸟表现出前所未有的和气，当我看到黑妈妈又一次像过去那样驱逐白鸟，啊呜叫着赶过来，把尾巴搭在白鸟身上，白鸟发出委屈的叫声，眼角红红的，我惊讶而又感动。好啊呜，我们不在，全靠你们自己了，你们要互相取暖，互相清凉，互相撑着度过这段日子。

这两年中，我一次又一次地来到桥头，每次到，先叫白鸟，它比较贪玩，常常在别处，而第一个出现的总是啊呜，它像过去在旧宅院中一样，总是第一个来迎接我。没有一次不是这样，每次叫白鸟，应答的就是啊呜，它好像和白鸟合为一体。

黑妈妈在不远处冲着我叫，它有点害怕我，因为我不许它欺负白鸟。小咪子左蹭一下树，右蹭一下树，眼睛一直盯着我发嗲。它已变成了俊小伙，浑身朝气。白鸟咿咿呀呀地跑过来，到我面前总要发一会嗲。我不敢看它的眼睛，它的眼睛蓄满深深的孤独和哀伤。我知道它很受伤，它最喜爱的缘缘、黑弟弟、黑花先后离开了它，它还失去了领地权。

啊呜仍像过去一样，在我往猫碗里放猫粮时，会打一下我的手。它的肉掌碰到我的手背时，我总要忍住那声蹿出来的呜咽，它还在把我当亲人呀！啊呜的眼神不像白鸟那样悲凉，它的眼神依然那样沉稳、温热，只是它更像一个贫困的老人，生发不起“朱颜辞镜花辞树”的感慨。它的体型严重缩水，大肚子完全不见了，眼见得它日益变小，最后消瘦得像一只小猫，不熟悉它的人会以为是另一只猫。每当它亲热地蹭过我的腿，大地无端晃动，我总是站立不稳。后来我变得下意识地紧张，一看见啊呜就会扶住身边的枇杷树，以免头晕摔倒。啊呜的瘦小形象太不真实，这种不真实有一种强大的摧毁力量。每次看到它，我都感到自己的肥胖是个罪过。

过去，我何曾想到，有一天，我会和它们在桥头这个肮脏的地方相聚，地上除了垃圾还有狗屎，猫们的脚就在这里踩来踩去。过去我家的院子就是它们的净土世界，现在看到的这个角落就是小区的缩影。小区年年吵架，月月闹事，换物业、换业委会的呼吁一天也没停过，有多少人想过撤换自己的私心呢？就说这些钓鱼人吧，浑然不觉地坐在桥头，连污染的河水气味他们也似乎闻不出来，久入鲍者不知其臭啊。更有因为猫在边上观看而下意识视为竞争对手的，除了踢打猫咪，还把涂了毒药的小鱼放置在岸边诱杀它们。在我看来，这是名副其实的穷相，穷到要和这些弱小的异类生命争食了。我不想粉饰眼前的世界，外在环境的恶化恰是内心混乱、骄慢、贪婪、怨恨的示现。它们生活在这样的环境中，我心如何安宁？

一天，我离开桥头往家走，啊呜突然跟随在我身后，发出了惊天动地的哭叫。这么多年来，第一次听到它发出这么大的哀声。我愧疚得几近崩溃，心就像冻硬的雪人被猛烈地撞击，发出冰冷的碎裂声响。

它们失去了过去的家园，又不肯去大妹妹院里暂住，白鸟被抱过去几回都要逃走，那里有一只凶悍的流浪公猫，脖子一直梗着，

来吧！白鸟／姚育明 摄

白鸟看一眼都害怕，它们还是恋这块旧地盘，也恋我这个旧人。

最终，我只能加快脚步逃走，免得彼此难受。后来我又被啊呜的哀叫追过几回，每次听到我都要伤心很久。我明显感觉到了一个垂暮生命的依恋。而过去，啊呜有着母仪天下的威严。它不是猫王，没有猫王的王者之气，它不是院猫之首，没有黑弟弟的沉稳与谦逊，它虽为母猫，却没有黑花的美丽与谨慎，也没有黑妹妹的敏感与聪颖，同样没有奶油的温柔与随和，但它淡然而坚毅，有着说一不二的气概。在院子里，谁都要让着它，它有着受尊敬的满足。谁都有暮年，暮年应该是安定的代名词才对，我以为将来的新居对它们是个美丽的前景，没想到等待的日子充满了苦雨凄风。

更打击我的是，当家的竟然改口了，他说装修预算超支，无法为猫拦围墙了。就让白鸟它们继续住在老小区吧，你不放心可以每天去喂，等于散步锻炼身体。

我说我有钱，我的钱够拦围墙。他一伸手，你有钱，支援出来，就算我问你借，以后还你。

我气绝，你没钱还不肯降下标准，不买皮沙发不行吗？布艺沙发又好看又省钱，还安全，皮沙发阿蓝抓怎么办？

他来劲了：你总算说到点子上了，阿蓝也不能进新家，养院子里。过去它还流浪呢，我家院子这么大，还不够它玩？

我咦了一声，奇怪吧？不拦围墙无法养白鸟它们，那阿蓝为什么可以？难道它不是猫？

呔！别再说猫行不行？从今天开始，我们和猫没有关系！

我这才明白，所谓的预算超支其实是个借口，他只是不想再日日夜夜看见猫了。我能理解，我——能——理——解！我的朋友经常对我说这样的话，你们家先生真好，真不容易，竟能让你这样养猫……这不是婉转地批评吗？不是反证了我还不如外人对当家的关爱吗？

猫们变得像罂粟花一样，毒害着我们夫妻关系，我干脆不再提这个话题，美丽的花朵只开在我心，毒不毒的只有我知。

终于有一天，当家的凑到我跟前，说：老婆，你的脸为什么这样蜡黄？

黄脸婆子嘛，正常。

他说不对，你有心思。

我的眼泪涌了上来，我说，啊呜已经瘦得不像样了。白鸟的眼睛一泡苦水……

当家的破天荒地沉默了，以前一说到猫，他的表情就凛冽，我一看有戏，进一步说：这么冷的天，这儿的流浪猫我还能帮它们避寒呢，啊呜它们连纸箱也没法放，过去喂啊呜的大姐都替啊呜担心，说它可能抗不过这个冬天……

当家的还是不吭声，但眼神明显变了，有了些松动的样子。我趁机说：它们现在已经被逼到桥头了，如果桥头人家发现了再赶它们，它们真没地方躲了。我怎么放得下呢？

老公说：好吧，等房子装修好。就带白鸟和啊呜过来，其他猫我管不了。

我很激动，但没表露出来，我下意识地转移了话题，像什么事也没发生一样，轻轻地，轻轻地，一定要像烟一样把这个话题散开，千万不能再生惊扰让当家的又变主意。

黑妈妈、小咪子，对不起了，请原谅我无能力将你们全部带走，有机会我还会来看望你们。你们都是好猫咪，希望你们还记得张妈妈的院子，也许原先赶你们的猫已经做了天使，或者改了性子，试着和它们接近吧，直到和它们和睦相处。至于才才，我不知道你活着还是已经离去？我只知道小区的每一寸土地，都是你四肢降落之处，只要你喜欢，任何地方，住一天或停几秒钟都是一样的。如果你已离世，祝福你生到一个能自由咏诗不受驱逐的福地。

等到啊呜再哀叫时，我就摸着它的脑袋，坚持住啊呜，我们马上要逃离这个地方了，永远不回来了。

姚育明作品

始自今日方识侬

装修何时才到头?!当我发现啊呜迎着我过来的脚步已经明显蹒跚时，我毫不犹豫地决定先斩后奏了。

过去，白鸟和啊呜是近身不得的角色，能不能顺利抓到它们我心中没数。妹妹来帮忙，没想到非常顺利，白鸟探头去吃猫包里的罐头，被我一把推进。而啊呜更是没花力气，它顺从地由我抱起，这简直像个奇迹，一个伤心的奇迹，它已经轻得没分量了，也没力气反抗了，抑或是，它正等着这一天的到来。

妹妹见天色发阴，怕下雨，决定开车送我们去新房。一路上，白鸟紧张地叫，像过去送它去医院打针一样，啊呜也在发声，但轻微，不像紧张倒似呻吟。我手伸进猫包，轻轻地抚摸着啊呜的头，不怕不怕，啊呜，我们马上到新家了。

在新家的草地上，我打开准备好的铁笼，往里面放了猫点心，啊呜一出猫包就主动爬进了铁笼，它闻了闻猫点心，没有吃，白鸟停止了叫，钻进铁笼，一口气把两份猫点心全吃了。

终于下起了细雨，天色朦朦胧胧一片。铁笼在宽大的屋檐下，淋不着雨。啊呜继续在笼里趴着，它完全松下劲来了。白鸟则在草地上、小道上打滚，还在灯柱和树根上到处蹭，它似乎很喜欢这个院子，根本不在乎雨。我感到过去的好时光又回来了。

片刻之后，我从家里隔窗看向院子，白鸟趴在窗沿上，眼神落寞，心事重重。我感到有些不对劲，是哪里出了问题吗？

临睡前我再去看，白鸟不见了。不但院子里没有，家附近也没有。院门是锁着的，没人进得来，只有一个可能，白鸟跳过铁栅栏出走了。

我把趴在花草旁的啊呜捧起来，轻轻放进铁笼。啊呜啊，安心地养身体吧，我一定会让你慢慢地恢复过来。

我倒是对白鸟的举动疑惑不解，它先前的反应不是快乐无比吗？怎么莫名跑开了？它去哪了？干什么去了？

幸好当家的没怎么动怒，只是说，你这么急干吗？这点时间都等不及？话是这样说，看到啊呜还是评论了一句，它来到新家彻底放松了，所以一下瘫软了。

对于白鸟的离开，当家的认为理所当然。他说，白鸟是真正的猫，它热爱自由。

女儿对白鸟也比较放心，她说，也许有一天它会回来。她只对啊呜担忧，她说妈妈你必须给啊呜补充营养，它这么瘦弱，如果是饥饿引起的，照顾得好会缓过来，如果是器官衰竭就比较麻烦。

女儿的话使我警惕起来，紧急网购了天然猫粮、AD 罐和营养膏，水碗里也放上了维生素。啊呜依然没有食欲，所有的东西都不吃，只是偶尔舔几口水。我开始用针管给它灌注，虽然它拼命避开，但多少咽下去一些。为了让它快点恢复体能，我坚持一天喂它七餐，然而吃进去的量实在太微少了。头几天清晨，它总是倚在我家门口，像在旧居时一样，它喜欢倚靠在阳台角落看风景。

阳光毒时，它就卧在名为千叶飞鸟的花丛中，花不是朵，是条，如柳，无数白条，风一吹，幻境顿生，无数小白鸟颤抖着振翅欲飞。而真正的白鸟却躲在它处。

然而，白鸟也不是鸟，只是个惊弓之鸟的形容。我不知道它为什么要躲啊呜？它一定像人一样，有了这样那样的念头，行动就跟上了。摸不透的喵星人！

第三天，妹妹打来电话，激动地说，看见白鸟了，真不敢相信，它又回到老小区去了，重新趴在了河边。

我也感到惊讶，当初它关在猫包里，又是在车里，等于两道屏障，根本看不到外面，它是靠什么定位的？虽说俩小区相邻，两个地点也隔着六七百米的距离呢，何况直穿过去的可能性也不大，每户人家的院子里都养着狗，界墙高且布满了尖利的玻璃碴和电网，白鸟不会闯这样危险的境域，很可能和我们人一样，是从小区大门走出去的。问题是就算它出了小区的门，怎么就知道往东跑而不是往西走？

过去听说过猫念旧，再远也会找回家。现在这事发生在我眼前了，让我再一次证实了猫咪的灵性，区别只是别猫是千方百计找回家，它是想尽办法离开家。妹妹又一次开着车把白鸟送了回来，我摸摸这个重新在我面前打滚、踩奶的猫咪，白鸟，你不是很喜欢这儿吗？怎么又回去了？这回好好陪啊呜哦。

白鸟咿咿呀呀地答应着，好像没问题了。啊呜也好像松了口气，精神也明显好了，它甚至舔了几下猫罐。

我心情轻快地回到二楼阳台拖地，每天早上，阿蓝都要来这里打滚，得把地弄得干净。拖好地我伸头朝楼下望去，竟然看到啊呜轻快地走过。我不敢相信，大叫一声啊呜，它抬起头来朝我张望，原来是一只长得和啊呜极像的黑白猫，一对碧绿的眼睛，海盗式黑眼罩也同样蒙在左眼，这只奶牛猫虽然瘦削，但比啊呜精神多了。

天将黑时，正在草地上玩的白鸟突然往院墙铁栅栏处奔去，我一见不好，一边叫着它，一边追赶过去。但来不及了，白鸟一闪不见了。

看着啊呜软弱地望着白鸟离开的方向，我心疼得要命。你这个薄情寡义的白鸟，你必须回来！我几近绝望地不抱希望地叫着它，心里又气又恼。

突然，白鸟又从那个墙角跳了回来，一边大叫着，一边向我跑来，它在我身旁激动地走来走去，好像胸间沸腾着火苗。

我的心也热了起来，一直以为是自己在陪着它们，原来在白鸟心里，它的任务是陪伴着我。完全是因为我刚才的焦虑失态，它才回转来的呀。

啊呜始终看着白鸟，脑袋慢慢地转来转去，如向日葵对着太阳。这和过去形成了鲜明的反差，过去，啊呜肥得风华绝代，粗壮的短肢随便教训白鸟，现在，啊呜的依恋像落花流水，只让人看了心酸。

它们颠覆了我以前的偏见，我一直以为猫是喜欢孤独的动物，其实那只是一个表相，它们能孤独也好合群，像人一样。

我以为白鸟终于被我和啊呜打动了，谁知十分钟后，它又一次

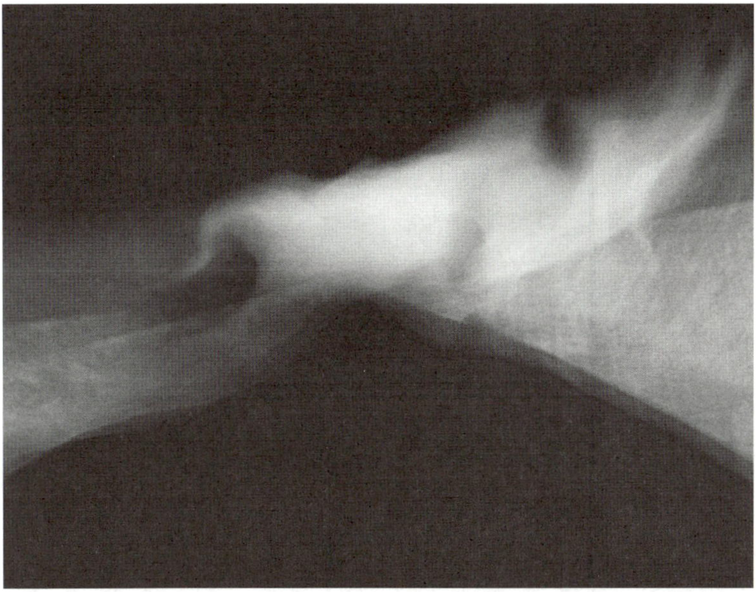

白鸟逃成了一条光影 / 姚育明　摄

从那个角落跳出去了。我再次大声地召唤它，这一回，它没再反身，却在围墙外发出了凄婉的高音，它从没这样对我叫过，在这富含感情的叫声里，有一种比过去更失落的痛，这是情义与声音的结合，像动画片里螺旋状的太阳光，不可阻挡地旋转着击中我的心胸，这是继听懂黑弟弟心语之后的又一次心电感应，我完全听懂了白鸟的心声。

妈妈呀，我也爱你，可是对不起了，我必须走。

白鸟啊，你不知道良禽择木而栖吗？你那个拼命争下来的地盘，已非往昔幸福的乐园，那里没有我，也没有过去的伙伴，没有一天数餐供应，更重要的是，那里没有安全，你再守在那里有什么意义呢?!

可怜的只是啊呜，它在盼望等待白鸟的日子里日渐衰竭，时间成了刀刃，每分每秒都在削减着它的体形，它越来越小，小得不成体统。

它不再藏身在千叶飞鸟中，而是钻到最远处的墙角草丛里，我怕酷日晒坏它，在它头顶撑了把伞，但过一会去看，它又移了地方。当家的说，它是在避开你，它是在等死。

我知道啊呜年岁大了，不愿话别，但我仍不甘心，不时地去捧它出来，将它安置在遮阳的地方。啊呜的表情和肢体的反应，都是要躲避我，我似乎看到死神已经牵住了它的一只手。这时候，我多么希望白鸟快快出现啊!

有时我四处察看，忍不住大声叫上几声白鸟，每当这时候，就会出现小小的奇迹，啊呜会从躲藏的地方摇摇晃晃地出来，一边看向我叫喊白鸟的地方，一边张嘴叫着，只是它太软弱了，声音轻得几乎听不清楚，它也在叫白鸟吧?

于是形成了这样的格局：我叫啊呜，它不理我，一叫白鸟，它马上出来，百试百灵。看着啊呜越来越虚弱的样子，我再也不忍呼唤白鸟而刺激它了。我告诉妹妹，停止喂食白鸟，用饥饿法逼迫它回来。

当家的虽然不像我和女儿这样心疼啊呜，但也每天在问，它吃了没有?

当啊呜瘦到只有三斤八两时，我知道和死神的拉力赛其实已决出了胜负。

我把啊呜的情况告诉了女儿，她从工作室赶回来和啊呜告别。她见啊呜躺着，身上盖着丝质哈达，问我为什么。我说太虚弱了，怕它体温过低。谁知女儿说太重了，它顶不住，拿掉吧。过去她总指着啊呜的大圆肚子笑话它胖，现在看到它在最后的日子里瘦成这样，也非常难受。她并不叫啊呜，只用手指轻轻地点了点啊呜的额头。我想她和它是在用心灵交流吧？

不敢告诉妹妹，她太忙。仿佛心灵感应，妹妹竟然拿着两只红碗过来了，她说啊呜熟悉，特地从喂猫点拿过来的，好让它开开胃。这是我过去在老小区特意为猫们买的，八只被人拿剩了最后两只。妹妹叫唤着它的名字，啊呜流出了泪水，眼角的毛都漉湿了。我们住出租房的日子里，妹妹是主要的喂食人，啊呜与她也很有感情。

她们走后，我开始挖一个长方形的深深的洞穴，这张泥床必须够大，啊呜的脑袋、四肢、尾巴都不能弯曲。

躺在一边的啊呜肚皮轻微地起伏着，它已经没力气爬动了。我一边挖一边唱着观世音菩萨的心咒，希望给啊呜加油。活着，需要加油，离世，也需要勇气。

啊呜突然爬起身，撑着前肢朝它的墓穴看去。我以为有转机，马上放下铁锹，又往它嘴里挤营养膏，但它牙关紧咬，脸上涂得一塌糊涂，我再注射清水，同样流了出来。我第一次见证了器官衰竭的恐怖，它迅猛无可阻挡。

我彻底放弃了妄想。用湿毛巾擦干净它的脸，然后用一块干毛巾包住它，轻轻地按摩它的每一寸肌肤，它遍体僵硬，肢体似乎没有体温，我相信自己的手会传递热能。过去，我为知青姊妹按摩过，为父母按摩过，为当家的按摩过，为女儿按摩过，为妹妹按摩过，现在，我为亲爱的老猫啊呜按摩。它以僵硬的肢体柔软的心感受到了我的按摩，我从它的眼神和轻微的肢体悸动中看到了它的享受和满足，它轻微地哼了两声，我第一次听到啊呜发出如此温柔、妩媚、撒娇的声音，我知道它已经尽了最大的力气来回应我了。我点点头，说：啊呜，我知道，你爱我。我不会让你孤独地上路，我请观世音菩萨带你走。

挖好坑，我将放置在它身边的念佛机打开，并调小了音量，自此，观世音菩萨的大悲咒一直陪着它，像慈悲的母亲一直为疼爱的孩子唱着摇篮曲。

连着两天两夜，念佛机开着。啊呜虽然不吃不喝，但一直聆受法音。最后的时刻，它撑了撑身子，歪过脑袋朝右下方看去，这姿势这表情让我想起了拉斐尔的油画《草地上的圣母》，它是不是想起了自己的孩子？在它体温急剧下降死亡步步逼来时，过去的一幕是不是又到了眼前？它是不是又想将孩子搂抱在怀里，以遮挡死神所带来的刺骨寒意？

它的嘴里发出了不安的声音，它左右张望，仿佛不明白发生了什么。我连忙走到它身边，把念佛机开响了一些，大悲咒以无限的悲情、深情、爱情怀抱着啊呜。我伸出手，握住它的右掌，这只无数次拍打我的手掌柔弱无力，微热的活气正在一点点撤离。我说，啊呜不要怕，妈妈在你身边，妈妈送你上路。

我一直握着啊呜的手没有松开。

它终于呼出了最后的一口气，但是眼睛没有闭上，绿色的瞳仁仍看着这个世界。我说啊呜，该见的人你都见了，放下去吧。但怎么按摩也合不拢它眼，终于明白过来，你是在想白鸟吧？放心吧，如果妈妈找到白鸟，或者它自己回来，我会好好待它……

它终于合上了眼，但右眼还是留着一条缝，不知它有什么心事仍不能放下？

我用干干净净的全棉白衬衫包住了它，第一次也是最后一次把它贴到了自己胸前。这位有情有义的猫咪与我们家结缘十年，它在世的十六年时光，感受过冷漠，也领受过温暖，在它最后的时刻，我欣慰的并不是它的寿终正寝，而是相信它的归路充满光明。

轻轻地将它放入洞穴，又在它头上身上撒上金刚明沙，安放了阿弥陀佛心咒。观世音菩萨的声音依然响着，如旱地流过的潺潺流水，平静地滋润着我们。啊呜，你的身体已栖息在青草地下，你的灵快展开透亮的翅膀，向高空飞去吧。

到网上给它申请了在线超度莲位。124080号，这个数字是一个标记，代替了啊呜的名号。端身正坐，为啊呜抄写地藏王菩萨超度心咒若干。我觉得该做的都做了。我心安了。

如同尖头小黑一家的灭绝，啊呜这个家族也打上了句号。前一个家族灭亡后，我痛苦了很久，失落了很久，可这个家族消失后，我平静了许多。它们一个又一个地离去，我最终接受了生命的凋谢，死亡是件多么轻而易举的事情。

据说猫以7倍于人的速度离我们远去，不知这个计算是怎么得出来的？我只知道与我朝夕相处的院猫们纷纷选择了离开，它们安详地消失，哪怕是黑弟弟和丑丑，也没让我看到惨烈的一幕。也许它们早已共缔盟约，去天国相会，为了不让我过分伤心，它们像游戏一样，一个一个地躲藏起来，只留下美好的回忆。啊呜啊，只有你，在我面前完整地呈现了死亡的景象，我不用再寻找你，你近在咫尺。

啊呜离世的第二天晚上，二十三点半，屋外传来一阵猫叫。我和当家的同时叫起来：白鸟！

当家的第一次有了激动的表情：快出去！要不又跑了。

白鸟一见我就扑通倒在地上，身子扭来扭去，前肢做着踩奶的动作，嘴里一个劲地发嗲。它明显瘦了，两肋凹了下去，脸也成了三角。我又气又恼，你这个无情无义的家伙，啊呜走了你不知道吗?!

我知道啊！这不是回来了吗？白鸟轻声分辩着爬起身，走到埋

啊呜原谅我 / 姚育明　摄

啊呜的地方，来回地闻着，然后趴了下来。寂然的草地上，还留着啊呜短暂的脚印和气息，嗅觉灵敏的白鸟鼻头轻轻地抽动，好像在守护着回忆。

心头一震，时知今日方识白鸟，它不是无情， 亦非薄幸，它是故意回避告别的。这个充满灵性能认识旧居路径的猫咪，怎么会察觉不出啊呜大限已近？白鸟见得太多，它的眼里已有抹不去的哀伤。曾经黑弟弟的失踪使白鸟丢魂落魄，缘缘的离世，又使它痛不欲生，黑妹妹等院猫的死去或消失都使白鸟好长一段时间精神不振。在它和啊呜相处的最后两年，这对冤家生出相濡以沫的深情，没准啊呜把白鸟当成儿子也未可知，否则无法解释它们从生冷转为亲热的关系。眼看着最后一个亲密的伙伴也要离开自己，白鸟怎么经受得住？回避是唯一的选择。

我把猫碗拿过去，白鸟闻了闻，并不吃，我把猫粮掬在手中，它才慢慢开吃起来。仅几秒钟，我的手臂、脚踝一阵刺痛，皮肤上很快出现六七个红包。白鸟比以前肮脏，它把旧地盘的跳蚤也当宠物一起带回来了。

我进屋去涂花露水，再出来它依然趴在那里不动，它目光哀切、迷茫，好像在看着自己的过去。寂寥中，那个亮嗓少年已渐行渐远，生活终于在白鸟面前露出了真实的一面，与它亲近的院猫们一个一个走了，独剩它自己。

花木已去，猫事凋零，仿佛一切都有期限都是命定。过去热闹的院猫群聚真是如梦如幻。白鸟重新回到不必操心吃住的日子，又能享受平安的独处，希望它能明白这是清福。

之后的几天，白鸟大多数时间守在啊呜坟前。它吃得很少，几

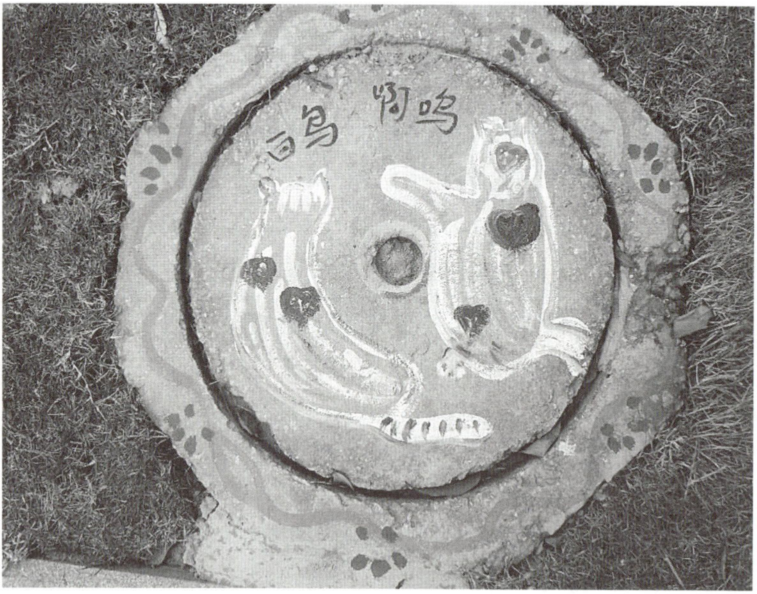

姚育明作品

乎不喝水，却频频地在草地上东蹲西蹲，我这才发现，它的身体出了问题，它怎么用劲也尿不出，它的精神和身体都很痛苦。因为之前刻意地不喂它，也因为它的焦虑，身体出问题也是顺理成章。

对不起，白鸟，是我误会了你，我以为这样才能逼你回来。你的回避没有错，至少你还保持着啊呜活着时的印象。你就当啊呜跑到院外去玩了吧。

我开始天天给它按摩下身，足足喂了三个星期的药粉，同时喂食泌尿系统的处方猫粮，它终于能小便了，阳光下，那流畅的一泻真是甘露美雨。

白鸟终于安顿下来了，它的眼睛莫名地小了，好像没有睡醒，总是眯缝着看我。我尽量在院子里多陪陪它，以免它过于孤独。

当家的对白鸟真是网开一面，有时见我进屋来，还会说，你怎么陪它这么点时间?

那天的雨并不大，却越来越密，空间一片雾茫茫。白鸟不放我进屋，我只好撑着伞陪它。第一次发现，雨中有那么多的小飞虫，点点滴滴、密密麻麻地浮游在我的伞下，它们也在避雨。草地显得朦胧，石板路的颜色被雨水洇得越来越深，伞下一块干燥的圆形被渐渐漫过来的雨水侵蚀，脚下的干地越来越小，像一朵渐渐缩小的花。白鸟就趴在这朵花中。没想到这把伞竟然庇护了那么多的生命不遭雨淋，一个人，一只猫，一群小飞虫。或许还有肉眼发现不了的微小的生物。

雨水使高低不平的草地显出深浅不一的褶皱，空气中弥漫着水汽。可是白鸟啊，曾经我在旧院，给你们撑过多少把伞，它们随着你的伙伴们一起消失了，现在，我又能为你撑多久的伞呢?

白鸟不管，哪怕雨水浸湿了它的皮毛。只要我在，只要我和它在一起。这种小小的依赖，想让人不感动也不行。

雨过天晴，阳光铺满院子，满眼翠绿，白鸟身体一点点缓过来。它变得空前的发嗲，只要我来到院子里，它就围着我转，头蹭、身贴、尾巴扫，或者倒在地上，又是叫又是踩奶，连眼光也是紧紧缠住我不放，我若进屋，它可以一小时一小时地蹲守在门口。这只过去被女儿称为最清高的院猫变成全天候发嗲的老猫，过去无所谓我的抚摸，现在每晚求摸十几次，才依依不舍地放我进门。当家的很感慨：

你把一个自由战士宠爱得变软弱了。

话虽这样说，他似乎比我还要宠它，过去我关车门重一点他都要心疼，可现在，白鸟天天跳上他的车头，踩出一片脏脚印，他不但不生气，还很高兴，说那是个制高点，白鸟在上面既有安全感，又可以观察四周。白鸟对着他的车轮撒尿做记号，他也不恼，反而很欣慰地说，白鸟知道这里是它的家，它在保卫自己的领地。他如果在院子里散步，用不了多久就会大声叫我：快点喂白鸟，它饿了……快来陪白鸟，它在等你……快点出来！奶牛猫又追咬白鸟了！

他说的奶牛猫就是我最初误以为是啊呜的那只猫，当家的见它就赶，说它一直欺负白鸟。这段时间，我把它也喂得很壮实了，包子脸，圆身子，越长越像过去的啊呜。白鸟好像很害怕它，看到它会马上躲藏起来。它的胆小如影随形。因为当家的经常嚷嚷，我还真以为白鸟受到了欺负，后来发现根本不是这么回事，而是奶牛猫想亲近白鸟，它总是跳跃着跑向白鸟，有时走到白鸟面前，会柔软地一耸身，把自己的上身掀起来，然后轻轻地落下，而白鸟却嘀咕着逃开。它蹦蹦跳跳的动作特别好看，轻快有弹性。跳跳！有一次我突口而出，这才意识到，我又给流浪猫起名字了。我曾发誓不给它们起名字的呀，一起名字，这感情就会纠缠上了。看来我的习气真是难改。

有一天，我看到跳跳蹲在一边看白鸟吃食，白鸟一边吃一边朝它看，等吃完了，又走到一边，把跳跳的那一份也吃完了。我大为感动，这跳跳具有和黑弟弟一样的谦让之风呀。

当家的疼爱白鸟，请人给它做了座小房子。我要求做得稍大一些，没准以后，白鸟接受跳跳，它们可以一起住在里面。当家的不肯，他说这房子就是给白鸟一个人住的。当家的完全变了。曾几何时，他还不想接白鸟过来呢。

结果很滑稽，白鸟睡了没几天，来了一只玳瑁，白鸟好像很喜欢它，竟然让出猫屋给它睡，自己则趴在屋檐下的纸箱里，后来又来了一只白猫，白鸟又让出了纸箱，自己趴在木板上，于是我再为白鸟另做了一只纸箱猫屋。跳跳只是来玩、来吃，偶尔露宿屋檐下，它可能在别处有自己的住所。跳跳明白自己是外来户，尾巴一直垂着，我相信终有一天，它的尾巴也会成为一杆旗帜。

本来当家的已经不想再重复过去院子的风格了，过去是一院的树木、花草，现在的院子比以前大出好多，却只有几棵桂花树和几棵玫瑰，他铺了大大的草皮，说只想敞亮。女儿说了一句：院子太空旷了，猫有不安全感。当家的眨巴着眼睛，我知道他心疼白鸟会有改变。果然，他又补种了杏树和石榴树，非常神奇，当树立起来的刹那时，一种熟悉的感觉突然就回来了，也许白鸟也重温了旧日，它像过去一样，在石榴树上蹿上蹿下。

搬家后真切地感受到，原来院猫们早已成为我们生活中如此重要如此不可分离的部分。连当家的也坦言道，你知道我为什么喜欢白鸟吗？有猫的院子，更有生气，也更见灵性。

有一天，我发现白鸟竟然仰天而睡，四肢还扭曲出一个极萌的姿势，过去它一直趴着打盹，偶尔侧睡，我一直以为这种豪放销魂的睡姿只属于阿蓝这样的赖皮鬼，没想到白鸟也会。我知道，猫肆意的睡姿表示着它的放松和安全感。白鸟已经视自己为这个院子的主人，它完全放松下来了。

白鸟太喜欢看到我了，在院子里，总是抢在我前面欢欣的小跑，从后背影看，和黑弟弟、黑妹妹、黑花、啊呜一模一样！而过去，我都是正面看出它们的不同。现在从后面看，白鸟的欢欣步法把它们合在了一起。

到了傍晚，氛围就不一样了，白鸟孤零零地待在院子里，看上去总显得冷清。我忍不住问它，你也放不下过去吗？它轻柔地叫着，眼里映着路灯折射过来的光斑，也映照着无数的幻影。

姚育明作品

梦里花落知多少 / 姚育明　摄

生命的过客

曾听到一个猫在释迦佛座下听法的典故，但我没亲见经文，不知出于哪部佛经。它是这么说的：“佛正集诸弟子讲经，有一猫蹲佛座下，屏息静听。有弟子询佛缘故，问此猫是否亦通经典？佛曰：猫有灵性，其命有九，人只得其一。故猫之灵性，殊非人类可及耳。”又有人说，佛在另一部佛经中指出，所谓的九命非指肉体，而是“猫命有九，系通、灵、静、正、觉、光、精、气、神”。

我似乎找到了缘由，和猫相比，自己是那其一还不足的人类，从小愚钝至今，儿时就有“戆大”外号，上海人都懂的，是极笨极傻的意思。一般来说，极笨极傻的人渴望和聪明人相伴，我也不例外，但人性复杂，融入很难，相对爱猫容易，猫很单纯，我们能轻易地敞开心灵，它们带来的温暖、信赖、坦诚丝毫不亚于人类。

除了我书中写到的猫外，还有乌金、啾啾、黄霸天、老实头、秀秀、

姚育明作品

大灰、清秀、冷黑、啊咪、小三花、白肚子、希特勒、小蹦豆、苦姐、苦妹、水水、小狐、跳一、跳二、蝴蝶嘴、小黄黄、鸳鸯眼以及来不及起名的流浪猫们。它们每一只都在我心里留下划痕，它们的不同遭遇，折射着人的各种精神状态。

几乎所遇的猫都与我一见倾心，生命和生命之间一定存在着某种相似的节律，能使彼此心曲合拍。我经手的猫与我一个脾气，我从不给它们戴项圈之类，总觉得那是桎梏。曾为了保暖尝试给手术猫穿衣，它们同样竭力反抗，如同挣脱羁囚，自此，我不给它们添一丝累赘。

民间有一种“狗忠猫奸”的说法，当家的也常把狗与猫放在一起对比，说狗忠诚，猫养不家。可不是嘛，狗那么听话，叫它站就站，叫它跑就跑，叫它咬人就咬人。相比之下，猫就显得不识时务，它按照自己的判断行事，它不人云亦云。是的，它缺乏狗的过度忠诚，比如混蛋主人为吃狗肉拿绳子索住它的脖子，它会乖乖就擒，猫绝对不会有这样的愚忠，它分得清好坏。哪怕一个曾经很亲的主人，一旦行凶，它也是要奋力保护自己的。人们为什么要苛求猫呢？我们有什么值得猫来效忠我们？我觉得猫们太聪明了，是感情理智兼备的灵性动物。

有一只一年四季犯口腔炎的猫，我们称它为口水猫，瘦到没法形容的地步，尾巴与老鼠尾一样细，风都能吹倒的体态，却一窝连一窝地生着小猫。我们都担心它光是生小猫就要生死了，总以为它度不过这轮苦夏，熬不过这番寒冬，比它强壮的猫都一个个失踪或病死了，最应该死的它却活了下来。它下嘴唇的边缘有一抹深色，好像画笔神奇地点了一下，就这一笔，造成了微笑的模样，你什么时候看到它，它都是在朝你微笑。它漂泊无依，一副苦难的骨架，看到的却是永远的笑颜。每次看到它我都会震动，它的脸容让人发自内心地感动，也让人不由自主地微笑。

我觉得它们对待苦难的态度仿佛只是承受，甚至戏剧化。例如一只失去妈咪的小猫，它钻进兔笼，认兔为母，兔妈也接纳它，允许它和自己共食兔粮，小猫就这样做起了吃素的宝宝。它经常用手勾搭兔妈妈,和它游戏,天冷的时候,它甚至骑坐在兔妈妈身上取暖。大小便时它才钻出兔笼，平时就黏在兔妈妈身边。兔妈妈和猫崽过

姚育明作品

着幸福的生活，终于有一天，身子骨长大的小猫再也钻不进栅栏的空间了，它与兔妈妈隔栅苦苦相望，终于它认识到自己是猫，从此融入了流浪的队伍。

天下没有不散的筵席，缘分有浅有深，猫与兔不能终生相守，人与猫也不能终生相陪，所有的生命都有注定的因素。救猫一次两次，终有不能的时候。只是这一次、两次，我们要做得良心不亏。

整天缠在猫事中，肯定会产生许多悲苦的情绪，就像前几天，小区保洁员竟然驱赶了垃圾棚下的几只流浪小猫。上海数十年未遇的严寒，我家洗衣房水龙头冻爆、花盆崩裂，连水泥墙都冻得脱落

姚育明作品

了数块，弱小的肉体又如何抵御老天的逼迫和人心的冷漠?!

我曾指望这个保洁员能够将心比心，特地说了这样一段话：同样是猫，有家就是宠物，吃住不愁，主人当宝。流浪猫太可怜，没吃没住，还没安全。人也一样，条件好的住大房子，享受着空调地暖，苦人没有家，在外流浪。

可他铁石心肠，眼神邪恶，不但不为所动，还阻止我喂猫。我怎么搬家都躲不开这样的人，到哪都是娑婆世界，世事总是这些类型。世界可以定出各种规则，但我相信宇宙总有铁定的法则，它不受任何知见摆布，难道世间最珍贵的不是生命？生命只有一条，人

姚育明作品

如此，猫也如此，你虐它一条命，你就欠一条命，欠债终有还的一天。

我和女儿经常争执，在许多事上，意见无法统一，唯有猫的话题，常常高度统一。感谢世上有猫，使代沟不至于扩大成战壕，在我们说起那些猫时，就如花开草绿，大地风景在我们眼前有了意义。我曾真心地对她说过，什么时候，我身边没猫了，一定要去哪里庆祝一下猫奴的解放，我不要什么红酒、绿酒，就来一杯上等的猫屎咖啡吧。

女儿说，也许永远也等不到吧？你完全可以现在去喝一杯。

后来我看到一个视频，心情变得很坏，没想到人类为了获取更多麝香咖啡豆，将麝香猫关进狭小肮脏的笼里，强喂大量的食料。别说它们营养缺乏、精神压抑了，看一眼我都透不过气来。

好吧，谁愿意喝谁去喝吧。至少我不会去碰充满怨气怒气的猫屎咖啡了。从一开始这个享受就有些荒诞，人为什么好屎味呢？

我相信《华严经》里善财童子最后看到的境界，那就是你在这个世界举动，在宇宙所有地方的举动是一致的。难怪我们的忧伤那么不息，整个宇宙流淌着我们强大的信息，它们生生不息。所以，选择种子极其地重要，福田一说并非妄语。

我一次又一次地提醒自己，必须控制感情，因为你没有将领地扩展到庇护所有流浪猫的福分，你不可能将自己锻造成忍辱负重的不坏金刚，你也不具有千手千眼的慈悲与功用，同样，我眼前的这些猫，它们也不具足以享用这一切的福报，世事如此，这就是逻辑。

伤感徒然，与它们相遇，只是因缘际会，我们都是生命的过客，最终都要回自己的故乡，它们先回喵星球，我们还在蓝星球上。也许有一天，我们会因饭食因缘相聚在另一颗金色的星球之上。谁知道呢？

你是我的妈妈吗？ / 姚育明　摄

后记

岑总看到插图排好的校样，吓坏了，16 开 540 页，太厚啦，彩印的话，定价要超百了，怎么可能卖得动？

我虽然舍不得，也不得不接受这个现实，于是我们商量做成双色，降低成本，同时也狠心拿去十四个章节和许多段落，一些猫由此退场了。如果由着自己的性子，怕是一千页也不能写完吧。还是要感恩岑杰先生，没有他的信任和肯定，书中的这些猫一只也无法亮相。同时要感恩宋晓津编辑，她的 QQ 昵称是“虎斑猫”，可见对猫的喜爱与了解，如此合作自然带上了一丝亲切。

这本书虽然是我执笔，却是毛孩子们用生命提供了内容，喵喵喵，希望它们能够接纳我深深的谢意与爱意。

我也必须感恩一些朋友，他们给我送过猫粮、狗粮，也资助过钱款，无论多少，他们的情谊都如珍宝，他们是郭兆瑞、厉燕书、任书博、姜卫东、金润、孔曦、姚疏敏、兰天、Tony。还有几位网友，送过我猫窝、药物，可惜我糊涂、懒惰，既不知道他们真名，也忘了他们网名，还和他们失去了联系。我想他们不会见怪的，就像我也同样记不住自己给多少人寄过钱送过猫用品，大家的心意是一样的。

同时我也要感恩朋友们在精神上给予我的布施，比如前一阵小区的流浪猫被人毒死一批后，自己深陷痛苦时，许多朋友用各自的方式来安慰、开解我，比如师兄潇潇、兄长树生、猫友兼文友黑孩、孔曦以及年轻的朋友阮帆、李文颖。说到后者，我真是不忍，她的心应该比我更痛，因为她散养的一只心爱的猫同时被毒死了。她含泪劝我，阿姨不要难受了，我们还是想办法保护还活着的小猫。

由此感恩冯渊老师和小刘老师，他们毅然地伸手相助，救回了处于危险境地的一只小猫，令我缓了口气。因为篇幅关系，我无法一一写出这些好人的故事，只能说句俗话：好人一生平安。

感恩的人太多，包括我的丈夫，虽然他一直反对我喂养流浪猫，但不是出于恶意，他是出于爱护，他怕我累着，更怕我受气。最近他又默认我收下的一只流浪母猫，用他的话来说，这是一只最丑的野猫。这是多么不容易啊，每天要被动地看到一个不悦目的形象，单凭这一点就可见他内心深处的怜悯。

生命是脆弱多难的，生命又是坚强美妙的。相信有缘人会从书中看到，蓝星人和喵星人多么相像，他们与它们之间的交往是如此的琐碎真实，又是如此的富有宇宙性。

宇宙多么浩瀚啊……